# Un cadavre dans les pattes

LEIGHANN DOBBS

NERO & MARLOWE

LES CHATS MÈNENT L'ENQUÊTE

# Un cadavre dans les pattes

*Traduit de l'anglais (États-Unis) par*

SANTIAGO ARTOZQUI

Harper Collins

NOIR

*Titre original :*
A TWIST IN THE TAIL


Première publication en Grande-Bretagne en 2019 par Storyfire Ltd sous le label Bookouture.



HARPERCOLLINS FRANCE
83-85, boulevard Vincent-Auriol, 75646 PARIS CEDEX 13
Tél. : 01 42 16 63 63

www.harpercollins.fr

ISBN 979-1-0339-1114-2 — ISSN 2551-0096

# 1

Les miaulements des chats, pour le moins troublants, auraient dû m'alerter de l'imminence d'un désastre. Sur le moment, bien sûr, ma préoccupation principale était plutôt de savoir si nos hôtes appréciaient leur petit déjeuner. Ce n'était que le quatrième que je préparais depuis que j'étais officiellement devenue propriétaire de l'Oyster Cove Guesthouse, une maison d'hôtes.

Ils avaient l'air de le trouver bon. Mais ne vous méprenez pas, ce n'était rien d'extraordinaire. Du bacon, des œufs brouillés, des saucisses et des muffins au citron et aux graines de pavot, telles étaient les limites de mon expertise culinaire. Très honnêtement, j'avais peut-être légèrement surestimé mes talents de chef quand je m'étais lancée dans cette aventure. J'aurais probablement dû lire les articles en petits caractères sur les documents que m'avait envoyés Millie Sullivan, la précédente propriétaire, une dame âgée qui venait de prendre sa retraite.

Certes, mes petits déjeuners n'étaient pas de la cuisine cinq étoiles, mais aucun des clients de ma première fournée ne s'en était ému. Enfin, sauf un. Charles Prescott. C'était justement pour lui que je faisais à présent le pied de grue sur le seuil de la salle à manger avec un coquetier d'époque où trônait un œuf à la coque parfaitement chaud.

La veille, Charles s'était plaint. Son œuf était trop froid. Il en avait fait tout un plat, d'ailleurs. Mais comme j'avais la ferme intention de satisfaire mes clients, ce matin, j'avais pris un soin tout particulier à coordonner la cuisson de son œuf avec son arrivée dans la salle à manger, prévue à 8 heures pile. Il était maintenant 8 h 05... Où donc était Charles ?

Je balayai la salle des yeux, au cas où je ne l'aurais pas vu. Mais j'avais en tout et pour tout cinq clients, dont Charles, et quatre d'entre eux étaient déjà attablés devant leur petit déjeuner. Il était simple de repérer qui était là et qui n'y était pas, même dans une pièce aussi vaste.

Plusieurs petites tables ornées de nappes blanches étaient disposées sur un énorme tapis oriental vert mousse et doré. Des rideaux de soie aux couleurs assorties encadraient les fenêtres hautes de trois mètres qui offraient une vue plongeante sur l'océan Atlantique scintillant en contrebas et les récifs escarpés d'Oyster Cove. C'était l'été dans le Maine, et Flora – dont je commençais à me rendre compte qu'elle était la pire femme de chambre du monde – avait ouvert une fenêtre. Une brise légère soulevait les voiles de tulle, apportant l'odeur salée de l'océan et les cris des mouettes au loin... ou étaient-ce les chats ?

Ron et Iona Weatherby étaient assis à une petite table près de la fenêtre. C'était un adorable couple de personnes âgées. Ils portaient leurs lunettes en sautoir, et avaient posé leurs appareils photo à côté d'eux. Ron étalait du beurre sur un muffin tandis qu'Iona picorait délicatement ses œufs brouillés. C'était un couple charmant, venu observer les oiseaux et les photographier. Des hôtes parfaits, rien à redire.

Ava Grantham, la soixantaine, était assise toute seule à une table pour quatre près du buffet. Chroniqueuse d'un carnet mondain, c'était une femme frêle comme un oiseau qui remarquait tout ce qui se passait. D'une conversation plutôt agréable, elle m'avait raconté qu'elle venait en vacances à Oyster Cove depuis qu'elle était enfant, et qu'elle avait même séjourné à quelques reprises dans la maison d'hôtes, du temps où Millie en était la propriétaire. Son assiette débordait d'œufs brouillés, de bacon et de saucisses. Je me demandais comment elle faisait pour rester aussi maigre.

La quatrième résidente, Tina Reeves, était installée à côté de la porte. C'était une blonde pétillante avec de grands yeux bleus, plus jeune que les autres, probablement dans les trente-cinq ans. Elle prétendait venir rendre visite à des parents, mais je la soupçonnais d'avoir une autre idée en tête, même si je ne savais pas trop laquelle. Aucune importance, cela dit. À partir du moment où ils réglaient leur note, les intentions de mes hôtes m'étaient indifférentes. Tina avait une peau sans défaut et une silhouette de sablier, ce qui n'avait rien d'étonnant. Son assiette ne contenait qu'une cuillerée d'œufs brouillés et trois myrtilles.

Toujours aucun signe de Charles. Je me demandais que faire avec mon œuf en train de refroidir dans mes mains quand j'entendis la porte d'entrée s'ouvrir. Charles était peut-être allé marcher un peu avant le petit déjeuner. Je fis demi-tour pour glisser une tête dans le vestibule.

Mince ! Ce n'était pas lui, mais Barbara Littlefield, l'inspectrice en bâtiment de la municipalité, chargée de leur contrôle technique, et la dernière personne que j'avais envie de voir en ce moment. Depuis que j'avais entrepris la rénovation de cette vieille demeure, Barbara était une épine dans mon pied. Rien ne trouvait grâce à ses yeux, et elle m'avait déjà collé deux amendes pour des infractions sur lesquelles une personne plus aimable aurait fermé les yeux. Mais il était trop tard pour retourner me cacher dans la salle à manger. Elle m'avait repérée et traversait déjà le vestibule au pas de charge en arborant une expression peu commode. Je m'avançai donc au-devant d'elle pour éviter qu'elle dérange mes hôtes pendant leur petit déjeuner.

— Barbara, quelle bonne surprise ! mentis-je.

Son air maussade s'accentua un peu plus.

— Je suis simplement venue vérifier le permis pour le belvédère et j'ai remarqué que…

*Miaooou !*

Barbara tourna aussitôt la tête, à l'affût.

— Il y a des chats dans votre salle à manger ?

Je m'écartai pour la laisser regarder.

— Bien sûr que non !

— Bien. Parce que cela serait une infraction aux règles sanitaires.

*Miaooou !*

Était-ce mon imagination, ou bien les chats miaulaient-ils plus fort et avec plus d'insistance ?

Sourcils froncés, Barbara jeta un œil dans le couloir d'où le dernier miaulement semblait provenir.

— Attendez une minute. On dirait que ça venait de la cuisine. C'est encore pire !

Elle se rua vers l'autre bout du vestibule. Je la suivis, mon coquetier toujours en équilibre entre les mains. Certaines choses sont plus importantes que Charles Prescott et son petit déjeuner – veiller à ce que la commission sanitaire ne ferme pas mon établissement parce qu'il y avait des animaux dans ma cuisine, par exemple.

— Ça ne vient pas de la cuisine !

Du moins, je l'espérais. Ça venait bien de cette direction, mais j'étais pratiquement sûre que les miaulements s'élevaient dans l'aile ouest de la maison, qu'on avait bouclée pour y faire d'importants travaux de rénovation. Cela dit, il arrivait aux chats de traîner dans la cuisine... J'espérais simplement qu'ils ne s'y trouvaient pas en ce moment.

— Je pense que vous avez raison.

Barbara marqua une pause et me dévisagea.

— Je croyais avoir été claire. Cette aile vétuste était censée être condamnée, afin que personne ne puisse s'y aventurer.

Qu'est-ce que je vous disais ? Avec cette femme, pas moyen de gagner. Plutôt que de se réjouir qu'il n'y ait pas de chats dans la cuisine, elle trouvait un autre sujet de récrimination.

— Elle est fermée. Aux gens. Mais les chats se glissent partout pour peu qu'ils le veuillent.

Était-ce vrai ? Je n'en étais pas sûre. Cela ne faisait que peu de temps que j'étais propriétaire de la demeure, et donc des chats, et je n'avais pas la moindre idée de ce dont ces petits monstres à fourrure étaient capables. Jusqu'à présent, ils s'étaient plutôt bien comportés, mais la façon dont ils me regardaient – avec des yeux lumineux, pleins d'intelligence – me donnait toujours l'impression qu'ils tramaient quelque chose dans mon dos. Je n'avais pas une grande expérience des chats, mais Millie m'avait dit qu'ils étaient de fort bonne compagnie, et, pour l'instant, j'avais été trop occupée à apprendre les ficelles du métier de l'hôtellerie pour consacrer du temps à faire leur connaissance.

Je fus prise d'un sentiment rampant de culpabilité. J'avais promis à Millie que j'en prendrais bien soin, mais, à en juger par leurs miaulements, ils étaient en détresse. Pourvu que l'un d'eux n'ait pas trouvé le moyen de pénétrer dans l'aile en travaux et ne s'y soit pas fait mal. Là-dedans, c'était le bazar, on pouvait facilement se blesser.

*Miaaaa-ooou !*

En remontant le couloir, j'avais la sensation que cette traversée était interminable, mais il faut dire que ce couloir était effectivement très long. Nous étions dans une grande demeure, après tout ! Gigantesque même. C'était Jedediah Biddeford, un magnat de la construction navale, qui l'avait fait bâtir trois cents ans plus tôt. Je l'avais rachetée à Millie Sullivan – la meilleure amie de ma mère – dont la famille en avait été propriétaire pendant cent vingt-cinq ans. À en juger par l'aspect de l'aile ouest, c'était aussi à cette époque que la dernière rénovation avait eu lieu. Ne parlons même pas de l'état du pavillon du gardien et de la remise à calèches.

À présent, les chats hurlaient vraiment, et je commençais à m'inquiéter. Barbara, qui avait pris les devants, s'arrêta devant la porte de l'aile ouest et se retourna vers moi en faisant la moue.

— Je croyais que vous m'aviez dit qu'on ne pouvait pas entrer ! persifla-t-elle en désignant la porte entrouverte.

J'aurais pourtant juré l'avoir verrouillée quelques jours auparavant.

Nero, le gros chat à la robe noir et blanc, se tenait dans l'embrasure et me dévisageait de ses yeux d'un vert intense, comme pour me dire : « Qu'est-ce qu'il vous a fallu comme temps ! » Marlowe, au pelage écaille de tortue, frottait sa tête contre mes chevilles. Au moins, ils n'avaient rien ! Même si l'idée de leur flanquer une bonne rouste pour m'avoir angoissée me traversa brièvement l'esprit.

— Je ne vois pas comment cette porte s'est ouverte. L'homme à tout faire, peut-être ?

Il s'agissait du neveu de Millie, Mike Sullivan, un vaurien depuis son plus jeune âge. Si cela n'avait tenu qu'à moi, jamais je n'aurais fait appel à ses services, mais Millie l'avait embauché pour réparer des choses ici et là avant que j'achète la maison d'hôtes. Le boulot avait déjà été payé et je ne pouvais pas me permettre de faire une croix sur cette somme. Néanmoins, j'avais hâte de me débarrasser de lui.

— Il est probablement en train de travailler là-dedans. Je vais vérifier.

— Bien essayé, mais cela constitue quand même une infraction à l'article 401 de la réglementation de l'État.

Barbara dégaina son carnet, sans doute pour rédiger une amende.

Génial ! J'avais vraiment besoin de ça ! Et pour couronner le tout ce stupide œuf à la coque avait complètement refroidi à présent. Je le passai dans ma main gauche et tendis l'autre vers la poignée.

— Vous ne pourriez pas vous montrer indulgente, pour une fois ? Elle n'est pas restée ouverte longtemps et…

Nero lança un gémissement et se jeta sur la porte avant que j'aie le temps de la refermer. Le battant s'ouvrit brusquement, révélant l'état vétuste de l'aile ouest. Des acariens flottaient dans l'air, des toiles d'araignée pendaient aux lustres et les murs étaient ternis de taches d'humidité. Mais ce n'était pas ça, le pire. Le pire, c'était ce qui se trouvait au pied de l'escalier. Un corps. Celui de Charles Prescott, pour être exact. Mortellement immobile.

# 2

Je me précipitai vers le corps. On pourrait croire que la plupart des gens seraient rebutés par la vue d'un cadavre, et que leur inclination naturelle serait de partir en courant dans l'autre sens, mais, avant de tout laisser tomber pour favoriser la carrière de cuisinier de mon ex-mari et élever Emma, notre fille, j'étais en bon chemin pour devenir médecin légiste. Je n'avais jamais regretté de rester à la maison pour Emma. Le mariage, c'est une autre histoire. Apparemment, mon ancienne formation médicale venait de reprendre le dessus. Je voulais voir s'il était possible de faire quelque chose, même si le teint livide et le regard fixe de Charles suggéraient qu'il était de toute évidence trop tard.

Je cherchai son pouls. Rien. Charles était parti. Au moins, il ne déplorerait pas que son œuf ait refroidi. Œuf qui, à présent, roulait sur le plancher. J'avais dû le laisser échapper dans mon empressement.

On peut dire que ça tombait mal ! Non seulement je me coltinais une demeure à moitié en ruine que je n'avais pas les moyens de remettre en état, deux chats dont je savais à peine m'occuper et une inspectrice en bâtiment qui salivait chaque fois qu'elle pouvait me coller une prune pour la moindre infraction, mais maintenant j'avais aussi un cadavre dans les pattes.

Bien sûr, c'était également fâcheux pour Charles. Une vague de tristesse m'envahit. Certes, ce type était pénible, mais il ne méritait quand même pas de mourir. Je me sentis égoïste de me soucier de mes problèmes alors que le pauvre avait perdu la vie.

Un bref moment de désespoir me saisit quand je vis mes projets de réussite s'évaporer sous mon nez. Et pas seulement de réussite financière. Il y avait bien plus que de l'argent en jeu. J'avais passé la plus grande part de ma vie adulte dans l'ombre de mon ex-mari, Clive Stonefield, un chef vaguement célèbre. Les derniers mots qu'il m'avait balancés en me quittant – « sans moi, tu n'es rien ! » – me faisaient encore mal. J'étais déterminée à lui démontrer qu'il avait tort.

L'Oyster Cove Guesthouse était mon occasion de briller. Une opportunité de lui prouver que je pouvais connaître le succès, moi aussi. J'avais mis tout mon argent et mes espoirs dans cet achat, et il *fallait* que ça fonctionne. À quarante-six ans, je ne rajeunissais pas, et c'était peut-être ma dernière chance.

À quel point un cadavre peut-il mettre en péril une entreprise ? Peu importe ! Ce malheur ne signerait pas ma défaite. J'allais plutôt prendre ça comme une occasion de prouver que je pouvais réussir contre vents et marées. Après tout, ma fille se lançait dans la vie et je me devais d'être un bon exemple pour elle.

Un bruissement de papier me tira de ma rêverie. Barbara était en train de feuilleter son carnet, probablement à la recherche de l'article stipulant que la présence d'un cadavre était une infraction, afin de pouvoir me mettre une amende.

— Il est mort. On ferait mieux d'appeler la police, dis-je.

Barbara leva la tête, dardant un regard noir sur l'escalier.

— Ce n'est pas étonnant. Regardez comment les marches se sont effondrées ! s'exclama-t-elle en plissant les yeux et en tendant le cou. Ça m'a tout l'air d'être de la pourriture sèche. Ce lieu est inhabitable.

À mon tour, je posai les yeux sur l'escalier. Elle n'avait pas tort. Des échardes acérées dépassaient aux endroits où les lattes s'étaient brisées. La rampe tout entière gisait au sol, même si la moitié était déjà tombée avant que j'achète la maison. L'escalier n'avait jamais été en bon état. Maintenant, c'était un désastre. Et c'était bien la raison pour laquelle j'avais condamné cette aile. Seul un fou se serait aventuré sur cet escalier, ce qui amenait à se poser deux questions : comment Charles était-il entré ici ? Et pourquoi ?

Je ne sais pas à quoi Jedediah Biddeford songeait quand il avait bâti cet endroit. La maison aurait facilement pu héberger quatre familles. Peut-être souhaitait-il élever plusieurs générations sous son toit ? La demeure était énorme, avec plusieurs escaliers et deux cuisines. Au fil des ans, certaines parties du bâtiment étaient tombées en ruine.

Millie m'avait confié que sa famille avait fermé l'aile ouest une génération auparavant, et qu'elle-même avait du mal à entretenir le reste. C'était pourquoi elle m'avait vendu la maison à si bas prix. Enfin, ça et son envie de disposer de davantage de temps pour flâner en ville et faire les quatre cents coups avec ma mère, âgée de soixante-dix-huit ans. C'était la seconde raison qui m'avait poussée à rentrer à Oyster Cove, ma ville natale, la première étant de m'éloigner de mon ex-mari.

Les chats s'étaient calmés, au moins. À présent, ils reniflaient partout dans la pièce comme des inspecteurs à fourrure en quête d'indices. Nero portait une grande attention au poteau de rampe surmonté d'un globe qui avait roulé dans un coin. Marlowe, assise à côté de lui, l'observait.

— Nom d'un cul de singe ! C'est Prescott ? s'exclama Ava Grantham en franchissant le seuil, les yeux rivés sur le cadavre.

Zut ! J'avais espéré cacher la chose à mes hôtes afin qu'ils ne s'enfuient pas en me demandant de les rembourser.

— Un simple petit accident, dis-je d'une voix un peu trop aiguë. Retournez dans la salle à manger. Je vais vous rapporter des muffins.

Mais il était trop tard. Les Weatherby surgirent à côté d'Ava.

Iona poussa un cri de surprise en tripotant ses lunettes.

— Mon Dieu ! Qu'est-il arrivé ?

— Ne regarde pas, ma chérie, répondit Ron en la prenant par la taille.

Je fis mon possible pour adopter un ton tout-va-bien-passez-votre-chemin.

— C'est un simple accident. Il n'y a rien à voir, vraiment !

— Ce n'est pas très surprenant, d'ailleurs ! intervint Barbara en désignant l'escalier en ruine. Cet endroit présente des risques de sécurité. Vous devriez tous faire attention.

Génial ! La dernière chose dont j'avais besoin, c'était bien que Barbara raconte aux clients que la maison d'hôtes n'était pas sûre !

— Quelqu'un devrait prévenir la police, suggéra Ron Weatherby. Bien que, dans une si petite ville, je me demande s'ils seront compétents pour enquêter sur l'état de cet escalier, ajouta-t-il à voix basse.

— Je m'en charge ! proposa un peu trop joyeusement Barbara en sortant son téléphone.

— Que se passe-t-il ? Je... argh !

Tina venait de se joindre au groupe. Ses yeux semblaient encore plus grands que d'habitude. La main sur la bouche, elle fixait le corps sans vie de Charles. Le cri strident qu'elle avait poussé avait amené les chats à tourner la tête dans sa direction, les moustaches tremblantes.

— Est-ce que c'est un cadavre ?

Ron Weatherby reporta son attention sur Tina et lui passa un bras autour de l'épaule, la tapotant d'un geste paternel.

— Allons, allons, jeune fille, ce n'est pas un spectacle pour vous. Laissez ma femme et moi vous accompagner dans la salle à manger pour boire une tasse de thé.

— Bonne idée ! m'écriai-je. Nous vous rejoindrons dans une minute, et tout le monde pourra oublier tout ça.

Ils finirent par partir. Je fermai les yeux, désireuse que la police arrive avant que quelqu'un d'autre ne débarque. Je n'eus pas cette chance.

— Que se passe-t-il ? J'étais en train de réparer l'évier dans la chambre aux Oursins et je…

Mike Sullivan, figé sur le seuil de la pièce, écarquilla les yeux en faisant glisser son regard du cadavre à mon visage.

— Mais que s'est-il passé, Rayon de soleil ?

Mike Sullivan était la dernière personne que j'avais envie de voir en ce moment. On se côtoyait depuis longtemps. Une éternité. C'était le meilleur ami de mon frère quand ils étaient petits. Je le connaissais depuis que je portais des couches, et le surnom « Rayon de soleil » n'était pas particulièrement affectueux. J'en avais hérité à l'adolescence, parce que je n'étais pas trop du matin. Mike et Tommy me désignaient par ce sobriquet pour se moquer de mon humeur grincheuse.

Pour la énième fois, je me pris à souhaiter qu'il se dépêche de finir les travaux pour lesquels Millie l'avait engagé. Je n'aimais pas la fossette que son rictus creusait sur son visage quand il m'appelait Rayon de soleil, ni l'étincelle malicieuse qui pétillait dans ses yeux d'ambre.

— L'un des hôtes a eu un accident.

Mike s'approcha de moi.

— Ça va ?

Mon cœur faillit fondre en entendant la préoccupation dans sa voix, avant que je me rappelle à quel point il était pénible quand j'étais plus jeune. Particulièrement le jour où j'avais appris qu'il allait me demander de sortir avec lui pour le bal de fin d'année. Puis il avait changé d'avis et invité cette traînée de Stella Dumont à la place. C'est sûr qu'aujourd'hui je m'en moquais pas mal. Ça remontait à des décennies, et depuis je m'étais mariée et j'avais divorcé, mais les rejets qu'on subit pendant l'adolescence ne s'oublient pas facilement. Mike ne s'était jamais marié, lui, mais qui sait combien de « Rayons de soleil » il avait fréquentés pendant toutes ces années. Étant donné qu'il avait passé la plus grande partie de sa vie à faire le tour du monde dans la marine, je me disais qu'il devait y en avoir eu beaucoup.

Je lui donnai une tape pour qu'il s'en aille.

— Bien sûr que ça va. Ce n'est pas moi qui ai eu un accident.

— Laissez passer ! Laissez passer !

Les voix qu'on entendait résonner dans le couloir étaient celles de ma mère et de Millie, ce qui prouvait bien que lorsqu'on croit que les choses ne peuvent pas empirer on se trompe. J'aurais dû me douter qu'elles accourraient. Sur leur téléphone, elles avaient une application qui scannait les communications de la police et elles déboulaient sur quasiment toutes les scènes de crime, en général avant les policiers.

— Mon Dieu, Josie, est-ce là une façon de traiter ses hôtes ?

Dès que Millie entra, Nero et Marlowe reportèrent leur attention sur leur précédente propriétaire. Ils trottinèrent vers elle, s'enroulèrent autour de ses chevilles et se mirent à ronronner tandis qu'elle se penchait pour les caresser avec une souplesse qui faisait mentir son âge.

Ses yeux tombèrent sur le coquetier.

— Oh ! le coquetier en porcelaine de grand-mère. Pourquoi est-il par terre ?

C'était un miracle qu'il ne se soit pas brisé. Il me restait quand même un minimum de chance.

— Sans parler de l'œuf, ajouta ma mère en le ramassant. Vous, les jeunes, vous faites des choses bizarres, ajouta-t-elle en nous dévisageant, Mike et moi.

— On ne fait rien de bizarre. J'ai laissé tomber l'œuf quand j'ai découvert Charles, répondis-je en désignant son corps du menton.

— Oh !

Ma mère posa les yeux sur le cadavre de Charles, au-dessus duquel Millie se tenait à présent. On aurait pu croire que ma mère et sa meilleure amie seraient choquées par la vue d'un mort, mais apparemment toutes les scènes de crime qu'elles avaient visitées les avaient endurcies.

— Ça ne sent pas bon pour les affaires, lâcha Millie en arrachant son regard du cadavre. Vous n'allez pas en parler dans le journal, n'est-ce pas ? demanda-t-elle à Ava Grantham, encore plantée sur le seuil.

Ava fit la moue en balayant l'idée d'un geste de la main.

— Bien sûr que non. Je rédige le carnet mondain, pas la rubrique nécrologique.

— Bien. À présent, ce qu'il faut faire, c'est sécuriser la zone. Veillez à ne pas la contaminer, reprit Millie.

— Il nous faudrait des gants, dit ma mère à mon intention. Tu n'en aurais pas, Josie ? Peut-être les jaunes dont Flora se sert pour faire la vaisselle ?

— Je, euh…

Je n'avais jamais vu Flora porter des gants jaunes, mais c'était peut-être parce qu'elle refusait de la faire, la vaisselle.

— Et des sacs en papier, ajouta Millie.

Avant que je puisse répondre quoi que ce soit, on entendit frapper à la porte. La police était arrivée.

— On est là ! brailla Millie.

— Ne vous inquiétez pas, on a sécurisé la scène, précisa maman.

Seth Chamberlain, le shérif d'Oyster Cove, apparut. Je ne savais pas trop comment il se débrouillait pour être réélu parce qu'il était plus âgé que ma mère et Millie, et à peu près aussi efficace qu'elles en matière de résolution de crimes. Étant donné qu'elles s'étaient toutes deux transformées en détectives du troisième âge, c'était peut-être un compliment. Quoi qu'il en soit, d'après la rumeur, Seth était tellement gentil que c'était la raison pour laquelle les gens continuaient de voter pour lui. En outre, il n'y avait quasiment pas de crimes à Oyster Cove.

— Je ne vois aucune empreinte dans l'escalier ! s'exclama Millie en désignant les marches poussiéreuses.

— Et nous n'avons pas encore déterminé comment l'assassin est entré ou sorti, observa maman.

*L'assassin ?* Maman donnait un peu dans le psychodrame, là !

— Un assassin ? Mais il est évident que cet homme est simplement tombé dans l'escalier, qui n'était pas sécurisé ! s'indigna Barbara.

— Écoutez, mesdames ! Je suis parfaitement capable de déterminer ce qui s'est passé ici.

Seth avait parlé d'un ton bourru, mais à la façon dont il regardait Millie je voyais bien qu'il en pinçait pour elle et que, quoi qu'elle fasse, elle bénéficierait d'un passe-droit quasi systématique.

Millie rougit en passant la main dans ses cheveux blancs frisés.

— Inutile de s'énerver ! On essaie simplement de donner un coup de main.

— Je sais. C'est très aimable à vous. Et maintenant, que diriez-vous de tous partir et de nous laisser faire notre travail ? répondit-il en nous poussant dehors.

J'obtempérai volontiers, aux prises avec les insinuations de ma mère. Je me sentais mal pour ce pauvre Charles, mais je ne pouvais empêcher une question de me travailler... Qu'est-ce qui serait le mieux pour mon commerce ? Que quelqu'un l'ait tué, ou qu'il soit tombé dans un escalier dangereux ?

Nero se lécha la patte puis se la passa derrière l'oreille en regardant les humains s'en aller. Il était rongé d'inquiétude et de culpabilité. La mort avait fait irruption dans la maison d'hôtes, et il ne s'en était aperçu que trop tard.

— J'espère que nous n'avons pas trop déçu Millie, miaula Marlowe. Mais nous avons donné l'alerte dès que nous avons senti l'odeur de la mort. Ce n'est pas notre faute si Josie met autant de temps à comprendre ce que nous lui disons.

Elle fouetta l'air de sa queue, les yeux fixés sur Seth Chamberlain, lequel examinait le cadavre.

Nero continuait de faire sa toilette. Il prenait grand soin de son pelage, afin qu'il demeure brillant et soyeux. Même au cours de sa sixième vie, un chat aimait avoir bonne mine. Comment savoir quand une siamoise sensuelle ou une jolie cornish rex répondrait favorablement à ses attentions ?

— Tout à fait, dit-il. Mais nous aurions peut-être pu empêcher que ça arrive. Un meurtre, ce n'est pas bon pour les affaires.

— Un meurtre ? s'exclama Marlowe en se tournant vers Nero. Mais c'est un accident. Regarde les escaliers.

— Les choses ne sont pas toujours ce qu'elles paraissent.

La situation avait beau ne pas être idéale pour la maison d'hôtes – et encore moins pour Charles Prescott –, Nero n'allait pas louper une occasion de partager un peu de sa sagesse avec sa jeune congénère.

Cela faisait des décennies que Nero veillait sur l'établissement. Depuis le jour où, se promenant devant la demeure, il avait su que ce serait sa maison. La mémoire de Millie, probablement à cause de son âge, ne lui permettait pas de se rendre compte qu'il avait passé bien plus de temps entre ces murs que la durée de vie d'un chat normal. Et au cours de ces décennies il avait développé un grand désir de protéger la maison d'hôtes.

Marlowe était arrivée plus récemment. Nero était bien obligé d'admettre qu'il avait été un peu irrité lorsque Millie avait ramené ce petit chaton abandonné qu'elle avait trouvé sous un buisson devant le centre commercial, une dizaine d'années auparavant, mais au fil du temps il s'était pris d'affection pour sa jeune protégée. En outre, il pouvait ainsi transmettre son savoir à quelqu'un. Et elle était de bonne compagnie. Parfois.

Marlowe écarquilla les yeux.

— Tu veux dire que tu as repéré un indice indiquant que quelqu'un d'autre était présent ?

Nero se contenta d'acquiescer. De son côté, Seth examinait le cadavre en prenant soin de toucher le moins de choses possible, afin de ne pas perturber le travail des médecins légistes. Son adjoint, Johnnie Sanders, prenait des photos tandis que l'agent à mi-temps, Sheila Watts, griffonnait des notes sur son carnet. Nero était content qu'ils ne les aient pas remarqués et mis dehors à coups de pied.

En général, les chats n'étaient pas les bienvenus sur les scènes de crime, mais il avait appris qu'il pouvait se rendre pratiquement invisible aux yeux des humains s'il restait silencieux et qu'il se déplaçait furtivement, collé au sol. Cela fonctionnait bien pour se glisser dans des pièces ou dans des bâtiments, même si ressortir pouvait poser problème lorsque les humains refermaient les portes derrière vous.

— Vous pensez qu'il est entré par cette porte, là-haut, et que les escaliers se sont effondrés ? demanda Sheila en désignant les marches supérieures.

— On dirait bien, répondit le shérif en se penchant sur les décombres. Ces lattes sont pourries et la rampe a dû céder.

— Ça s'est peut-être produit avant, suggéra Sheila en inspectant certaines marches du haut qui étaient encore intactes. Il y a de la poussière dans les trous, c'est pourquoi je me dis qu'une partie de la rampe a dû tomber il y a longtemps.

— C'est encore plus dangereux, alors ! s'écria Seth en regardant le cadavre. Qui serait suffisamment bête pour emprunter ces escaliers, qui plus est en l'absence de rampe ?

Nero posa les yeux sur Marlowe. Il aurait aimé que la jeune chatte se dépêche de trouver l'indice avant que Seth Chamberlain ne commette une erreur de jugement quant à la façon dont Charles Prescott était passé de vie à trépas. Franchement, c'était dommage que les humains n'aient qu'une vie, sinon Charles serait retourné se promener en un rien de temps, et ils n'auraient pas ce problème-là sur les bras.

— Tu as remarqué quelque chose de particulier cette nuit ? demanda Nero. Moi, je chassais les souris dans le grenier et j'ai fait des sommes entre deux poursuites. Je n'ai rien entendu.

Il n'était qu'au tout début de sa sixième vie, et certainement pas à l'âge où son ouïe commencerait à baisser.

Marlowe lui adressa un regard penaud.

— Je, euh… Je suis peut-être descendue faire un tour sur les quais.

— Allons donc ! s'exclama Nero en haussant un sourcil.

Il ne tenait pas à être informé des activités nocturnes de Marlowe. Les filles sont des filles. Il voyait bien qu'elle se sentait coupable, et il n'était pas son père, simplement son mentor.

— J'espère seulement que nous n'avons pas déçu Millie, dit Marlowe.

— Oui. Il est bien dommage que ce drame se soit produit si tôt après qu'elle nous a confié l'avenir de la maison d'hôtes.

— C'était notre mission principale, et nous avons échoué, admit Marlowe en baissant la tête.

— Nous pouvons peut-être encore nous racheter. Si nous parvenons à les aider à résoudre ce mystère rapidement, ça ne perturbera pas trop les choses. Tu sais à quel point les humains ont la mémoire courte. Plus vite l'affaire sera classée, plus vite ils reporteront leur attention sur un autre sujet. Veiller à ce que les hôtes survivent est de la plus haute importance. Millie nous avait chargés de cette tâche. J'aurais préféré qu'elle ne soit pas assortie de la présence de cette humaine, Josie, ajouta Nero en fronçant les sourcils. Elle n'est pas aussi maligne que Millie.

Marlowe continua de flairer le sol autour de la pièce.

— Oui, mais elle est utile pour les petits travaux, la blanchisserie, le ménage et la cuisine. Et apparemment, vu qu'elle est dans le lot avec la maison d'hôtes, nous devons être aussi loyaux avec elle que nous l'étions avec Millie.

Nero acquiesça.

— Pour ce qui est de la loyauté, je suis d'accord. Mais, côté cuisine, il y a du boulot. Elle fait tout le temps brûler les plats. Rien à voir avec notre Millie.

— Tant qu'elle remplit nos gamelles !

Nero se mit à flairer par terre à son tour.

— Tu as détecté l'odeur d'un inconnu ?

— Non. Simplement celle des habitués et de ceux qui se trouvaient ici ce matin. Il y a un effluve épicé, mais je ne sais pas trop ce que c'est. Oh ! et aussi celle de Stella Dumont.

Nero hocha la tête avec sagesse. Stella Dumont était la propriétaire du Smugglers Bay, une auberge située juste derrière le sommet de la colline. Depuis la cour, ils pouvaient même voir les mouettes qui volaient en décrivant des cercles au-dessus de sa terrasse. Un vrai fléau, ces mouettes. Apparemment, Stella avait rendu visite à Mike.

— Oui, répondit-il. Mais nous savons déjà qu'elle vient souvent ici.

— C'est vrai, et j'espère que c'est elle qui s'est glissée dans la maison, parce que ça nous aiderait énormément. Elle est propriétaire d'un hôtel qui nous fait concurrence, et si elle disparaissait du tableau, nous aurions davantage de clients.

Nero balança sa queue d'un air pensif.

— C'est juste. Stella s'est peut-être dit qu'un cadavre nuirait à la réputation de l'Oyster Cove et ramènerait davantage de clients chez elle.

— Oui. C'est peut-être elle, la coupable, répondit Marlowe en plissant les yeux.

— Es-tu sûre qu'il y ait un coupable ?

— Attends ! Je croyais que c'était ce que tu avais affirmé.

— Il y en a peut-être un, et peut-être pas. Il faut enquêter.

— Tu veux dire examiner les indices. L'escalier. Les choses que les policiers sont en train de prendre en photo.

Nero acquiesça.

— Mais ils oublient peut-être de regarder quelque chose. Ils enquêtent en partant du principe que l'homme est tombé dans l'escalier.

— Oh ! Bien sûr !

Marlowe comprit immédiatement. Elle cessa de s'intéresser à l'escalier et se mit à flairer le long du mur au pied duquel il y avait une pile de débris – la rambarde, le papier peint tombé du mur et une applique en métal. Elle s'arrêta devant la décoration du poteau de rampe – une grosse boule de métal surmontée d'une pointe.

Cela remontait à une époque lointaine où Nero n'était pas encore arrivé dans la maison, mais ses sens aiguisés lui indiquaient qu'avant que cette aile tombe en ruines cet escalier avait été un point névralgique de la demeure, avec des marches en chêne verni et une rampe ouvragée qui aboutissait au poteau sculpté surmonté d'un globe doré. Il pouvait presque s'imaginer les grandes dames en robe qui l'empruntaient pour descendre dans la pièce autrefois meublée de canapés de velours et de tables basses en acajou. Ce globe était sûrement le clou de la décoration de l'escalier.

Mais, la nuit dernière, quelqu'un lui avait trouvé un usage plus sinistre.

Marlowe le flaira à plusieurs reprises, puis adressa un regard de triomphe à Nero.

— Il y a du sang, là-dessus, mais le poteau n'est pas à côté du corps. Charles n'aurait pas pu le heurter en tombant.

Nero approuva d'un air satisfait.

— Très bien, ma petite. À présent, comment prévenons-nous la police de notre trouvaille ?

— Facile !

Marlowe posa la patte sur le poteau et poussa un miaulement sonore.

Seth, Sheila et Johnnie tournèrent brusquement la tête dans sa direction, tandis que le globe roulait vers eux.

— Hé, les chats, taisez-vous ! On est en pleine enquête ! s'écria Sheila en leur intimant de rester calmes d'un geste de la main.

— Oui ! D'ailleurs, vous ne devriez pas traîner ici, ajouta Seth en s'efforçant d'adopter un ton menaçant.

Mais Nero savait que le shérif aimait les chats parce que parfois, quand personne ne pouvait le voir, il leur donnait des donuts par la fenêtre de sa voiture de patrouille.

Nero trottina vers le globe et leva les yeux vers Seth.

*Miaooou !*

Seth regarda Nero, puis la boule de métal. Il plissa les yeux en tendant le cou. Johnnie était sur le point de la ramasser quand il l'arrêta de la main.

— Attends !

Les genoux de Seth craquèrent quand il s'accroupit. Il tira une paire de lunettes de lecture de sa poche poitrine et les chaussa pour examiner l'objet.

— Qu'est-ce que c'est ? demanda Sheila tout en continuant d'apaiser les chats.

Seth porta de nouveau son regard vers le cadavre, puis vers l'escalier. Il pointa une petite tache noire sur le globe.

— J'ai l'impression que ces chats se sont révélés utiles, tout compte fait. On dirait bien du sang. Et sauf erreur de ma part, cette pièce sphérique correspond à la blessure à l'arrière de la tête de la victime. Je pense que nous avons un meurtre sur les bras.

# 3

— Un meurtre ? Mon Dieu ! J'ai du mal à le croire ! s'exclama Millie quand Seth nous annonça la mauvaise nouvelle.

Maman, Millie et moi nous étions retirées dans le petit salon, qui faisait office d'espace privé, et nous avions pris place dans les fauteuils rembourrés autour d'une table basse à plateau de marbre.

Barbara était partie en trombe, probablement pour enregistrer une plainte à mon encontre. Ou peut-être était-elle en train de consulter la réglementation de la ville pour découvrir quelle amende on peut mettre à quelqu'un qui a un cadavre dans sa maison d'hôtes. Tina avait été très affectée par l'annonce du meurtre, et les Weatherby l'avaient accompagnée à l'étage avec Ava, non sans avoir d'abord fait une pause dans la salle à manger pour prendre un encas.

— C'est horrible ! s'écria ma mère en me regardant. Qui donc pouvait souhaiter sa mort ?

— Cela fait plusieurs jours qu'il était là. Tu l'aurais vu se disputer avec quelqu'un ? demanda Millie.

*Juste avec moi.*

— Pas vraiment. Il restait dans son coin, la plupart du temps.

— Hum… Et les autres clients ? Ont-ils eu des comportements suspects ?

Bonne question. J'étais trop occupée à essayer de ne pas faire brûler le petit déjeuner et à gérer Barbara Littlefield pour le remarquer.

— Je ne pense pas. Très franchement, j'avais beaucoup de pain sur la planche. Et maintenant, ça ! Et qui sait quel genre de châtiment Barbara mijote. Vous croyez qu'elle pourrait fermer la maison d'hôtes ?

— Pourquoi donc ferait-elle cela ? demanda Millie.

— Mystère ! On dirait qu'elle a une dent contre moi. J'essaie de tout faire dans les règles, mais elle trouve toujours quelque chose à redire.

— C'est vrai qu'elle est très stricte en matière de régulations de construction, ma chérie, mais c'est pour une bonne raison. Je suis certaine qu'il n'y a rien de personnel là-dedans, assura ma mère en me tapotant le bras. C'est pour le bien de la ville. Elle souhaite préserver son atmosphère pittoresque.

Millie acquiesça.

— Elle peut être pointilleuse, mais elle nous protège. Tiens, par exemple, elle s'est bien débrouillée avec cette histoire de plants de pédiculaires.

— Elle a joué un rôle clé pour empêcher la construction de ce grand hôtel sur la falaise. Que crois-tu que la maison d'hôtes serait devenue, si elle avait laissé faire ? demanda ma mère en regardant par la fenêtre en direction de la côte.

Certes, j'étais bien obligée de mettre ça au crédit de Barbara. L'été dernier, elle avait découvert que la *Pedicularis furbishiae*, une plante extrêmement rare dans le Maine, poussait sur la falaise. Elle avait alors constitué un comité et déposé une pétition auprès de l'État pour que les lieux où la fleur s'était implantée soient déclarés zone protégée. Et juste à temps ! Un gros conglomérat s'apprêtait à construire un gigantesque hôtel à cet endroit.

— Mais pourquoi se montre-t-elle aussi dure avec l'Oyster Cove ? C'est l'un des bâtiments les plus anciens de la ville, et j'ai tout à fait l'intention de le rénover en respectant l'aspect qu'il avait à l'époque.

— Tu as quitté la ville, alors aux yeux de Barbara tu es une sorte d'étrangère. Elle ne te fait pas encore confiance. Donne-lui du temps.

Les chats entrèrent et se dirigèrent vers Millie sans m'adresser un regard. J'imagine qu'ils avaient oublié qui était la patronne, à présent. Je dois admettre que j'étais un peu jalouse en les voyant s'installer sur les genoux de Millie.

— On dirait que les chats préfèrent leur ancienne propriétaire, ronchonnai-je.

Ma remarque me valut un regard noir de la part de Nero.

— Propriétaire ? s'exclama Millie d'un ton horrifié. Les chats n'ont pas de propriétaire, ma chérie, c'est même tout l'inverse. Plus vite tu t'en rendras compte, meilleure sera ta relation avec eux.

Nero me dévisagea avec un air suffisant, puis se roula en boule pour s'endormir.

— Néanmoins, dit ma mère, je ne sais pas trop ce qui se passe dans cette ville. D'abord des cadavres de mouettes, puis des cadavres de gens.

— Allons, Rose ! Ne t'inquiète pas ! répondit Millie. Il n'y a eu quasiment aucun problème dans cette ville pendant des décennies. Il fallait bien que quelque chose arrive tôt ou tard, et maintenant que ces deux coups de malchance sont derrière nous, les choses vont reprendre paisiblement leur cours.

J'espérais qu'elle avait raison. J'avais investi tout ce que j'avais dans l'achat de la maison d'hôtes, et je comptais bien afficher complet pendant la saison d'été. Pour moi, les mouettes mortes n'étaient pas un problème. En général, elles se tenaient à l'écart de l'Oyster Cove, probablement à cause des chats. Si c'était vrai, je devrais en remercier ces derniers. Les mouettes pouvaient se montrer extrêmement pénibles et je n'avais aucune envie qu'elles descendent en piqué sur mes clients et qu'elles les fassent fuir ! Je ne veux de mal à aucune créature du bon Dieu, mais je n'allais pas me mettre à pleurer pour quelques mouettes en moins. D'un autre côté, des cadavres d'oiseaux échoués sur la plage, comme cela se produisait régulièrement depuis quelque temps, ça n'attirait pas vraiment les touristes.

J'entendis du bruit à la porte et découvris Mike dans l'embrasure.

— Il me semblait bien que c'était ta voix, tantine !

Mike lui fit une bise sur la joue et se tourna vers ma mère.

— Rose, comment allez-vous ?

— Très bien, Michael. Tommy te passe le bonjour, d'ailleurs.

Mike me fit un clin d'œil. Ma mère l'appelait Michael depuis qu'il était petit, même s'il lui avait dit des millions de fois qu'il préférait Mike.

— Comment va-t-il ?

Ma mère leva les yeux au ciel.

— Bien, même s'il semble croire que le Maine est trop loin pour qu'il passe me voir.

Mon frère Tommy, qui avait déménagé en Floride quelques années auparavant, affirmait maintenant qu'il faisait trop froid dans le Maine pour lui, et il n'y revenait plus que deux fois par an. Personnellement, j'avais tendance à penser qu'il ne venait pas plus souvent parce que les facéties de ma mère avec les scènes de crime et le reste c'était un peu trop pour lui. Heureusement que j'étais là pour essayer de calmer ses ardeurs… même si mon succès en la matière n'était pas flagrant.

Mike adressa un regard compatissant à ma mère, puis se tourna vers moi.

— Hé, Rayon de soleil, j'ai appris que d'après la police ton hôte a été assassiné. Je me demandais si je pouvais faire quelque chose pour t'aider ?

— Je ne crois pas avoir spécialement besoin d'aide, si ?

— Je ne sais pas, répondit-il en haussant les épaules. Mais je peux te dire une chose. Je suis absolument certain que quelqu'un a tripatouillé ces marches.

— Pourquoi quelqu'un aurait-il fait ça ? demandai-je en fronçant les sourcils.

— À l'évidence, pour dissimuler le meurtre, ma chérie ! lança Millie comme si j'étais idiote.

Ma mère acquiesça.

— Oui, bien sûr. L'assassin espérait probablement que le shérif conclurait à l'accident.

Hum… Intéressant. Seth Chamberlain avait presque dit que c'était un accident… et Ron Weatherby n'avait-il pas déclaré que dans les petites villes les forces de l'ordre n'avaient généralement pas les moyens de mener des enquêtes rigoureuses ? J'espérais que ça ne serait pas le cas cette fois-ci. Un meurtre dans la maison, ça ne faisait déjà pas bonne impression, mais un meurtre non résolu… ? Encore pire.

— Qu'est-ce que tu entends par « tripatouiller » ? demandai-je à Mike.

Si quelqu'un avait assassiné Charles, puis avait essayé de maquiller ça en accident, il avait dû passer un certain temps dans cette pièce. Or l'aile était condamnée. Cela dit, n'importe qui aurait pu forcer la serrure, et les bruits d'outils qui résonnaient dans la maison n'étaient pas rares depuis que Mike effectuait ses petits travaux.

— L'escalier était assez vétuste, mais on dirait qu'on l'a aidé à s'effondrer. Les lattes ont l'air d'avoir été coupées en deux, et non d'avoir cédé sous le poids de quelqu'un. Et les clous ont été retirés.

Je ne savais trop que faire de cette information. La révéler à la police ? Ne pouvaient-ils pas s'en apercevoir tout seuls ? Et d'ailleurs, qu'est-ce qu'il y connaissait en escaliers, Mike ? Certes, il faisait un peu de menuiserie dans la maison d'hôtes, et il semblait s'en tirer plutôt bien, mais avant il était officier de marine. La menuiserie n'était pour lui qu'une activité secondaire.

Je m'apprêtais à le lui signaler quand Flora entra en faisant couiner ses sandales orthopédiques blanches et se dirigea vers Mike avec décontraction.

Flora était une dame âgée assez maigre avec de gigantesques lunettes rondes qui lui faisaient des yeux de hibou. Quand Millie m'avait vendu la maison d'hôtes, elle avait précisé que Flora, qui en était la femme de chambre depuis cinquante ans, avait besoin de ce salaire. D'ailleurs, qui donc peut vivre uniquement de ses allocations retraite ? J'avais supposé qu'en échange Flora ferait un peu de ménage, et, comme je n'étais pas en ville et que je ne connaissais personne d'autre, j'avais accepté qu'elle reste. Mais j'étais le dindon de la farce. Depuis mon arrivée, elle s'était toujours débrouillée pour ne pas effectuer la moindre tâche que je lui avais confiée. Bien sûr, je n'étais pas obligée de la garder, mais qui pourrait mettre à la porte une vieille dame ayant trente-deux petits-enfants ? Je n'avais pas le cœur de le faire. Peut-être qu'un jour, quand j'en aurai les moyens, j'embaucherai une autre femme de chambre qui travaillera vraiment.

— Monsieur Mike, avez-vous terminé dans la chambre aux Oursins ? demanda Flora en plissant des yeux.

C'est vrai qu'elle le regardait de loin, étant donné que Flora devait faire un mètre trente et Mike plus d'un mètre quatre-vingts.

Mike lui sourit de toute sa hauteur, avec ce charme enfantin dont j'avais gardé le souvenir. Apparemment, il ne le réservait pas qu'aux jeunes filles. Bien sûr, ce genre de charme n'exerçait plus aucun effet sur moi, mais il agissait sur Flora, qui faillit s'évanouir.

— Oui, j'ai fini. Je n'ai pas laissé trop de pagaille ?

Flora secoua la tête.

— Oh non ! Je suis ravie de faire le ménage derrière vous.

Ma mâchoire était à deux doigts de tomber par terre. Depuis quand Flora était-elle ravie de faire le ménage ?

— Merci ! N'hésitez pas à me dire si je vous donne trop de travail. Et toi, Rayon de soleil, ajouta-t-il en se tournant vers moi, n'hésite pas à me dire si tu as besoin d'aide.

Tout le monde le suivit du regard quand il sortit, et celui de Flora s'attarda sur la partie bien spécifique de son corps moulée dans son jean délavé. Dès qu'il eut quitté la pièce, elle me dévisagea d'un air mauvais.

— J'espère que vous n'avez pas l'intention de me faire nettoyer tout ce bazar dans l'aile ouest. Je ne travaille pas sur les scènes de crime.

Là-dessus, elle fit volte-face et sortit en croisant Ava Grantham sur le seuil.

— Je reviens de l'étage. Tina a fini par se calmer. Les jeunes, de nos jours, ce sont de petites natures. Heureusement que les Weatherby ont la tête sur les épaules. Votre shérif est monté dans la chambre de Prescott, lâcha-t-elle en se laissant tomber sur une chaise à dossier droit. Honnêtement, je ne suis pas surprise que quelqu'un l'ait assassiné.

— Ah bon ! m'exclamai-je en même temps que maman et Millie.

Ava secoua la tête.

— Non. Pas du tout. C'était un sale type.

Ma mère et Millie échangèrent un regard intrigué.

— Vous le connaissiez ? demanda cette dernière.

— Bien sûr ! Ça fait un bout de temps que cette vieille chouette est dans le coin, répondit-elle en se désignant. On a été collègues dans plusieurs rédactions.

— Charles travaillait dans la presse ? Il était journaliste ? demandai-je à mon tour.

Anna me jeta un regard un peu dédaigneux.

— Vous ne savez pas qui il était ?

Je n'aimais pas trop ce que j'entendais. J'étais censée connaître Charles ? Connaître celui qu'on venait d'assassiner dans ma maison d'hôtes ne devait pas être très bon pour les affaires... ou pour ma liberté.

— Aucune idée, répondis-je.

— Charles Prescott était le Gourmet Rieur. Vous savez... Le critique gastronomique, également chef cuisinier.

Mince ! J'aurais probablement dû être au courant. Clive, mon ex-mari, n'avait-il pas mentionné son nom à l'occasion ? Pour être franche, je ne prêtais plus vraiment attention à sa carrière de chef lors des dernières années de notre relation. Dans les premiers temps de notre mariage, je m'étais beaucoup impliquée. J'allais toujours dîner dans ses restaurants et je l'accompagnais à divers événements, mais à la naissance d'Emma nous étions convenus qu'il valait mieux que je me concentre sur les besoins de notre fille. Au fil du temps, j'avais de moins en moins suivi l'évolution de la carrière de Clive, parce que ça se passait bien et qu'il chevauchait avec enthousiasme vers le succès. Mais j'ignorais que, par ailleurs, il chevauchait avec enthousiasme une ribambelle de jolies sous-cheffes.

— J'ai peut-être entendu parler de lui…

— À vrai dire, ça ne me surprendrait pas que vous ne le connaissiez pas, parce qu'il n'est plus tellement populaire, affirma-t-elle en se penchant vers moi. Quasiment plus personne ne lisait sa chronique. À tel point que l'an dernier le journal pour lequel nous travaillions tous les deux l'avait supprimée. J'ai entendu dire qu'il avait des problèmes d'argent. D'après la rumeur, il planchait sur un livre de cuisine très raffiné, plein de recettes innovantes et inhabituelles, et il pensait que ça ferait de lui un homme riche.

Les sourcils de Millie remontèrent jusqu'à la racine de ses cheveux. Elle dévisagea ma mère.

— L'argent ? Après tout, c'est l'un des mobiles de meurtre les plus courants !

Avant que maman puisse répondre, on entendit des pas sur le perron, puis Seth Chamberlain apparut, une pochette plastique à la main. À l'intérieur, il semblait y avoir un petit bout de papier.

— Qu'est-ce que c'est ? demanda Millie.

— Nous avons trouvé ceci dans la chambre de la victime. On dirait qu'il écrivait quelque chose. Et comme on a découvert qu'il était critique hôtelier et gastronomique, il n'est pas très difficile de conclure que c'était une critique à propos de l'Oyster Cove.

Seth brandit le coin déchiré d'une enveloppe. On voyait qu'il s'agissait d'un fragment de note, quelques mots griffonnés sur le côté. Non, pas exactement des mots. J'arrivais à déchiffrer « ette » et « ade » et « son ».

Millie se pencha vers la note en plissant les yeux.

— Ça ne m'a pas l'air d'être une critique gastronomique.

Seth fit pivoter la pochette vers lui.

— À l'évidence, ce n'est pas la totalité de sa chronique. Mais n'importe qui peut se rendre compte qu'il écrivait quelque chose à propos de la maison d'hôtes, qu'il la comparait à une « oubliette » dont la nourriture rendait « malade » et qu'on y mangeait comme en « prison ». L'assassin a arraché le reste parce qu'il ne voulait pas qu'on la trouve.

Il me regarda droit dans les yeux.

— Et qui donc redouterait qu'on découvre une mauvaise critique de l'Oyster Cove ?

— Beaucoup de gens ! intervint maman.

— Je ne savais pas qui c'était jusqu'à ce qu'Ava mentionne son nom il y a quelques instants à peine.

— Vous espérez me faire croire ça ? répliqua Seth avec une moue sceptique. Votre mari est un chef réputé, comment n'auriez-vous pas entendu parler du Gourmet Rieur ?

— Je n'ai jamais accordé beaucoup d'attention à ce que mon mari racontait, répondis-je d'un ton penaud.

Seth n'avait pas l'air de me croire. Je l'imaginais déjà sortir les menottes et m'embarquer. Millie dut avoir la même vision, parce qu'elle alla se poster à côté de Seth, peut-être pour lui faire penser à autre chose.

— Josie n'irait pas assassiner quelqu'un à cause d'une critique. C'est ridicule ! s'exclama-t-elle en lui tapotant le bras.

— Certains ont tué pour moins que ça, Millie. Tu es trop gentille ! répondit Seth avec un sourire rayonnant.

— C'est possible, mais je connais Josie depuis qu'elle portait des couches et elle n'est pas une meurtrière.

Seth fronça les sourcils et reporta son regard sur moi.

— Et la fois où elle a essayé de sortir du bowling avec les chaussures de location de l'établissement aux pieds ?

Millie balaya l'argument d'un geste de la main.

— Des frasques d'adolescente. En outre, voler des chaussures, ça n'a rien à voir avec un assassinat. J'espère que tu ne t'es pas mis en tête d'arrêter Josie. Ce serait stupide. Tu n'as aucune preuve concrète. Tu ne voudrais quand même pas envoyer une innocente derrière les barreaux, si ?

Seth réfléchit une seconde.

— Une arrestation, c'est mieux que pas d'arrestation du tout. Ça fait plus de cent ans qu'on n'a pas eu de meurtre dans cette ville ! Je pense que nos concitoyens vont s'inquiéter et qu'ils seront contents de savoir que la police fait quelque chose.

— Une arrestation bidon ne va pas renforcer leur confiance. En revanche, je peux te garantir que tu devras te passer de mes tartes aux myrtilles.

Millie lui lâcha le bras et retourna s'asseoir d'un pas lourd.

— OK, très bien, concéda Seth, le visage défait. Mais si je découvre d'autres indices qui pointent dans votre direction, vous n'aurez plus besoin de vous préoccuper du petit déjeuner de vos hôtes, Miss Josie Waters ! C'est à vous qu'on en apportera un. Malheureusement, ça sera du pain et de l'eau, dans la prison d'Oyster Cove !

Ce n'était pas vrai. Il se trouvait que je savais que dans la prison ils servaient des œufs au petit déjeuner, mais ça me fit peur quand même.

Seth sortit.

— Vraiment ? dis-je en laissant échapper un soupir. C'est ridicule !

Il était prêt à m'arrêter à cause de quelques bribes de mots sur un bout de papier !

Charles était-il en train d'écrire une chronique négative sur ma maison d'hôtes ? L'histoire de l'œuf l'avait mis très en colère, mais ça ne suffisait quand même pas pour descendre l'établissement, non ? Et même si c'était le cas, pourquoi quelqu'un d'autre irait-il le tuer pour ça ?

— Bien sûr que c'est ridicule, ma chérie ! m'assura maman.

— Nous savons que tu n'es pas une meurtrière, renchérit Millie. Malheureusement, Seth n'a pas une grande expérience des affaires de meurtre. Il va vouloir régler le dossier aussi vite que possible. Pour nous, il n'y a qu'une seule chose à faire.

— C'est vrai ! s'exclama maman en bondissant de sa chaise pour se diriger vers la porte. Nous devons trouver l'assassin avant que Seth n'essaie de nouveau d'arrêter Josie. Et le meilleur endroit pour commencer, c'est la chambre de la victime.

# 4

Nero enfonça ses pattes dans la couette de soie bleue et se pelotonna sur le lit de Charles Prescott.

— À présent que la police est partie, j'espère que les humains vont comprendre qu'ils doivent venir ici pour chercher des indices. S'ils ne se dépêchent pas, je crois que je vais faire un petit somme. C'est ma pièce préférée.

Charles logeait dans ce que Nero appelait « la chambre bleue ». Comme vous l'aurez sûrement deviné, la pièce était d'une très jolie teinte bleu clair, et Nero trouvait que la soie bleu roi et or du tapis oriental, le papier peint bleu ciel à motif floral victorien et les draps de soie bleu myosotis formaient un assortiment très relaxant.

Elle était aussi exclusivement meublée avec des antiquités, héritées des ancêtres de Millie, comme la commode en acajou et le lit à baldaquin. Nero adorait les meubles anciens parce qu'ils étaient riches d'effluves d'huile de citron et d'une dignité acquise au fil des générations, contrairement au nouveau mobilier qui sentait la colle et l'argent vite gagné.

Marlowe, qui se trouvait dans la salle de bains attenante, passa la tête dans l'embrasure.

— Je ne serais pas si sûre que les humains vont venir. Je ne pense pas que cette rousse soit très futée.

— Josie, tu veux dire ?

— Oui ! répondit Marlowe en disparaissant de nouveau dans la salle de bains pour continuer ses recherches. Elle a dit qu'elle était notre *propriétaire*. Elle n'est vraiment pas rapide à la détente.

La voix de Marlowe était étouffée, probablement parce qu'elle avait plongé la tête dans la poubelle.

— C'est simplement qu'elle ne connaît rien aux félins. Mais je sens qu'elle a bon cœur et je pense que ça vaut le coup de l'éclairer sur le sujet, répondit Nero en sautant du lit.

Ayant déjà passé la chambre au peigne fin, il attendait que Marlowe en arrive au même point. Il savait qu'il y avait un énorme indice dans la salle de bains, et il voulait voir si la jeune chatte allait le découvrir.

— L'éclairer ? En ne faisant pas ce qu'elle demande, par exemple ?

— Naturellement. Et en faisant parfois exactement le contraire.

— Bonne idée.

Marlowe revint dans la chambre en trottinant, puis s'assit et commença à se lécher la patte.

— OK. J'ai remarqué une odeur qui n'aurait pas dû être là.

— Tout à fait !

La jeune chatte se débrouillait très bien.

— Et qu'est-ce que tu en conclus ?

— Eh bien, elle est salée comme la mer, mais avec un soupçon de mouette et de chien mouillé. Alors, je pense que notre victime s'est trouvée près de l'océan et des mouettes, et qu'un chien l'a peut-être approchée. Peut-être du côté de la falaise où elles nichent, ou sur la plage. Ces maudites mouettes sont partout.

Leur simple mention hérissa Nero.

— Je ne te le fais pas dire. L'autre jour, l'une d'elles m'a plongé dessus et j'ai dû me coller au sol et faire une culbute pour l'éviter, au beau milieu de la rue !

— Moi, j'ai dû me cacher sous une azalée pour échapper à une autre.

— C'est un véritable fléau.

— Elles n'ont même pas bon goût. On dirait du poulet fade.

— Et très sec.

— Trop salé.

Nero jeta un coup d'œil par la fenêtre, qui offrait une vue partielle de l'océan. De là, il apercevait les mouettes qui tourbillonnaient au-dessus du Smugglers Bay. Bien ! Qu'elles y restent. Elles ne le dérangeaient pas plus que ça tant qu'elles évitaient de croiser son chemin. Vivre et laisser vivre, telle était sa devise.

— Cela dit, on dirait qu'elles trépassent en grand nombre. Et je n'aime pas du tout que quoi que ce soit meure avant son heure. Elles n'ont qu'une seule vie, tu sais ?

— C'est vrai !

Marlowe flaira un pantalon beige qui traînait par terre.

— À en juger par ceci, notre victime s'apprêtait à faire une sournoiserie juste avant sa mort.

Nero acquiesça. Il s'était demandé si elle découvrirait l'odeur des mauvaises intentions sur le pantalon de l'humain. C'était un talent avancé pour un enquêteur, et il était content de constater qu'elle le maîtrisait déjà.

— Et maintenant, quelle est la prochaine étape, selon toi ?

Marlowe fit jouer ses griffes sur le tapis oriental. Si Millie la voyait, ça chaufferait pour elle.

— On devrait aller parler à la bande qui traîne sur les quais. L'un d'eux pourrait savoir ce que notre victime mijotait.

Elle se dirigea vers la porte.

Nero resta vissé sur place. Il faudrait que la jeune chatte apprenne à ne pas se montrer aussi impulsive. Il y avait encore une chose importante à découvrir.

— Pas si vite. Il y a un autre indice.

Marlowe se retourna, une fente dans le vert de ses yeux.

— Ah bon ? J'ai inspecté tout le périmètre de la pièce, et je n'ai rien vu qui ne soit censé s'y trouver. Et je n'ai rien flairé de plus que ce que j'ai mentionné.

— Parfois, quand on cherche des indices, ce n'est pas ce qu'on voit, mais ce qu'on ne voit pas qui compte, déclara Nero avec sagesse.

Marlowe leva les yeux au ciel.

— Sérieusement ? Tu ne pourrais pas être un peu plus vague ?

Il lui adressa un regard inexpressif. Marlowe soupira.

— D'accord, très bien. Je vais refaire le tour.

Nero l'observa attentivement flairer à nouveau tout autour de la pièce et s'arrêter devant le petit meuble bibliothèque, comme il l'avait espéré. Celui-ci ne comptait que deux étagères, que Millie avait garnies de quelques vieux volumes du *Reader's Digest*. Il semblait que Charles les avait tous placés sur l'une des étagères et avait mis ses propres volumes sur l'autre.

Marlowe se tourna vers Nero d'un air triomphant.

— Aha ! Il manque un livre !

Nero acquiesça.

— Oui, et si l'on considère que la victime avait pris soin d'emporter les siens, je pense que nous pouvons conclure qu'ils étaient importants.

— Ouais, je vois. Alors, comment allons-nous prévenir les humains ?

— Il faudra qu'on se débrouille pour attirer leur attention là-dessus. Naturellement, ils croiront que ce sont eux qui auront fait cette découverte !

— Je sais ! On ne nous accorde jamais de crédit, répliqua Marlowe. Mais comment attirer leur attention ? Faire la boule de poil ? Miauler sans arrêt ? Sauter en l'air ?

Nero la regarda mimer ces différentes propositions. Il était fier que la jeune chatte ait trouvé les indices, mais elle faisait parfois preuve d'un peu trop de zèle.

— Je pense qu'il nous faudra envisager quelque chose de plus subtil. Le bon vieux truc consistant à tout faire tomber de l'étagère devrait suffire.

La police avait barré l'entrée de la chambre de Charles d'un grand « X » en bande adhésive jaune. Était-ce vraiment nécessaire ? Les hôtes restants allaient peut-être s'inquiéter, non ? Millie avait dû se dire la même chose parce qu'elle s'arrêta net devant.

— Ça m'a l'air un peu trop excessif, ça. Que croit-il donc ? Qu'on est dans une série télévisée ?

Elle arracha les bandes adhésives, puis maman et moi la suivîmes dans la chambre.

La première chose que je remarquai, c'était que la couette était chiffonnée. Comme si on avait cherché à creuser dedans. Du coin de l'œil, je distinguai un mouvement. Les chats. J'étais certaine que c'était Nero le coupable.

— Si tu as déchiré cette couette, je ne te donnerai plus cette bonne pâtée avec de la sauce.

Millie fronça les sourcils.

— Josie ! Ce n'est pas une façon de parler aux chats, voyons !

Comme s'ils avaient compris ce qu'elle disait, les deux complices s'approchèrent d'elle en ronronnant et se frottèrent contre ses chevilles en me lançant des regards coléreux.

— Mais ils ont défait le lit !

Pour ma défense, je dois dire que je n'avais pas la moindre idée de comment leur parler. Devait-on les laisser faire tout ce qu'ils voulaient, ou y avait-il une technique secrète pour qu'ils vous obéissent ?

— Tu ne dois jamais les réprimander ni les menacer. Ça ne fera qu'empirer les choses. Tu dois t'adresser à eux comme si c'étaient des êtres supérieurs, ce qu'ils sont.

Les chats firent les beaux en ronronnant de plus belle.

Je jetai un coup d'œil en coin à Millie. Je ne savais pas si elle avait raconté cette histoire d'êtres supérieurs à leur intention ou si elle était sérieuse. Si c'était le cas, elle était bien plus folle que je ne l'imaginais. Je mis cette pensée de côté pour y réfléchir plus tard.

— Assez parlé des chats ! s'écria maman. On est là pour trouver des indices, d'accord ?

Son regard tomba sur un pantalon beige qui traînait par terre.

— Regardez, ce type ne ramassait même pas son linge sale.

Je me demandais bien ce que j'étais censée en faire, de ce pantalon. Je n'avais pas la moindre idée de la marche à suivre avec les affaires d'un hôte décédé. La police allait-elle passer pour les récupérer ? Fallait-il que je les emballe ? Combien de temps devrais-je attendre ? D'ailleurs, les bandes adhésives jaunes de la police suggéraient peut-être que je n'étais même pas censée être ici.

— Je ne vois pas d'ordinateur, marmonna Millie en balayant la pièce du regard. En général, c'est là où l'on trouve les bons indices.

— D'après mes souvenirs, il n'en avait pas, répondis-je.

Était-ce exact ? Je me remémorai son arrivée, lorsqu'il s'était enregistré à l'accueil. Il avait une valise et un classeur bleu, mais pas de sacoche d'ordinateur.

— Zut ! s'écria maman. Tant pis, il a peut-être laissé un autre indice.

— On devrait regarder dans les tiroirs de son bureau, dit Millie en commençant à en fouiller un.

— Je prends la salle de bains, répondit maman.

— J'imagine que j'hérite du reste de la chambre…

Je me mis à quatre pattes pour jeter un coup d'œil sous le lit. Il n'y avait rien là-dessous, à part de gros moutons de poussière. Ce n'était pas une surprise, parce que je doutais fort que Flora passe l'aspirateur sous les lits.

— Qu'est-ce qu'on cherche, exactement ?

*Bang !*

Quelque chose venait de tomber par terre, de l'autre côté du lit. Je bondis pour voir ce que c'était. Marlowe, perchée sur la petite bibliothèque, déplorait apparemment le manque d'attention dont elle était l'objet. J'avais entendu dire que les chats pouvaient se montrer susceptibles sur ce point. Elle avait dû décider qu'un bon moyen de parvenir à ses fins était de faire tomber du meuble la petite statue du phare.

— Hé, minette ! Un être suprême comme toi n'a pas besoin de t'abaisser à ça, dis-je en essayant de maîtriser ma voix pour qu'elle soit douce et apaisante.

Puis je fis le tour du lit pour ramasser la statue. J'étais certaine que les chats réagissaient au ton de la voix plutôt qu'au sens des mots.

— Ils comprennent très bien le sarcasme, lança Millie, accroupie devant le tiroir inférieur du bureau.

Je souris au chat, qui me jeta un regard méfiant. Et quand je tendis la main pour le caresser, il feula, alors je remis en place la statue avant de me diriger vers le placard.

— Pas d'indices là-dedans, déclara Millie.

Elle se releva puis s'essuya les mains l'une contre l'autre.

— On devrait peut-être jeter un coup d'œil entre le matelas et le sommier.

*Bang ! Miaooou !*

À présent, Marlowe venait de faire tomber la bougie qui se trouvait sur la même étagère.

— Y a-t-il quelque chose que je devrais savoir à propos de ce problème comportemental ? demandai-je à Millie.

— Non, ma chérie. C'est simplement qu'ils adorent jeter les choses par terre. Rien n'est à l'abri.

Je remis en place la bougie, et à ce moment-là j'aurais juré que Marlowe avait levé les yeux au ciel et m'avait regardée comme si j'étais stupide. D'après moi, c'était plutôt l'inverse. Faire tomber des objets alors que vous savez que quelqu'un va les ramasser, ça, c'est stupide.

Nero était beaucoup plus intelligent. Il était remonté sur le lit et s'était roulé en boule sur la couette.

— S'il te plaît, ne me mets pas des poils de chat partout, lui dis-je avec tout le respect dû à un être supérieur.

— Il n'y a rien dans cette salle de bains, à part du dentifrice et de la mousse à raser ! s'écria maman en s'adossant au chambranle avec un air déçu. Comment allons-nous découvrir pourquoi quelqu'un a tué ce type s'il n'y a aucun indice dans cette chambre ?

*Baaam ! Miaoooou !*

Marlowe venait de faire tomber le réveil posé sur l'étagère.

— Allons, Marlowe. Qu'est-ce qui t'arrive ? lui dit Millie.

Elle s'approcha pour caresser la chatte, qui se mit à ronronner et à lui pousser la main de la tête. Puis Millie se pencha pour ramasser le réveil et se figea à mi-chemin.

— Hé ! C'est bizarre, ça !

— Quoi ? demandai-je en m'approchant avec maman.

Manifestement, quelqu'un avait déplacé les volumes du *Reader's Digest* et rangé d'autres livres sur l'étagère.

— Ava nous a appris que Charles écrivait un livre de cuisine. Ces ouvrages lui servaient peut-être de référence ou quelque chose comme ça ?

*Miaoou !*

Nero, qui s'était approché pour ne pas être en reste, se frottait la tête contre l'un des volumes.

— Euh, on dirait qu'il manque un livre, avança maman.

— Peut-être qu'il n'en avait pas assez pour remplir l'étagère ? dis-je.

Millie se redressa.

— Non ! Je ne crois pas !

C'est le moment que choisit Flora pour entrer.

— Hé ! Flora ! brailla Millie.

Flora s'arrêta, recula de quelques pas et nous adressa son regard de hibou.

— Oh non ! Je ne nettoie pas les scènes de crime. Tout ce que la police délimite avec des bandes jaunes, je n'y vais pas.

— On ne veut pas que vous fassiez le ménage, répondit Millie en lui prenant le bras pour l'amener devant l'étagère. Est-ce que vous vous souvenez si elle était totalement remplie ?

Flora se pencha pour examiner le meuble de plus près, ce qui fit craquer ses vertèbres, et porta son visage à quelques centimètres à peine de l'étagère. Elle passa un doigt sur la couche de poussière.

— Oui, il devait y avoir quelque chose ici.

— Vous vous rappelez qu'elle était pleine ? demandai-je.

— Nan ! Ma mémoire n'est pas si bonne. Mais regardez la poussière sur le côté. S'il n'avait pas été occupé par un livre, cet espace serait tout aussi poussiéreux. Mais il brille comme un sou neuf.

# 5

Nero inspira profondément, savourant le délicieux arôme de poisson pourri. La jetée était l'un de ses endroits préférés à Oyster Cove. Et pas simplement parce que les pêcheurs lui balançaient parfois des restes succulents. Sur la jetée régnait une ambiance particulière qu'on ne trouvait nulle part ailleurs... Le son des vagues qui venaient lécher le quai, l'odeur saumâtre de la mer, la chaleur du soleil sur son dos...

C'était le paradis sur terre ! Bon, à part les mouettes. Elles faisaient partie du décor et, de l'avis de Nero, généraient une nuisance permanente en braillant et en vous piquant dessus sans arrêt. Si un chat ne faisait pas attention, il pouvait vite être jeté à l'eau. Et aucun chat n'appréciait ça, excepté Harry, qui aimait bien prendre un bain d'eau salée de temps à autre.

Une ombre noire survola Nero, et le grand cri d'une mouette le fit grincer des dents. Il se colla au sol, prêt à foncer se mettre à l'abri sous quelque chose, mais elle passa son chemin. Relevant les yeux vers le ciel, il éprouva une pointe de tristesse. Les mouettes étaient moins nombreuses que la semaine dernière, et même s'il aurait préféré qu'elles aillent faire leurs acrobaties ailleurs, il n'aimait pas voir leur nombre décliner d'une façon aussi mystérieuse. Il ne voulait pas qu'elles s'éteignent, simplement qu'elles aillent faire leurs affaires plus loin. Cela dit, il était content qu'aucune ne soit morte sur la jetée, parce que la semaine précédente ils avaient repéré le cadavre de l'une d'elles qui flottait dans les vagues, et c'était un spectacle des plus déplaisants.

Les cinq chats traînaient à l'endroit habituel, derrière une pile de casiers à homards. Le plus grand, un gris costaud qui s'appelait Poe, s'était installé sur un vieux casier et regardait un bateau de pêche sortir du port et gagner les eaux de l'Atlantique.

Juste à côté, Stubbs, un chat roux à rayures qu'on surnommait ainsi parce qu'il ne lui restait qu'un tout petit bout de queue, flairait la base du casier en quête du moindre morceau d'appât. D'après la rumeur, il s'était fait couper la queue par un fendoir le jour où un boucher l'avait pris en train de voler une queue de bœuf sur son étal, mais Stubbs n'avait jamais voulu ni démentir ni confirmer.

Boots, un chat noir avec des pattes blanches et une attitude un peu snob, se prélassait au soleil, occupé comme souvent à se lisser les moustaches. Celles-ci, longues et épaisses, faisaient sa fierté. Nero devait bien admettre qu'elles étaient magnifiques, mais ce n'étaient que des moustaches, après tout. En revanche, quand Boots en parlait, on avait l'impression qu'elles étaient en or.

Harry, un gros maine coon à la fourrure épaisse, était vautré au soleil tandis que Juliette, une chatte grise au poil soyeux avec un losange blanc sur la tête, se nettoyait la queue d'une façon fort peu féminine.

Ils cessèrent toute activité en voyant Nero et Marlowe approcher.

— J'ai entendu dire que quelqu'un s'est fait descendre à la maison d'hôtes, lança Stubbs.

Il aimait bien parler l'argot des durs à cuire dans les romans policiers, et Nero songeait souvent qu'il avait un peu abusé de Dashiell Hammett. D'un autre côté, c'était peut-être pour ça qu'il était aussi bon détective.

— C'est malheureusement vrai, répondit Marlowe en trottinant vers le casier à homards pour y jeter un coup d'œil.

— C'était un meurtre ? demanda Boots en tirant de nouveau sur ses moustaches pour souligner ses propos.

Nero sentit ses tripes se serrer. Ça le gênait qu'un meurtre se soit produit sous son nez.

— Oui, c'en était un.

— Tu y as assisté ? dit Harry en s'étirant.

Il fit le dos rond en tendant les pattes de devant avant de rejoindre le cercle que les autres avaient formé et de s'asseoir.

Nero et Marlowe échangèrent un regard coupable.

— Aucun de nous deux n'était présent…

— Alors, vous ne savez pas qui est le coupable ? demanda Poe.

Nero secoua la tête.

— Comment ça s'est passé ? Poison ? Coup de feu ? Poignard ? insista Harry.

— Assommé avec un poteau d'escalier.

— Sale coup ! s'exclama Juliette avec un frisson.

— Qui était la victime ? demanda Stubbs.

— L'un des clients de la maison. Charles Prescott, précisa Marlowe.

— Et vous n'avez rien remarqué d'inhabituel ? Qui se trouvait dans le coin ? intervint Poe.

— Eh bien, il y avait Mike, le neveu de Millie, répondit Marlowe.

— Oh ! Pas Mike ! s'écria Juliette. Il est bien trop canon. En plus, on sait tous que Millie est quelqu'un de bien, alors Mike doit l'être aussi.

Poe fronça le nez.

— Oui, mais la nouvelle, Josie ? Évidemment, on aime tous Rose et Millie, mais Josie est une inconnue. Elle n'est pas d'ici.

— Si, elle est d'ici !

Nero s'était senti obligé de défendre la nouvelle propriétaire de la maison d'hôtes, même s'il n'était pas vraiment sûr de l'apprécier.

— Elle a grandi à Oyster Cove, puis elle est partie pour élever sa propre nichée. À présent, elle est revenue à ses racines.

Boots haussa un sourcil.

— Alors, vous aimez cette nouvelle humaine, vous deux ?

— Plus ou moins, répondit Marlowe sans tenir compte du coup d'œil de mise en garde de Nero. Elle a quand même déclaré qu'elle était notre *propriétaire*... elle n'est pas encore domptée.

Harry s'esclaffa.

— Votre *propriétaire ?* Ça ne fait pas longtemps qu'elle sert les chats, alors.

Nero acquiesça.

— Elle faisait partie du lot, avec la maison, quand Millie nous l'a confiée. Il nous reste beaucoup de travail à faire avec elle.

— Vous avez essayé la technique de la tête de souris coupée ? demanda Harry.

— Pas encore. On est toujours en train de la dégrossir.

— Et la technique caresse-griffe ?

Poe faisait référence à un vieux truc : faire comme si on souhaitait une caresse et griffer les humains quand ils tendaient la main.

— J'ai essayé plusieurs fois, répondit Marlowe. Ça a eu l'air de la remettre à sa place, mais ensuite elle ne voulait plus me caresser.

— Et refuser la nourriture ? Pour qu'elle soit obligée de vous donner des morceaux de choix ? poursuivit Stubbs. Ça, ça permet tout de suite de montrer qui est le patron.

— On va peut-être essayer bientôt.

À la vérité, Nero aimait bien trop manger pour employer ce stratagème.

— Mais ne nous éparpillons pas. Nous devons nous concentrer sur l'identité de l'assassin. Si nous ne parvenons pas à découvrir qui c'est, nous n'aurons peut-être même pas le loisir d'entraîner Josie, ni une maison d'hôtes où vivre, d'ailleurs.

Les chats acquiescèrent d'un air sombre.

— Tu veux qu'on fasse comme d'habitude ? Ouvrir les yeux et ratisser la ville à la recherche d'indices ? demanda Harry.

Ce crime ne serait pas le premier que les chats auraient résolu. Bien sûr, les humains ne se rendaient jamais compte du rôle joué par les chats. Nero pensait souvent que les choses seraient plus faciles si seulement les humains étaient plus conscients de ce qui les entoure. Mais leur incapacité à communiquer avec les chats compliquait le travail de ces derniers, parce qu'ils étaient quasiment obligés de leur taper sur la tête avec les indices pour qu'ils finissent par croire qu'ils les avaient trouvés tout seuls.

— Oui, mais il faudrait d'abord que je sache si l'un de vous a vu quoi que ce soit d'étrange la nuit dernière, répondit Nero.

Ils suivirent des yeux un voilier qui glissait devant eux, fendant silencieusement les flots pour passer sous la passerelle à l'entrée de la crique et s'éloigner vers le large.

Finalement, Juliette prit la parole.

— Ce n'était pas la nuit dernière, mais la nuit d'avant, j'ai repéré un homme sur la falaise. C'est très inhabituel de voir quelqu'un là-haut, car le sentier qui y mène est escarpé et plutôt traître.

Juliette vivait avec une chatte de ses amies, Julie, au presbytère de l'église St. Michael. Quand elles n'étaient pas en train de ravager le presbytère en déroulant les rouleaux de papier toilette, Juliette allait souvent faire un somme dans le beffroi, d'où l'on avait une vue dominante sur les falaises.

— Tu es sûre que c'était un homme ? Parce qu'il aurait pu s'agir de Barbara Littlefield. Tu sais à quel point elle materne ses pédiculaires.

Les chats firent tous la grimace en entendant ce mot. Cette plante nocive puait le chien mouillé, et son goût était encore pire.

Juliette plissa ses yeux d'un bleu lumineux.

— Bien sûr que oui. J'ai une excellente vue. C'était un homme, et il était petit, gros et chauve.

— Ça ressemble à Charles, dit Nero.

— Et ça expliquerait pourquoi il sentait le chien mouillé et les mouettes, ajouta Marlowe.

Ils savaient tous que les mouettes nichaient près de la falaise et qu'elles aimaient manger les fleurs qui y poussaient.

— Tout à fait, admit Nero. Mais que faisait-il là-haut et pourquoi cela aurait-il un rapport avec sa mort ?

— Il va falloir qu'on aille en ville pour flairer à droite à gauche et voir ce qu'on peut découvrir, dit Boots.

— Je vais espionner les confessions du père Timothy. Le coupable va peut-être se dénoncer, proposa Juliette.

— Si seulement ça pouvait être si simple, répliqua Boots en lissant ses moustaches. Ce que nous devons faire, c'est mettre nos cerveaux supérieurs au travail pour trouver la solution. Y a-t-il d'autres indices ?

— Un livre qui a disparu, c'est tout. Oh ! et il semble que quelqu'un a essayé de maquiller le crime en accident. On a saboté l'escalier de la maison d'hôtes pour faire croire que la victime était tombée.

— Et ça a failli marcher, sauf que Nero a découvert la vérité et que nous avons montré l'indice au shérif ! déclara fièrement Marlowe.

— Oui, le shérif a besoin d'un peu... d'aide, ironisa Stubbs.

— C'est pourquoi nous devons nous y mettre d'urgence, répondit Nero en fouettant l'air de sa queue. Nous devons trouver si la victime était en relation avec quelqu'un en ville. Il a bien dû se fourrer dans quelque chose pour se faire tuer. Est-ce que je peux compter sur vous pour ratisser la ville, ouvrir grand vos oreilles et me rapporter ce que vous aurez entendu ?

— Oui !

— Certainement.

— Bien sûr.

— C'est comme si c'était fait.

— Je vais miaou mettre tout de suite !

— Bien !

Nero posa un œil plein de fierté sur ses amis félins. S'il y avait quelque chose à découvrir sur le comportement de Charles, ils y parviendraient. Il savait également que les principaux indices se trouveraient près de chez eux.

— Pendant ce temps, Marlowe et moi allons exercer notre flair près de la maison d'hôtes, et on verra ce qu'on déniche.

Comme il ne valait mieux pas que je m'attire davantage les soupçons de Seth Chamberlain, je m'appliquais à remettre en place les bandes jaunes devant la scène de crime. C'est alors qu'Ava Grantham traversa le vestibule et nous surprit.

— On joue les détectives amateurs ?

J'avais peur qu'elle ne soit du genre à révéler à la police que nous étions entrées dans la pièce, mais, à la pointe de curiosité dans sa voix et à l'étincelle malicieuse dans ses yeux, je me dis qu'elle ne désapprouvait pas la chose.

— Pas du tout ! Les bandes s'étaient détachées, j'étais simplement en train de les replacer, répondis-je au cas où mon analyse du fond de sa pensée aurait été mauvaise.

— Hum..., marmonna-t-elle en plissant les yeux.

Millie ne laissa pas passer l'occasion d'interroger un autre suspect.

— Vous avez déclaré que Charles travaillait sur un nouveau livre de recettes, non ?

— C'était la rumeur qui courait dans les cercles des journalistes, rétorqua Ava en haussant les épaules. Pourquoi ?

— Eh bien, est-ce que vous le voyez là-dedans ? demanda Millie en désignant les étagères.

Ava se pencha au-dessus des bandes jaunes pour regarder de plus près.

— Non. Tous ceux-là sont déjà publiés. Le sien ne l'était pas encore. En général, il mettait ses notes dans un classeur, vous savez, du genre de ceux qu'on utilisait à l'école.

— Un classeur à trois anneaux ?

— Oui, c'est ça.

Je vérifiai d'un coup d'œil, mais il n'y avait aucun classeur. La police l'avait peut-être emporté.

— On n'en a pas trouvé là-dedans, précisa ma mère.

— Je ne serais pas surprise qu'il ait lancé cette rumeur pour se faire mousser et qu'on découvre qu'il ne travaillait sur rien du tout en réalité. Il n'était qu'un vieux ringard dépassé. Honnêtement, ajouta-t-elle en baissant la voix, j'ai du mal à concevoir comment les femmes pouvaient encore le trouver si séduisant.

— Ah bon ?

Je n'arrivais pas à m'imaginer que quiconque puisse trouver Charles Prescott attirant, et à voir les têtes que faisaient maman et Millie, elles non plus.

— Incroyable, non ? Certes, dans le temps, il était bel homme, mais aujourd'hui... Bon, vous l'avez vu. Pas de quoi fouetter un chat. Mais j'ai entendu dire qu'il avait encore un chapelet de groupies.

Ava jeta un coup d'œil dans le couloir, puis baissa de nouveau la voix, cette fois-ci jusqu'au murmure.

— Il en avait même une ici.

— Ici ?

Millie avait l'air atterrée.

— Et oui. J'ai vu Tina sortir de sa chambre l'autre soir, et il était tard.

— L'autre soir ? Vous voulez dire le soir où il a été assassiné ? Vous êtes sûre ? demanda maman.

— Certaine, et j'en suis restée aussi baba que du rhum. Même si ce n'était pas la nuit dernière, mais celle d'avant. Figurez-vous que je m'étais endormie devant la télévision du salon. Lorsque je suis remontée par l'escalier de derrière, là, précisa-t-elle en désignant celui du fond du vestibule, j'ai vu la porte de Charles s'ouvrir. Je dois avouer que je me suis cachée derrière la porte des toilettes parce que je n'avais aucune envie de lui parler. Mais ce n'est pas Charles qui est sorti de la chambre. C'est Tina.

— A-t-elle dit pourquoi elle s'y trouvait ?

J'avais du mal à m'imaginer la jolie Tina faire des cabrioles avec Charles, mais des choses encore plus bizarres arrivent tous les jours.

— Je ne lui ai pas parlé. Je suis restée cachée dans les toilettes et je suppose qu'elle a dû retourner dans sa chambre, parce que j'ai entendu une porte se fermer, et quand j'ai jeté un coup d'œil dans le couloir, il était désert. Elle ne m'a pas vue.

Millie se tourna vers moi.

— Tu avais eu vent de cette proximité entre eux ?

— Pas du tout. Ils ne semblaient même pas se connaître.

Je tentai de me remémorer les interactions entre Charles et Tina. Il était arrivé il y a quatre jours, et Tina le lendemain. Avaient-ils eu un comportement étrange l'un avec l'autre ? On pouvait considérer qu'ils avaient délibérément cherché à s'éviter. Mais n'étais-je pas en train de réécrire l'histoire en fonction de ce que je venais d'apprendre ?

— C'est bien son modus operandi ! s'exclama Ava. Il a une épouse à la maison, alors quand il a une liaison, il fait semblant de ne pas connaître la fille. Oh ! et il y avait beaucoup de jeunes femmes amoureuses de lui dans les journaux où l'on travaillait ensemble, dans le temps. Mais même à l'époque je ne voyais vraiment pas ce qu'elles lui trouvaient.

— Tina avait l'air particulièrement touchée par sa mort, non ? demanda maman.

Millie se mordit la lèvre en jetant un coup d'œil vers la porte de la chambre de Tina.

— Effectivement ! Était-ce parce que son amant avait été assassiné, ou bien parce qu'elle l'avait tué et qu'elle avait peur de se faire prendre ?

— Je ne lui collerais pas le meurtre sur le dos aussi rapidement. Elle a l'air gentille, et si vous voulez mon avis, beaucoup de gens devaient souhaiter la mort de Charles Prescott, affirma Ava.

— Vraiment ? s'étonna maman en écarquillant les yeux. Vous voulez dire d'anciennes conquêtes ?

— Ou sa femme ? renchérit Millie.

— Pas seulement elles. Charles était une ordure. Il n'hésitait pas à marcher sur les autres pour leur passer devant, ni à balancer un collègue ou à le faire chanter s'il savait quelque chose sur lui. Moi, je dis : bon débarras !

Ava jeta un regard amer vers la porte de Charles, puis fit demi-tour et descendit le couloir.

On la suivit des yeux jusqu'à ce qu'elle rentre dans sa chambre, puis Millie se tourna vers l'escalier.

— Bon, maintenant, on sait ce qui nous reste à faire. Si Ava dit la vérité, nous devons prouver qu'il y avait un lien entre Tina et Charles.

# 6

— Je n'avais pas compris que c'était au sens propre quand tu as dit qu'on devait revenir à la maison d'hôtes pour « exercer notre flair » ! grommela Marlowe en levant la tête du parterre de fleurs avant d'éternuer. À force de flairer, je suis morte de faim.

Nero lâcha un soupir d'exaspération. Marlowe devait encore apprendre l'art de la patience.

— On va bientôt manger. Mais d'abord nous devons tout passer au peigne fin. On ne sait jamais où l'assassin a pu laisser traîner un indice.

— Bien. Au peigne fin.

Marlowe replongea le nez dans le parterre, puis longea la maison jusqu'à l'angle.

Nero poursuivit son chemin. Jusqu'à présent, il avait détecté plusieurs crapauds, une sauterelle et quelques plumes de mouette. Les plumes lui avaient donné matière à réflexion, mais heureusement les mouettes du Smugglers Bay ne venaient pas souvent par ici, ce qui lui allait parfaitement.

Flairant une odeur familière, il redressa la tête. Il se trouvait à l'est de la maison, où le vent de l'océan craquelait la peinture de la façade. Millie faisait repeindre tous les deux ans. La demeure exigeait beaucoup de travail, particulièrement les vieilles fenêtres, qui ne tenaient plus fermement dans leur cadre. En hiver, la bise glaciale se frayait facilement un chemin à l'intérieur, surtout de ce côté-ci. Et, quand cela soufflait du nord-est, la maison pouvait devenir un véritable frigo, en particulier lorsqu'il y avait des coupures de courant.

Nero remarqua alors que quelqu'un avait réparé les cadres des fenêtres, et que celles-ci étaient désormais solidement fixées. D'après ce que son nez lui indiquait, ce quelqu'un était Mike Sullivan.

— On dirait que Mike les a remises à neuf, dit Marlowe en s'asseyant à côté de lui. Je l'ai entendu confier à Millie qu'il allait le faire, même si elle ne l'a pas payé pour ça.

— Il a dû apprendre que Josie se plaignait des factures de chauffage, l'hiver.

Nero eut chaud au cœur en songeant au beau geste de l'humain. Mike avait dû effectuer ce travail sur son temps libre pour aider Josie. Apparemment, tout le monde n'était pas égoïste et indifférent. Finalement, il y avait peut-être de l'espoir pour l'humanité.

— Ouais, c'est un bon gars. Et il masse bien les joues.

Nero lança un regard acéré à Marlowe.

— C'est vrai, mais tu ne dois pas laisser deviner que tu l'apprécies à ce point.

— Oh ! je sais. Je ronronne un peu pour l'encourager, mais dès qu'il croit que je me suis installée, je bondis de ses genoux.

*Criiiiii !*

Une mouette fondit sur eux, et ils se plaquèrent au sol, puis elle s'en fut à tire-d'aile vers le Smugglers Bay. Nero porta son regard sur l'hôtel. Deux mouettes planaient au-dessus de la terrasse. Avant, elles étaient au moins six.

— Stella Dumont doit se réjouir de leur disparition.

— C'est sûr, répondit Marlowe en se remettant à flairer le long de la maison. J'espère simplement que notre ami Mike est suffisamment malin pour ne pas tomber sous son charme.

D'où il se tenait, Nero pouvait voir un coin de l'hôtel et la terrasse où Stella servait leur repas à ses hôtes. Il n'avait rien contre le fait de rôder du côté de la terrasse en quête de restes, mais pas quand les mouettes étaient dans les parages.

— Il est vrai qu'elle flirte avec lui, mais crois-tu que ce soit la seule chose qu'elle cherche en venant ici ?

Marlowe suivit le regard de Nero.

— Je ne sais pas. Elle a l'air très intéressée par la cuisine, mais je ne l'ai rien vue faire de suspect.

— Hum…

Nero se remit à flairer. Il n'avait aucune confiance en Stella Dumont, et pas simplement parce qu'elle semblait vouloir mettre le grappin sur Mike. Elle dégageait un certain parfum de fourberie.

Quand il passa l'angle de la maison, il décela un effluve inconnu. Quelque chose d'épicé et de flou. Il ferma les yeux et suivit son odorat jusqu'à en repérer l'origine.

Il rouvrit les yeux et cilla.

À moins de se trouver dans l'arrière-cour, personne ne pouvait voir l'arrière de l'aile ouest, raison pour laquelle Josie n'y avait planté ni fleurs ni buissons, mais le jardinier qu'elle avait embauché avait répandu une couche épaisse de paillis au pied du bâtiment.

Et dans ce paillis trônait indubitablement l'empreinte d'une chaussure.

— Tu as découvert quelque chose ? demanda Marlowe en s'approchant.

— Ouaip ! répondit Nero en levant la tête.

Il y avait une fenêtre juste au-dessus de l'empreinte.

— On dirait que quelqu'un est sorti par ici et a marché sur le paillis, déclara Marlowe en remuant ses moustaches. Tu sais à quel point c'est humide, la nuit. Le paillis était probablement détrempé et le poids de l'humain l'a compressé. Ensuite, il a séché en laissant cette marque.

Nero trouvait les déductions de Marlowe encourageantes, mais elle avait manqué un point important.

— Je pense que tu as raison. Nous devons immédiatement attirer les humains ici pour qu'ils découvrent cet indice.

Marlowe fit la moue.

— Je ne sais pas. Ça pourrait être l'empreinte de Mike, ou celle du jardinier…

— Je ne crois pas.

— Pourquoi ?

— On est derrière l'aile ouest, et sauf erreur de ma part cette fenêtre est celle de la pièce où Charles Prescott a été assassiné.

Marlowe porta son regard sur la vitre, puis sur le paillis.

— Alors si c'est vrai, cette empreinte pourrait être celle de l'assassin !

— Ça serait peut-être une bonne idée de tirer une recette de mon répertoire pour le petit déjeuner de demain, proposa Millie quand on regagna la cuisine.

Assise à la longue table en pin, un ordinateur portable ouvert devant elle, elle cherchait Tina et Charles sur Google. Maman grignotait l'un des derniers muffins au citron et aux graines de pavot.

— Ychont-Traichecs, marmonna cette dernière.

— Quoi ?

Son balbutiement inintelligible m'inquiéta un peu. Était-elle en train de faire une attaque ?

Elle agita la main devant son visage et mima ostensiblement le fait d'avaler.

— Je dis qu'ils sont très secs.

Millie reporta son attention sur les muffins.

— Ah bon ! s'exclama-t-elle en me fusillant du regard. L'Oyster Cove s'enorgueillit de proposer des petits déjeuners délicieux. Je croyais que tu avais épousé un chef célèbre ?

— Ne m'en parle pas !

L'extraordinaire talent de Clive pour la cuisine n'avait pas déteint sur moi, et alors ? J'étais sûre de pouvoir apprendre. Et je me débrouillerais certainement mieux que lui au bout d'un certain temps. Néanmoins, à voir ma mère s'étouffer en essayant de boire un verre d'eau, il allait peut-être falloir que j'accélère un peu le processus d'apprentissage.

*Miaoou.*

Je tournai les yeux vers la fenêtre. Elle était ouverte et laissait passer une agréable petite brise printanière qui charriait le parfum salé de l'océan mêlé à celui des buissons de chèvrefeuille qui se trouvaient entre la demeure et l'ancienne remise à calèches. Nero et Marlowe trottinaient sur la pelouse en regardant dans notre direction. J'avais la sensation qu'ils me fixaient des yeux.

Millie se reconcentra sur son ordinateur, tout en continuant de s'adresser à moi.

— Si les muffins sont trop secs, il faut que tu rajoutes du gras. Les gens croient que la recette exige davantage de mouillure, mais c'est faux. Essaie donc de remettre un peu de beurre, ou de remplacer le lait par du babeurre.

*Miaoou ! Miaoooouu ! Miaooooooouu !*

Les miaulements des chats m'interpellèrent de nouveau. Ils étaient de plus en plus forts et insistants, tout comme lorsqu'ils avaient découvert le corps de Charles. J'espérais qu'ils n'avaient pas trouvé un deuxième cadavre. Je les observai à nouveau. À présent, ils faisaient les cent pas.

— Tu leur as donné à manger, ma chérie ? demanda Millie. Ils aiment avoir des croquettes le matin, et de la pâtée avec de la sauce l'après-midi, et n'oublie pas une petite gâterie le soir ! précisa-t-elle en jetant un coup d'œil aux gamelles en inox posées sur le carrelage à damier noir et blanc de l'office – où on les plaçait quand Barbara Littlefield n'était pas dans le coin.

Elles étaient vides.

— Je les nourris dès que je me lève. Ils ont dû tout manger.

Je farfouillai dans le placard à la recherche des croquettes et remplis de nouveau leurs gamelles, puis j'ouvris la moustiquaire pour les appeler, sans succès. Ils se contentèrent de détaler jusqu'à l'angle de la maison et de se retourner pour me dévisager.

— Donne-leur un peu de temps, ma chérie. Ils viennent rarement quand on les appelle. Les chats sont comme ça, affirma maman.

— Oui, ils nous rejoindront quand ils seront prêts, renchérit Millie. Alors, qu'as-tu prévu pour le petit déjeuner, demain ?

— Je n'ai pas encore décidé.

Je trouvais plus intéressant de savoir si Tina et Charles se connaissaient déjà, mais Millie tapait si lentement que je commençais à me demander si je l'apprendrais de mon vivant.

Elle fit un geste de la main en direction de la pile de livres de recettes et de pages volantes que j'avais héritée d'elle.

— Ça serait bien de décider ça tout de suite. Choisis-en une et je t'aiderai à la préparer tout à l'heure.

Bonne idée. Je me mis à feuilleter les recettes inscrites sur des fiches jaunies et des bouts de papier élimés, rédigées à la main dans une encre bleue qui s'était tellement estompée au fil des ans que les lettres en étaient à peine visibles. Ajoutez à cela les taches de nourriture et je commençai à me dire que mon manque d'expertise culinaire n'était pas mon unique problème.

Hum… Voyons. Une quiche ? Non, je n'étais pas encore prête à m'attaquer à la pâte brisée. Des croissants au saumon fumé ? Trop luxueux. Des œufs Bénédicte ? Ça avait l'air compliqué.

Millie dut remarquer mon dilemme.

— Et pourquoi pas mon célèbre gâteau au café et à la crème aigre ?

Je passai les fiches en revue. Un gâteau au café, ça semblait facile. Il suffisait de balancer quelques ingrédients dans un plat et de mettre le tout au four. Mais je ne trouvais aucune fiche intitulée « gâteau au café » – cela dit, elles n'étaient pas toutes nommées.

— Je ne la trou…

— Eurêka !

Millie tourna vers nous l'écran de son portable.

— Regardez ! Charles et Tina travaillaient tous deux pour le *Daily Crier* à Noquitt, dans le Maine. Et au même moment.

Je me penchai sur l'écran. En effet, il y avait des articles de Charles et de Tina.

— On dirait que Tina tenait une rubrique alimentation.

— Ça semble logique qu'ils se soient connus, alors, s'ils écrivaient tous deux à propos de nourriture, dit maman en jetant un coup d'œil aux muffins dans l'idée d'en prendre un, avant de se raviser.

— Nous tenons notre premier suspect, déclara Millie en pointant fièrement le doigt vers l'écran. Tina entretenait une relation secrète avec la victime.

— Ouais, mais pourquoi aurait-elle tué Charles ? demanda maman.

Millie fit la moue.

— Il avait peut-être envie de couper les ponts et ça l'a rendue folle.

— Je ne sais pas… Mike a dit que l'escalier avait été saboté, comme si l'assassin voulait maquiller son crime en accident, et ça, ça implique la préméditation.

De l'autre côté de la fenêtre, les chats continuaient de me regarder fixement, d'une façon étrange. Cela signifiait-il qu'ils avaient faim ?

— Il lui avait peut-être déjà annoncé la nouvelle, et elle a pris rendez-vous avec lui pour l'assassiner, suggéra Millie.

Maman fit la grimace.

— Tu n'es pas sérieuse ! Tina est jolie. Charles était vieux, chauve et grassouillet. Elle aurait probablement été enchantée s'il avait eu envie de rompre.

— Et que dire du livre de recettes qui a disparu ? demandai-je.

*Miaoooooou !*

Millie et Maman regardèrent à leur tour par la fenêtre. Nero était en train de se rouler sur le dos.

— Je crois que Nero veut une petite gâterie au saumon, dit maman. Et Charles ne travaillait peut-être pas sur un livre de recettes.

— C'est vrai ! répondit Millie en se dirigeant vers le placard où se trouvait la nourriture des chats.

— Cela dit, n'oublions pas que Charles connaissait aussi Ava Grantham, et que c'est elle qui nous a fourni cette information, remarquai-je.

J'avais regardé beaucoup de séries policières à la télévision, et je m'y connaissais pas mal en matière d'interrogatoire de suspects.

— Ce n'est pas faux ! répondit maman. Charles avait peut-être éconduit Ava par le passé, et elle a pu saisir l'occasion de se venger.

*Miaooooouuu !*

En poussant un grand cri de guerre, Marlowe se jeta sur la moustiquaire de la fenêtre, toutes griffes dehors, et celles-ci coupaient comme des lames de rasoir. Elle s'y accrocha et nous dévisagea de ses grands yeux verts en haletant.

Je sursautai, mais ni maman ni Millie ne parurent s'en émouvoir. Elles se contentèrent de regarder le chat comme si c'était tout à fait normal. J'espérais bien que ce n'était pas le cas. Au bout de quelques secondes, Millie se tourna vers moi.

— Je crois que les chats veulent attirer notre attention. Nous ferions mieux d'aller voir pourquoi.

# 7

Le temps qu'on arrive dehors, Marlowe s'était décrochée de la moustiquaire et les deux chats tournaient en rond à l'angle de la maison. Millie essaya de les caresser, mais ils partirent comme des flèches vers l'arrière. Alors, on les suivit.

Dans cette partie du jardin, les semis que j'avais demandé au jardinier de planter cédaient la place à du paillis. Mes fonds étant limités, j'avais décidé de ne fleurir que les zones que mes clients étaient en mesure de voir, mais je me languissais du jour où je pourrais avoir des parterres luxuriants tout autour de la maison d'hôtes. Dans l'éventualité où j'aurais encore une maison d'hôtes à fleurir, ce qui n'était pas gagné avec cette histoire de meurtre.

Mes modestes moyens ne me permettaient pas non plus de réparer les vieilles fenêtres qui tombaient pratiquement de leurs gonds. Quelle ne fut pas ma surprise en voyant leurs cadres au bois flambant neuf ! Quelqu'un les avait remplacés !

— Hum... je ne me souviens pas avoir placé ça sur ma liste de tâches.

— Je crois que Mike a mentionné que tu perdais beaucoup de chaleur à travers ces fenêtres en hiver. Ma facture de chauffage était astronomique, l'an dernier, murmura Millie en se penchant pour caresser Nero.

Celui-ci glissa entre ses mains et bondit dans le paillis sous la fenêtre.

— C'est sympa, mais je n'ai pas de quoi lui payer ce travail. Combien ça pouvait coûter, ça ? Il faudrait que je discute avec lui. Je ne pouvais pas me permettre de le laisser faire ce genre d'extra. Mon budget était serré, et je ne pouvais en allouer qu'une part infime aux réparations, car l'essentiel servait à financer mon fonctionnement quotidien.

— Je crois qu'il a affirmé qu'il le ferait gratuitement, répondit Millie.

— Quoi ? m'exclamai-je en me tournant subitement vers elle. Qui travaille pour rien ?

— Quelqu'un qui a le béguin ! lança maman en faisant gigoter ses sourcils de façon suggestive.

Je fis la moue.

— Le béguin ? Je pense que Mike est un peu trop vieux pour avoir le béguin.

J'étais sûre qu'il voulait quelque chose, car sinon pourquoi s'échiner ? Rares sont ceux qui s'investissent pour rien. Néanmoins, je ne voyais pas très bien ce qu'il espérait en tirer, exactement. Était-il possible que Millie ait raison et que Mike ait réparé les fenêtres par pure gentillesse ? Mon cœur fondit un peu à cette idée.

— Peu importe ! Nous sommes devant l'aile ouest, et cette fenêtre est celle de la pièce où Charles Prescott a été assassiné ! s'écria Millie en la désignant de la main. Je crois que les chats ont trouvé un indice.

Millie se mit à quatre pattes pour passer la pelouse au peigne fin.

Nero et Marlowe se vautraient dans le paillis. Ils sautaient, s'étiraient et se roulaient dedans en miaulant. En observant leurs singeries, je remarquai quelque chose de bizarre. Une sorte de dépression.

— Attendez un instant. Ça ne serait pas une empreinte de pied, ça ? m'exclamai-je en désignant le creux.

Millie rampa jusque-là.

— Effectivement ! C'est une empreinte !

— Sans doute laissée par Mike en réparant la fenêtre, suggérai-je.

— Je ne crois pas, répondit Millie en l'examinant de plus près.

Je m'attendais presque à la voir sortir de nulle part une loupe géante.

— Mike porte des bottes pour travailler, et ça, ce n'est pas une empreinte de botte. Le bout d'une botte est plus arrondi, et il n'y a pas de creux au niveau de la voûte plantaire. En revanche, ça ressemble vraiment à une empreinte de sabot de cuisinier.

Tout le monde tourna les yeux vers mes pieds. Je portais des sabots de cuisinier.

— Viens par ici, Josie, regardons ça, lança maman en m'entraînant vers le paillis.

Je posai timidement le pied à un mètre de l'empreinte.

— Appuie fort, pour laisser une marque, m'enjoignit Millie.

J'obtempérai… Et effectivement les deux empreintes se ressemblaient beaucoup.

— Aha ! C'était bien un indice ! s'exclama Millie en tendant la main pour récompenser Marlowe et Nero d'une caresse sur la tête.

— Oui, mais dommage qu'il incrimine Josie, remarqua maman. Quand es-tu venue ici ?

— Je ne l'ai pas fait.

— Je ne pense pas que ce soit celle de Josie, reprit Millie en comparant les empreintes. Elles sont légèrement différentes.

Sur la première, le bord est plus recourbé, comme si le sabot était usé. Il s'agit peut-être de quelqu'un qui marche les pieds en dedans. En revanche, sur celle de Josie, le bord est net.

— Alors, ce n'est pas la sienne ? demanda maman.

— Je ne crois pas, répondit Millie.

— Je ne suis pas venue par ici depuis que le jardinier a répandu le paillis, ajoutai-je.

*Miaooou !*

Marlowe détala vers l'autre côté du bâtiment, Nero sur ses talons. Apparemment, leur boulot était fini et ils allaient regagner de plus verts pâturages. C'est du moins ce que je me disais jusqu'à ce qu'une voix tonitruante résonne derrière nous.

— On manipule les preuves ?

En nous retournant, nous vîmes Seth Chamberlain, dont le regard allait de l'empreinte de mon pied à Millie, laquelle était encore à quatre pattes dans le paillis.

— Non. On a trouvé un indice. Et on ne peut pas en dire autant de la police, lui lança-t-elle d'un ton sec.

Seth fronça les sourcils, mais il adressa un regard tendre à Millie avant de s'approcher pour examiner la fenêtre.

— C'est celle de la pièce où l'on a découvert la victime, non ?

— Oui, répondit-elle. Et nous avons repéré une empreinte juste en dessous. J'ai l'impression que l'assassin aurait pu ouvrir la fenêtre, sortir par là et la refermer. Depuis la maison d'hôtes, personne n'a vue sur l'arrière, et il aurait facilement pu s'éclipser dans la forêt.

Seth se pencha sur l'empreinte.

— Euh… Hum… Oh…

Il redressa la tête.

— On dirait une empreinte de sabot de cuisinier. Vous êtes sûres que vous n'étiez pas plutôt en train de dissimuler cet indice ?

Maman posa le poing sur sa hanche.

— Dis donc, Seth Chamberlain, tu ne serais pas en train de nous accuser d'obstruction à la justice ?

— Pourquoi diable ferions-nous une telle chose ? demanda Millie.

Seth avait les yeux rivés sur mes chaussures.

— Eh bien, c'est une empreinte de sabot de cuisinier, et c'est précisément ce que Josie a aux pieds.

À part notre fille, l'unique bonne chose que je devais à mon mari, c'étaient les sabots de cuisinier. Il en mettait tout le temps, et il y a environ deux ans il m'avait persuadée d'essayer. J'avais trouvé ça confortable et depuis j'en portais régulièrement. Alors, il était assez ironique qu'au moment où je commençais à tourner la page de mon divorce et à remettre ma vie sur de bons rails ces sabots me fassent arrêter pour meurtre.

— Pas vraiment, répondis-je en désignant mon empreinte. Vous voyez, elle n'a pas exactement la même forme que l'autre.

— Tout ce que je constate, c'est que celle-ci est plus récente, lança Seth en faisant la grimace. L'autre est simplement là depuis plus longtemps, ce qui explique pourquoi les contours ne sont plus aussi nets.

— Tu n'es pas sérieux ? s'indigna Millie. Pourquoi Josie passerait-elle par la fenêtre ? Elle habite dans la maison, alors si elle avait tué Charles elle serait simplement retournée dans sa chambre sans avoir besoin de ressortir.

— C'est vrai, approuvai-je. Enfin, si je l'avais assassiné. Ce que je n'ai pas fait.

Seth semblait dubitatif.

Millie posa la main sur son bras.

— Je sais que tu travailles méticuleusement, et que tu ne tires pas de conclusions hâtives. Alors, tu conviendras qu'il y a d'autres chefs qui portent des sabots et qui avaient de bien meilleures raisons de tuer Prescott que Josie.

— Oui, comme celui à propos duquel il était en train d'écrire une mauvaise critique, ajouta maman.

Seth acquiesça, mais me jeta quand même un regard suspicieux.

— Il me semble que cette mauvaise critique aurait très bien pu concerner l'Oyster Cove. Après tout, c'est ici qu'il séjournait.

— Certes, et tu t'y connais bien mieux que nous dans ce genre d'affaires, répondit Millie en lui pressant le bras. Je sais que tu prendras à cœur de vérifier tous les indices et les suspects avant d'en cibler un en particulier. Tu ne voudrais pas arrêter un innocent, ça ne rendrait pas bien sur tes états de service.

— Bien sûr que non, se défendit Seth, en m'adressant toutefois un nouveau regard soupçonneux. Mais je ne souhaite pas non plus que l'assassin s'en tire.

— Voyons, Seth, tu ne peux pas sérieusement suspecter Josie. Et puis, où pourrait-elle aller ? Elle est la propriétaire de la maison d'hôtes. Elle est coincée ici. Elle ne va pas s'enfuir.

J'acquiesçai vigoureusement.

— Mais qu'est-ce que tu fais là, d'ailleurs ? demanda Millie en changeant de sujet.

— Euh… Oh ! j'étais venu débloquer l'accès à la scène de crime. Nous avons tout ce dont nous avons besoin, alors je vais ôter les bandes jaunes. Vous pouvez désormais envoyer les affaires de la victime à ses proches.

— Oh ? fit Millie en haussant les sourcils. Vous avez trouvé des indices ? Vous avez une liste de suspects ?

Une fois de plus, Seth me dévisagea d'un air méfiant.

— On travaille sur plusieurs hypothèses, mais je ne peux pas en parler. Ce sont les procédures de la police, tu sais ?

— Tout à fait, reconnut Millie. Et vous avez trouvé un indice dans le livre de recettes de Charles Prescott ?

— Un livre de recettes ? On n'a pas de livre de recettes.

— Vous voulez dire que vous n'avez pas les notes qu'il rédigeait pour son prochain livre ? demandai-je.

— Son prochain livre ? On n'en a jamais entendu parler. En plus, quel rapport avec son assassinat ? D'après moi, c'est la mauvaise critique qu'on lui a arrachée des mains qui est la cause de sa mort.

— Eh bien, moi, je n'en serais pas aussi sûre, déclara Millie en désignant l'empreinte. Est-ce vraiment une coïncidence qu'on ait trouvé une empreinte de sabot de cuisinier sous la fenêtre de la pièce où il a été tué et que les notes de son prochain livre aient disparu ?

En matière de ménage, les tâches de Flora étaient des plus limitées, alors, une fois que nous fûmes débarrassées de Seth Chamberlain, je me mis au travail : je fis la poussière, passai l'aspirateur et nettoyai les salles de bains. On pourrait croire que Millie et ma mère auraient pris ça pour une allusion leur indiquant qu'elles pouvaient s'en aller, mais le programme de la journée à la maison de retraite devait être particulièrement ennuyeux, parce qu'elles décidèrent de rester.

Pour quelqu'un qui voulait profiter de sa retraite et ne plus être obligée de gérer sa maison d'hôtes, Millie passait décidément beaucoup de temps ici. Mais, comme elle s'était proposée pour préparer le petit déjeuner du lendemain, je ne me plaignis pas, parce que ça me faisait toujours ça de moins à faire.

Elle craignait sans doute que mon manque de talents culinaires ne ruine la réputation de bonne table de l'Oyster Cove. Mais, si un meurtre ne coulait pas l'établissement, je voyais mal pourquoi ma cuisine causerait sa perte.

Ce n'est que tard dans l'après-midi que je finis par me retrouver dans le vestibule, épuisée. La journée avait été longue, surtout si l'on songeait que j'avais découvert le corps sans vie de l'un de mes hôtes le matin même.

Flora, installée dans un sofa bien rembourré du petit salon, regardait des séries romantiques à la télé en mangeant des crackers. Elle leva les yeux vers moi tandis que je m'affalais dans un fauteuil.

— J'ai droit à quinze minutes de pause toutes les quatre heures ! lança-t-elle comme si je m'apprêtais à la réprimander parce qu'elle regardait la télé pendant son service.

— Vous avez de la chance, c'est bien plus que ce que j'ai.

J'ôtai mes sabots pour masser mes pieds endoloris. Qui aurait pu penser que l'hôtellerie était un travail aussi dur ? Quand j'avais acheté l'établissement à Millie, elle m'avait donné à entendre que c'étaient les autres qui faisaient la plus grande partie du boulot.

De tous les salons de la demeure, celui-ci était mon préféré, parce que c'était le plus ensoleillé. En cette fin d'après-midi, la lumière dorée qui entrait par la haute fenêtre teintait le parquet d'une couleur de miel, éclairant davantage encore cette pièce déjà chaleureuse.

Millie et maman devaient avoir eu la même idée. À peine avais-je commencé à me détendre qu'elles se présentèrent sur le seuil avec une fournée de cookies aux pépites de chocolat. Millie les posa sur la surface de marbre de la table basse en acajou, et elles prirent place dans des fauteuils.

— Je pense que ce nouveau rebondissement dans l'affaire va nous aider à identifier l'assassin, affirma-t-elle en mordant dans un cookie avant de pousser le plateau vers Flora et de lui faire signe de se servir.

— C'est ce que j'espère. Vraiment ! Je n'aime pas la façon dont Seth regarde Josie.

Maman attendit que Flora prenne un cookie avant d'en piocher un à son tour.

— Moi non plus, ajoutai-je.

— Je crois que nous devrions rechercher les autres restaurants où il s'est rendu. S'il écrivait une mauvaise critique et que le chef s'en est rendu compte, ça expliquerait l'empreinte, dit Millie.

— Et le livre de recettes manquant, dans tout ça ? demanda maman.

— Ce n'était peut-être pas un livre de cuisine qu'il écrivait ! répondit Millie. Ava elle-même l'a suggéré.

— En parlant d'Ava, je ne pense pas qu'elle porte des sabots, dis-je. Mais je ne l'écarterais pas pour autant de la liste des suspects.

— N'oublions pas Tina, ajouta maman en baissant la voix. Si elle batifolait avec Charles, ça fait d'elle un suspect potentiel. Du moins, c'est toujours comme ça à la télé.

Flora grignotait son cookie en silence. Ses yeux, gigantesques derrière ses culs de bouteille, passaient de maman à Millie et à moi au fil de notre conversation.

Un mouvement sur le seuil attira notre attention. En se retournant, on vit Mike et ses larges épaules s'encadrer dans le chambranle.

— Je me suis dit qu'en suivant les cookies à l'odeur je tomberais sur vous.

Il s'avança, déposa un baiser sur le front de Millie, prit un cookie et s'assit.

— C'est nous que tu cherchais ou les cookies ? demandai-je.

— C'est toi que je voulais voir, Rayon de soleil. Le fait est que je suis un peu inquiet. Il y a un assassin dans la nature.

— Oui, mais sa victime était Charles. Les autres n'ont rien à craindre, répondit Millie en regardant Mike dans les yeux. Je me trompe ? Après tout, c'est toi l'ex-enquêteur, tu devrais savoir ça !

— Ça paraît vraisemblable, effectivement. Néanmoins, je pense que vous devriez toutes faire attention. Quelqu'un a consacré beaucoup de matière grise à planifier comment saboter l'escalier en espérant que la mort passerait pour accidentelle.

— C'était prémédité ! lâcha maman d'un ton qui ne laissait présager rien de bon.

— Ça paraît logique, répondit Millie. Si l'assassin avait appris que Charles écrivait une mauvaise critique, il ou elle a probablement prévu de le supprimer avant qu'il puisse la publier.

— Je ne sais pas, dis-je en prenant un cookie. Il me semble que tuer Charles à cause d'une mauvaise critique serait plutôt un acte spontané, accompli sous l'effet de la colère. C'est ce que suggère la note arrachée des mains de Charles, en tout cas.

— Peut-être, concéda Millie. Mais l'assassin a pu l'arracher dans un premier temps, puis se mettre à gamberger et revenir plus tard dans la nuit pour régler son compte à Charles. Le facteur décisif, c'est l'empreinte devant sa fenêtre. Il se peut que le meurtrier ait d'abord tué Charles, puis ait ensuite eu l'idée de maquiller ça en accident. Après tout, cette aile de la demeure est condamnée. L'assassin n'avait aucune raison de craindre que quelqu'un tombe sur la victime pendant qu'il mettait tout en place.

— Vous avez trouvé une empreinte de sabot devant la fenêtre ? demanda Mike en jetant un coup d'œil à mes pieds.

— Ce n'était pas la mienne ! rétorquai-je en croquant dans mon cookie – un gros morceau ce coup-ci.

— Juste sous la fenêtre de la pièce ! précisa Millie. Nous pensons que l'assassin s'est enfui par là.

— Ce qui signifie que ce n'était pas l'un des résidents, ajouta maman.

— C'est possible, mais qui que ce soit il a dû rester là un moment, parce que ça a dû prendre un certain temps de saboter l'escalier, affirma Mike.

C'est alors que Nero et Marlowe surgirent de nulle part et bondirent sur ses genoux en ronronnant à qui mieux mieux.

— L'aile étant condamnée, personne n'aurait pu voir le meurtrier, et celui-ci aurait eu tout le temps nécessaire pour œuvrer. Mais une question demeure : comment a-t-il fait venir Charles dans cette partie de la maison ? Ce n'aurait pas été très simple pour quelqu'un qui ne réside pas à l'Oyster Cove, déclara Millie. Nous devrions peut-être davantage parier sur la culpabilité de Tina. Si elle entretenait une relation avec la victime, je n'ai aucun mal à imaginer qu'elle ait mis à profit ses charmes pour l'attirer dans l'aile ouest.

— Ils avaient une relation ? demanda Mike.

— Oui, essaie de suivre un peu ! s'exclama maman. Mais si c'était Tina, elle se serait contentée de remonter discrètement dans sa chambre. Pourquoi ressortir par la fenêtre ?

— Bonne question ! dit Millie. Et si ce n'était pas Tina, alors qui a laissé cette empreinte ?

Flora, qui n'avait pas pipé mot depuis le début et s'en était tenue à suivre les échanges en tournant la tête à droite et à gauche comme un arbitre de tennis, prit la parole :

— Et qu'en est-il de Stella Dumont ?

Tout le monde regarda vers la fenêtre, où l'on distinguait au loin l'angle du Smugglers Bay avec ses mouettes tournoyantes et le reste.

— Stella Dumont ? Elle sert effectivement des repas dans son hôtel… et il est possible que Charles y ait mangé, répondit Millie.

— J'ai entendu dire qu'elle s'était inscrite au concours de cuisine organisé par le journal, celui doté d'un prix de cinq mille dollars ! s'écria maman.

— Ah bon ? Eh bien, ça serait un sacré coup de pouce pour son affaire. Si elle gagne, elle pourra se servir de cette victoire pour attirer de nouveaux clients et, à l'évidence, une telle somme qui tombe du ciel, ça ne fait jamais de mal. Cependant, elle a ce problème avec les mouettes, poursuivit Millie. Je me demande si ça lui cause du tort…

— Elle craint peut-être que les travaux de rénovation que Josie a entrepris lui nuisent à l'avenir, suggéra Mike.

— Et en plus, elle avait peut-être peur qu'une mauvaise critique de Charles Prescott ne coule son établissement, ajouta maman.

— Elle cuisine beaucoup, et elle porte peut-être des sabots comme ceux qui ont laissé cette empreinte, précisa Millie.

— Ça expliquerait éventuellement pourquoi elle traînait dans le coin, marmonna Flora.

— Elle traînait dans le coin ? m'écriai-je. Quand ça ?

Flora haussa les épaules.

— Je n'ai pas noté les dates sur un bout de papier, ça n'entre pas dans mes attributions, déclara-t-elle en prenant un autre cookie avant de se carrer dans son fauteuil. Mais je l'ai aperçue plusieurs fois à la porte de la cuisine.

— La cuisine ? Mais que faisait-elle là ?

Je n'avais jamais vu Stella près de la maison d'hôtes et, dans la mesure où nous n'étions pas exactement les meilleures amies du monde, j'avais du mal à croire qu'elle soit passée me rendre une visite de courtoisie.

Flora mordit dans son cookie en nous regardant innocemment.

— J'ai pensé qu'elle venait ici pour flirter avec Mike.

Toutes les têtes se tournèrent vers lui. Oh ! c'est vrai, il avait invité Stella – et non moi – au bal de fin d'année du lycée. Certes, on n'était que des gamins et de l'eau avait coulé sous les ponts, mais ça en disait long sur son caractère.

Il leva les mains dans un geste d'apaisement.

— Ce n'est pas moi qu'elle venait voir. Je l'ai effectivement aperçue à quelques reprises dans la cuisine, mais je pensais qu'elle était là pour rencontrer Josie.

— Absolument pas, dis-je. D'ailleurs, je n'avais pas la moindre idée qu'elle traînait dans le coin. Lui avez-vous parlé, Flora ?

Elle secoua la tête.

— Ce que vous faites, les uns et les autres, ce ne sont pas mes oignons. Quand je vois quelqu'un dans la cuisine, je me dis qu'il a une raison d'y être. Je ne pose pas de questions.

— Voilà qui est bizarre ! s'exclama maman. Que pensez-vous qu'elle venait faire ?

Les yeux de Millie brillaient d'excitation.

— Elle repérait peut-être les lieux, répondit-elle en se penchant en avant. Elle estimait probablement qu'elle pourrait faire d'une pierre deux coups. Se débarrasser d'un critique culinaire qui comptait publier une chronique incendiaire sur le Smugglers Bay et laisser croire que l'Oyster Cove n'était pas un endroit sûr, afin que Josie mette la clé sous la porte ou soit arrêtée pour le meurtre, ce qui augmenterait aussitôt sa clientèle.

# 8

Je ne comptais pas rester assise à attendre que la police m'accuse de nouveau, alors, à 17 heures, je me mis en route vers le Smugglers Bay, en passant à travers un champ puis en gravissant la colline, dans l'espoir de trouver Stella dans sa cuisine. Comme je savais qu'elle servait le dîner à 17 h 30, je m'étais dit qu'elle y serait. Ce n'était pas une visite de courtoisie. Je tenais à découvrir pourquoi elle était venue chez moi et, plus important, je voulais voir si elle portait des sabots.

Je la trouvai sur la terrasse en train de dresser les tables pour le dîner tout en faisant des moulinets avec les bras pour éloigner les mouettes qui tournoyaient au-dessus d'elle. La terrasse donnait sur la crique, et la rumeur discrète des vagues ainsi que l'odeur de l'océan auraient constitué une ambiance parfaite pour dîner… en l'absence des oiseaux qui criaient en permanence.

— Ouste ! Ouste ! Fichez le camp ! braillait-elle en agitant une serviette blanche pour les chasser.

Deux d'entre elles s'enfuirent à tire-d'aile, mais une troisième ne céda pas de terrain. Elle se percha sur l'un des poteaux de la rambarde et y demeura jusqu'à ce que Stella lui fonce dessus. Après l'avoir fait fuir, Stella se tourna vers moi et m'adressa un regard noir.

Tout en m'approchant, je jetai un coup d'œil à ses pieds. Mince ! Elle ne portait pas des sabots, mais une paire de tennis blanches. Pour autant, ça ne voulait rien dire. Elle était peut-être quand même coupable. Peut-être en avait-elle une paire rangée dans un placard, avec de petites brindilles de paillis coincées sous ses semelles et des éclaboussures de sang sur le dessus.

— Tiens donc ! Josie Waters ! J'ai entendu dire qu'il y avait eu un accident chez toi. J'espère que ça n'a pas fait fuir les touristes !

Son ton hargneux laissait toutefois peu de doute : elle espérait précisément le contraire.

Une mouette piqua vers nous. *Splaf !*

Une crotte orange et blanc atterrit entre nous deux sur la rambarde. Stella brandit le poing dans sa direction.

— Dégage, sale bestiole !

Elle se précipita vers le poteau et l'essuya avec sa serviette.

Toujours aussi subtile et délicate ! C'était bon à savoir. Et la lumière de cette fin d'après-midi me permettait de constater qu'elle se maquillait toujours autant. Un nuage suffocant de parfum dériva vers moi, et j'essayai de ne pas m'étouffer. Au lycée aussi, elle avait la main lourde avec le parfum. Mais il y avait une différence, cependant – à l'époque, ses cheveux n'avaient pas cette couleur blond javellisé. Je ne voyais vraiment pas ce que Mike lui trouvait !

En jetant un coup d'œil à mon propre établissement, je songeai que j'avais bien fait de ne pas encore commencer à servir en terrasse. Cela dit, contrairement à Stella, je n'avais pas de problèmes avec les mouettes. Son hôtel donnait directement sur l'océan, alors que le mien était un peu en retrait, sur une colline, avec une vue panoramique. Non seulement les mouettes volaient au-dessus de sa terrasse, mais j'avais entendu dire qu'on y avait trouvé les cadavres de plusieurs d'entre elles. De quoi couper l'appétit. Malheureusement, ces temps-ci, cela n'avait rien d'inhabituel. Les mouettes semblaient mourir dans des proportions alarmantes, et on avait retrouvé leurs corps échoués sur les plages, et même dans le parc en ville.

— Tu voulais me voir pour une raison en particulier ? demanda Stella en se dirigeant vers moi. J'aurais pensé que tu serais plutôt occupée à découvrir qui a assassiné ton client.

— C'est le cas. Ce qui m'amène à te poser une question. Pourquoi viens-tu régulièrement à l'Oyster Cove ?

Elle fronça les sourcils.

— De quoi parles-tu ?

— Ne joue pas les idiotes. Flora t'a vue sur le seuil de la cuisine.

À vrai dire, elle n'avait pas besoin de se faire passer pour idiote, elle l'était, mais le suggérer n'allait probablement pas m'aider à connaître la vérité.

Son regard dériva vers ma maison d'hôtes.

— Eh bien, il se peut que je sois passée de temps en temps voir une certaine personne.

— Alors, tu rôdes autour de chez moi pour retrouver Mike ?

— Mike et moi sommes de bons amis, rétorqua-t-elle en s'appuyant sur la rambarde avec un regard entendu. De *très* bons amis.

C'était logique, et ça ne me surprenait pas le moins du monde. Sauf que… si elle passait vraiment pour lui, pourquoi Mike avait-il menti à ce propos ? Il n'avait aucune raison de nous raconter des bobards, si ce n'est me cacher qu'il en pinçait encore pour elle. Mais en quoi cela le dérangeait-il que je sois au courant ? En tout cas, quelqu'un mentait, c'était sûr !

— Alors, en fait, tu venais retrouver Mike ? demandai-je en croisant les bras.

— Et si c'était le cas ? Ce ne sont pas tes affaires !

— Certes. À part qu'un client a été assassiné alors que tu rôdais autour de chez moi.

— Je ne rôdais pas ! s'écria-t-elle en agitant de nouveau sa serviette pour chasser les mouettes qui étaient revenues. Et je suis très occupée, si tu veux savoir. J'ai des clients, des mouettes et tout un tas de choses qui réclament mon attention, alors, je n'ai pas le temps d'écouter tes accusations infondées.

C'était vrai, elle avait « tout un tas de choses » à faire. Le concours de cuisine qui allait lui donner l'occasion de frimer et lui rapporter cinq mille dollars. Un concours pour lequel une recette originale et innovante serait des plus utiles.

— Tu n'aurais pas eu l'intention de mettre les mains sur un certain livre de recettes, par hasard ?

— Quoi ? Non ! s'exclama-t-elle en continuant d'agiter sa serviette même si les mouettes étaient parties. Pourquoi aurais-je eu besoin de ça ? C'est ridicule !

Comme elle avait l'air assez énervée, je me dis que c'était le moment pour lui balancer une autre question. Elle était peut-être suffisamment déstabilisée pour me donner une réponse qui l'incriminerait. Cela dit, pour être honnête, je doutais vraiment que Stella soit capable d'un tel meurtre. L'assassin devait savoir comme on sabote un escalier pour maquiller son acte en accident, sans parler de sa capacité à entrer et sortir sans se faire repérer, et à planifier toute l'opération.

— La victime était un critique culinaire… Tu étais au courant ? Il est peut-être venu dîner chez toi, non ?

Elle plissa les yeux.

— Quoi ? Non ! Je ne sais rien de la victime. Écoute, ce n'est pas parce qu'un de tes clients a été assassiné et que tu es jalouse que Mike me trouve mieux que toi que tu as le droit de te présenter ici pour m'accuser…

*Splaf !*

Une crotte de mouette atterrit sur le bout de l'une de ses tennis. Mince ! Quel dommage ! Elle ne pourrait probablement jamais faire disparaître la tache. Mais pour moi, c'était un coup de chance, parce que ça m'offrait une ouverture.

— Cette tache ne partira pas. Tu devrais plutôt enfiler tes sabots de cuisinier quand tu viens ici.

Stella se pencha pour frotter vigoureusement sa basket.

— Des sabots ? cracha-t-elle en m'adressant un regard noir. Je ne porte pas de sabots. Les baskets, c'est plus souple. Ça fait moins mal aux pieds en cuisine. Mais ce ne sont toujours pas tes oignons.

— C'était une simple suggestion.

Ça n'aurait pas dû m'étonner qu'elle ne mette pas de sabots. Comme je l'ai déjà dit, je ne pensais pas qu'elle avait assez de jugeote pour être l'assassin. Mais quelque chose dans son attitude m'indiquait qu'elle ne me disait pas toute la vérité sur les raisons de sa présence chez moi. Mike n'avait pas l'air de mentir. Mais pourquoi Stella le ferait-elle ? Cela dit, si elle ne portait pas de sabots, ce ne pouvait pas être elle, la coupable. À moins qu'elle ne mente aussi là-dessus.

— Eh bien, je n'en veux pas, de tes suggestions.

Elle continua de frotter sa chaussure. Comme je le soupçonnais, elle n'allait pas facilement venir à bout de cette tache.

— Si j'étais toi, ajouta-t-elle, je ferais plus attention à mon propre établissement au lieu de fouiner chez moi pour essayer de découvrir ce qui s'y passe. Comme ça, tes clients n'auraient peut-être pas besoin d'aller s'installer ailleurs.

Mais de quoi parlait-elle ? Mes clients mettaient les voiles à cause du meurtre ? Je n'avais vraiment pas besoin de ça ! Pas de clients, pas de revenus, et sans revenus on courait droit à la catastrophe. Je ne pouvais pas laisser faire ça. Et encore moins si ça voulait dire qu'ils allaient s'installer au Smugglers Bay. Était-ce pour ça que Stella était venue rôder chez moi ? Pour essayer de me voler ma clientèle ?

— Qu'est-ce que tu racontes ? demandai-je.

Elle se redressa, un rictus mauvais en travers du visage.

— Oh ? Tu ne savais pas ? Je suis sûre d'avoir aperçu un de tes clients s'enregistrer dans ce motel miteux près de l'autoroute. Le Timber Me Motel, tu vois ? Ils louent des chambres à l'heure. Dommage que je sois complet, parce que j'aurais pu les accueillir ici, où ils seraient en sécurité.

Je maîtrisai mon accès de colère. Elle essayait simplement de me rendre folle. J'étais sûre qu'elle n'avait vu aucun de mes clients parce qu'aucun d'eux n'avait pris congé. Je relevai la tête en croisant les bras, bien déterminée à percer son bluff.

— Ah oui ? Et tu parles de qui, exactement ?

— La blonde écervelée, là. Tu sais, celle qui a la quarantaine mais qui essaie de paraître beaucoup plus jeune ? Elle a une Coccinelle noire.

Tina ? La description correspondait, et Tina conduisait bien une Coccinelle noire. Mais Stella ne pouvait pas faire référence à elle. Tina logeait toujours chez moi. Certes, la mort de Charles l'avait durement affectée, mais pas assez pour la pousser à plier bagage.

— Quand est-ce que tu as vu ça ? demandai-je.

Elle leva les yeux vers le ciel, comme si c'était là qu'elle rangeait ses souvenirs – apparemment, ce n'était pas pour rien qu'on la disait tête en l'air au lycée.

— Oh… La nuit d'avant-hier, je crois.

Ha ! Charles n'avait pas encore été tué.

— Ça montre à quel point tu n'es pas au courant de ce qui se passe. Le meurtre ne s'est produit qu'hier soir.

— C'est pire. Si tes clients quittaient déjà le navire avant le meurtre, c'est que tes affaires ne vont pas si bien que ça. Imagine ce qui va arriver maintenant !

Assis au pied d'un grand pin sylvestre tout en haut de la colline, Nero observait Stella et Josie qui discutaient sur la terrasse du Smugglers Bay. Il n'entendait pas ce qu'elles disaient, mais leur langage corporel indiquait que leur conversation n'était pas très amicale. Le soleil, bas dans le ciel, faisait scintiller les ailes des mouettes qui tournoyaient au-dessus des deux femmes. L'odeur salée de l'océan se mêlait avec bonheur à celle des pins.

Marlowe, allongée à côté de lui, les pattes avant glissées sous son corps, laissait le soleil lui réchauffer le dos. Stubbs, Boots, Poe et Harry se trouvaient également avec eux. Ils attendaient Juliette, en retard, comme à son habitude.

— Cette Stella Dumont ne m'inspire pas confiance, lâcha Stubbs en agitant son moignon de queue. Il ne faut jamais faire confiance à une bonne femme trop maquillée, ajouta-t-il en posant son regard intelligent sur les deux rivales.

— À moi non plus, répondit Marlowe. Elle traîne tout le temps du côté de la cuisine de la maison d'hôtes, et un soir je l'ai vue traverser discrètement le champ en venant de chez elle.

— Tu n'avais pas mentionné que tu avais senti une odeur de mouette sur la victime ? demanda Harry en désignant du menton celles qui volaient au-dessus de la terrasse.

Au moment où ils tournèrent les yeux vers elles, l'une des mouettes lâcha une offrande sur la chaussure de Stella.

— On dirait que ces mouettes ont une utilité, finalement ! gloussa Stubbs. Elle ne réussira jamais à faire partir cette tache.

— Stella Dumont ne doit pas être très attristée par la diminution de leurs effectifs, affirma Poe en se passant la patte derrière l'oreille.

Boots, qui lissait sa poitrine à l'endroit où sa fourrure blanche rejoignait la noire, intervint :

— Vous croyez qu'elle a quelque chose à voir avec ce qui leur arrive ?

— Difficile à dire, répondit Poe en haussant les épaules.

— J'en doute, déclara Harry. Elle n'est pas du genre à aimer se salir les mains.

Nero décida de reprendre le contrôle de la conversation avant qu'elle ne déraille. Ils étaient là pour discuter des indices liés à la mort de Charles Prescott. La réputation de la maison d'hôtes était un sujet plus urgent que le sort des mouettes.

— C'est un autre mystère, que nous éluciderons plus tard. Pour l'instant, nous devons aller au fond des choses dans l'affaire du meurtre à l'Oyster Cove.

— Désolée, les amis, je suis en retard ! lança Juliette.

Elle arriva en trottinant, sa fourrure soyeuse légèrement soulevée par la brise, comme dans une séance photo de mannequin.

— Ils avaient du homard en plat du jour au Salty's Crab Shack, et vous savez bien que les humains ne prennent jamais le temps de manger la chair succulente de leurs petites pattes ! ajouta-t-elle. Billy m'a jeté les restes dans la ruelle à l'arrière, et je dois dire que je n'ai pas vu le temps passer.

Juliette posa à son tour les yeux sur Stella et Josie, qui s'affrontaient à présent du regard comme deux duellistes prêtes à en découdre. C'était difficile de vraiment savoir ce qu'il en était avec les humains. Leurs cheveux ne se hérissaient pas, leurs queues ne devenaient pas rigides, ils ne crachaient pas et ne découvraient pas leurs dents. Mais si ç'avait été le cas, c'est exactement ce que Stella et Josie seraient en train de faire en ce moment.

— Elles se crêpent le chignon ? demanda Juliette.

— C'est possible, répondit Harry. On disait justement qu'on n'aimait pas Stella. Marlowe l'a vue rôder autour de la maison d'hôtes, et Nero a senti une odeur de mouette sur les vêtements de la victime.

— Tu penses que ce pourrait être elle, l'assassin ? demanda Juliette. Nero avait aussi flairé une odeur de chien, non ?

— C'est vrai, dit Nero. Mais Stella n'en a pas.

Ils connaissaient tous les chiens à dix kilomètres à la ronde, bien sûr. Pour un chat, il était essentiel de savoir où ils traînaient afin d'éviter ceux qui n'étaient pas vraiment amicaux. Mais certains l'étaient. À l'occasion, Nero avait même fait équipe avec un ou deux d'entre eux pour résoudre une affaire.

Boots pomponnait et lissait ses moustaches.

— Je ne pense pas que cela entre en ligne de compte. Qu'elle ait un chien ou pas, nous avons déjà déterminé que la victime s'était rendue sur la falaise, au voisinage des mouettes et des pédiculaires. Cela explique les deux odeurs. Nous devons faire attention à ne pas tirer de conclusions hâtives à un stade aussi précoce de l'enquête.

— Ouais, dit Harry. Il nous faut le mobile. Quand on le trouve, il est facile d'identifier l'assassin.

— Et nous devons également évaluer avec soin les indices, ajouta Nero. Comme l'empreinte dans le paillis que Marlowe et moi avons découverte devant la fenêtre de la scène de crime.

— Une empreinte ? Raconte ! s'exclama Boots en passant sa patte sur ses moustaches pour faire en sorte qu'elles frisent à leur bout.

— Une empreinte de sabot de cuisinier ! annonça fièrement Marlowe.

Ils se tournèrent tous vers Stella et Josie.

— Stella n'en a pas aux pieds, affirma-t-il en plissant les yeux. Mais Josie, oui !

— On devrait peut-être se pencher sur Josie de plus près, dit Boots. J'ai un informateur au poste de police. Tu le connais, Stubbs. C'est Louie Deux Pattes, le siamois. Il m'a confié que la victime avait été tuée à cause d'une mauvaise critique. Ça ne sent pas bon pour Josie, ça.

Nero soupira.

— La police a seulement retrouvé un petit bout de papier dans la chambre de Charles. On ne sait pas avec certitude ce qui était écrit dessus. D'ailleurs, la critique pouvait porter sur n'importe qui, même sur Stella Dumont. Charles Prescott n'était pas confiné à l'Oyster Cove, il prenait également ses repas dans d'autres établissements. La police bâtit des hypothèses sur l'unique indice que leurs maigres talents d'enquêteurs leur ont permis de dénicher. Nous, nous avons trouvé une empreinte de sabot de cuisinier, une liaison secrète et la disparition d'un livre de recettes.

Boots acquiesça.

— Je suppose que tu as raison. Nous devons considérer tous les indices et laisser nos cerveaux supérieurs déterminer qui sont les bons suspects.

— Eh bien, je suis désolé de devoir le dire, intervint Stubbs, mais le costume de principal suspect va bien à Josie, du moins d'après la police. Elle avait un mobile si la critique portait sur son établissement, elle avait un moyen puisqu'elle habite sur place, et elle avait la possibilité de tuer la victime n'importe quand pendant la nuit sans que personne ne trouve bizarre de la voir déambuler dans les parages.

— Non, ça ne peut pas être elle, répliqua Nero.

Instinctivement, il avait envie de la protéger, sans bien savoir pourquoi, d'ailleurs. Il n'était pas si attaché que cela à elle. Il ne la connaissait que depuis quelques semaines. Il s'agissait probablement d'un transfert de loyauté de l'Oyster Cove sur elle, car il avait quand même passé plusieurs vies dans cet endroit. Millie avait légué la maison d'hôtes à Marlowe et à lui-même, et ils avaient failli à leur devoir en laissant un assassinat se produire. Il fallait qu'il soit certain que celui qu'il accuserait soit vraiment le coupable.

Poe souleva un sourcil.

— Oh ! Tu crées des liens avec ta nouvelle humaine, alors.

— Peut-être. En quelque sorte. On va devoir encore beaucoup travailler sur elle, mais penser qu'elle est coupable n'a aucun sens. Pourquoi l'aurait-elle tué sur place ? C'était le meilleur moyen de faire peser les soupçons sur elle. Sans parler de l'influence néfaste du meurtre sur ses affaires.

— En plus, elle cherche également l'assassin, ajouta Marlowe. C'est ce qu'on a entendu avant de sortir du salon, tout à l'heure. Sinon, pourquoi serait-elle allée au Smugglers Bay ? Elle aussi soupçonne Stella.

Nero acquiesça.

— Oui. Flora lui a dit que Stella rôdait dans les parages.

— Et Mike a affirmé que quelqu'un avait maquillé la scène de crime pour que le meurtre ait l'air d'un accident.

— Tiens donc ? Un coup monté ? Pour essayer de faire porter le chapeau à Josie, peut-être ? demanda Stubbs.

Harry lui adressa un long regard sceptique.

— L'hypothèse du sabotage pourrait aussi l'incriminer davantage. Qui d'autre était en mesure d'aller et venir sur la scène de crime sans que quiconque ne trouve ça bizarre ?

— C'est vrai, reconnut Poe. Maquiller la scène, ça a dû prendre du temps, et la présence d'une personne qui n'avait rien à faire là aurait soulevé des questions.

— Pas vraiment, répondit Nero. Cette aile de la demeure est condamnée. Personne n'y va jamais.

— Une fois de plus, tout repose sur le mobile, dit Harry.

— Si j'en crois mon expérience, la première raison pour laquelle les gens se font descendre est soit l'argent, soit l'amour, déclara Stubbs en secouant la tête comme pour marquer la déception que lui causaient les motivations mesquines des humains.

— C'est précisément le problème, répondit Nero. Nous avons les deux. D'un côté, le livre de cuisine disparu, dont l'une des connaissances de la victime affirme qu'il pourrait valoir beaucoup d'argent, et de l'autre, la liaison que Charles entretenait avec une résidente de la maison d'hôtes.

Poe fronça les sourcils.

— Une résidente ? Qui ça ?

— La blonde, Tina. Du moins, c'est ce qu'a dit Josie, répondit Nero.

Tous les mâles acquiescèrent d'un air entendu.

— Ça n'a aucun sens ! s'exclama Juliette en leur jetant un regard noir. Si c'était l'un des résidents, pourquoi serait-il sorti par la fenêtre en laissant une empreinte devant ?

— Oui, c'est une bonne question. Pourquoi ? demanda Marlowe.

Le regard de Nero dériva vers la crique tandis que tous les chats considéraient le problème. Un bateau de pêche aux homards se balançait dans les vagues. À l'intérieur, un pêcheur en tablier ciré hissait ses casiers. Nero l'observa accrocher sa bouée blanche à pois bleus et glisser la corde sur le treuil pour les tracter. D'après les couleurs de la bouée – chaque pêcheur avait les siennes –, il savait que c'était Buddy Turner.

Nero l'aimait bien, car il était gentil avec les chats et qu'en général il leur donnait les restes de ses appâts. Il espérait qu'il avait fait bonne pêche. Quelques minutes plus tard, le casier en lamelles de bois apparut à la surface. Nero voyait les succulentes créatures qui se trouvaient dedans, certaines sagement posées, d'autres brandissant leurs pinces. Il éprouva un peu de compassion pour elles, sachant qu'elles étaient tirées de leur environnement naturel pour être bouillies vivantes, mais l'instant passa. Elles avaient quand même bon goût.

— L'empreinte n'est peut-être pas celle du meurtrier, finit par suggérer Juliette.

— Pourquoi quelqu'un entrerait-il par la fenêtre ? demanda Poe. Ça ne paraît pas très logique.

— J'essayais simplement de mentionner toutes les possibilités ! siffla Juliette.

— Et dans la rue, qu'avez-vous entendu ? Ou vu ? intervint Nero pour qu'ils ne se dispersent pas et pour éviter que les deux chats se battent.

— Malheureusement, personne n'est venu confesser son crime au père Timothy, répondit Juliette en faisant gonfler sa queue.

— Oui, ça serait trop facile ! ricana Harry.

— Cependant, j'ai remarqué une activité inhabituelle de la part de certains résidents de la maison d'hôtes, sur la falaise, poursuivit-elle. On en a une vue magnifique depuis le beffroi.

Juliette interrompit son récit pour se lisser la queue, et Nero soupçonnait que c'était plutôt pour entretenir le suspense autour de sa découverte que par besoin de faire sa toilette.

— Qui était-ce ? demanda-t-il.

— Le couple âgé. Ceux qui ont tous ces appareils photo, répondit-elle.

— Les Weatherby, indiqua Marlowe. Mais que faisaient-ils là ? Le chemin de la falaise est traître et escarpé, et ils sont vieux.

— Comme tu dis ! s'écria Juliette en plissant les yeux d'inquiétude. Je craignais de les voir faire une chute mortelle en les regardant déambuler au bord du précipice avec leurs appareils photo. Ils sont très en forme pour des personnes âgées.

— Ça semble dangereux, mais j'imagine qu'on doit prendre de bonnes photos de là-haut, répondit Harry.

— Oui, la vue est très belle. Un décor splendide pour faire des clichés spectaculaires, admit Juliette.

Nero médita cette nouvelle information. Ça ne voulait peut-être rien dire. Les Weatherby se présentaient comme des ornithologues amateurs passionnés, et il n'était pas impossible qu'ils se soient mis en quatre pour photographier des bébés mouettes, s'il y en avait sur la falaise. Mais, avec le problème de surmortalité qu'elles rencontraient en ce moment, Nero se demandait si elles pondaient.

— Alors, la victime a été vue là-bas, et les Weatherby aussi, résuma Boots en faisant frémir ses moustaches.

— Mais si c'était eux, comment expliquer l'empreinte ? demanda Marlowe en regardant Nero.

Celui-ci se contenta d'adopter un air songeur pour paraître sage. Il n'avait pas la moindre idée de la relation qui pouvait exister entre ces deux faits. Il n'avait pas non plus le souvenir d'avoir vu le vieux couple avec des sabots aux pieds. Il était certain qu'il l'aurait remarqué, et tout aussi certain qu'il les avait toujours vus en baskets. Bien sûr, ils pouvaient en avoir une paire dans leur placard. Il devrait peut-être creuser la question. Toujours est-il qu'il ne répondit pas. Il ne voulait pas donner l'impression d'être dans le noir. Une partie du travail de mentor consiste à projeter l'image d'un professeur savant.

— Et vous autres ? Quelqu'un a-t-il vu ou entendu quelque chose ? demanda-t-il pour éviter de répondre à Marlowe.

Tout le monde secoua la tête à part Stubbs.

— Moi, j'ai peut-être vu quelque chose. J'ai filé le train à la demoiselle, celle dont vous avez dit qu'elle avait une liaison avec la victime, vous savez ? Dans ce domaine, il faut toujours suivre les bonnes femmes.

— Et a-t-elle fait quelque chose de suspect ? demanda Nero en haussant les sourcils.

— Pas vraiment, répondit Stubbs en se voûtant. Je l'ai repérée en ville, et c'est à ce moment-là que je me suis mis à lui coller aux basques. Elle a fait un peu de shopping, puis elle est allée au Marinara Mariner. Je ne pouvais pas l'y suivre, bien sûr, alors j'ai perdu sa trace.

— Pourquoi n'as-tu pas attendu devant ? s'exclama Harry.

— C'est ce que j'ai fait. Je suis resté assis sur le trottoir pendant plus d'une heure, mais ensuite la patronne est sortie et m'a chassé à coups de balai. C'est une mégère ! Tony, son mari, est sympa, mais elle ? Arghhh ! maugréa-t-il en secouant la tête. Quoi qu'il en soit, je suis passé dans l'arrière-cour pour attendre à côté des poubelles, mais je n'ai jamais revu la blonde. D'où j'étais, on ne voit pas la porte d'entrée, et je ne voulais pas retourner devant à cause de la mégère avec son balai.

— Serait-il possible que tu aies été trop occupé à fouiller la poubelle pour la voir ? demanda Juliette avec une pointe de sarcasme amical dans la voix.

Stubbs se redressa de toute sa hauteur.

— Non. J'ai monté la garde tout du long.

— Tu aurais peut-être dû suivre les Weatherby, lança Poe avec un air de supériorité irritant.

Il avait ce travers, parfois.

— Peut-être, répondit Stubbs en tiquant. Mais je ne savais pas que Juliette les avait vus sur la falaise, et j'ai écouté mon instinct. Et toi, tu as découvert quoi ?

Poe fit semblant de se lisser les moustaches.

— Tu as fait ce qu'il fallait, dit Nero en jetant un regard en coin à Poe. Au moins, tu nous as rapporté de nouvelles informations, même si je ne sais pas ce que ça démontre à part que Tina aime faire du shopping et manger. Dommage que tu ne l'aies pas suivie au moment du crime, parce qu'on aurait su si c'était elle, l'assassin.

— Mais ça ne colle pas. Comment relier le livre disparu, l'empreinte, la liaison et la falaise au meurtre de Charles Prescott ? demanda Harry.

— Nous allons devoir redoubler d'efforts. Le plus compliqué, c'est l'empreinte. Les Weatherby et Tina sont tous des résidents de la maison d'hôtes. Pourquoi seraient-ils passés par la fenêtre ? songea Nero à voix haute.

— Et cette empreinte… elle avait une odeur ?

Marlowe jeta un coup d'œil à Nero, lequel lui fit un signe de tête pour qu'elle poursuive. Nero avait repéré plusieurs odeurs, mais il voulait voir si Marlowe les avait également perçues. Il était un peu gêné de ne pas avoir pensé à aborder le problème sous cet angle jusqu'à présent. Il était tellement focalisé sur l'identité de celui ou celle qui portait ces sabots qu'il n'avait pas envisagé que les odeurs puissent lui fournir une bonne piste.

Marlowe ferma les yeux et réfléchit quelques secondes.

— J'ai senti les odeurs habituelles, paillis, anxiété, peur, mais il y en avait une, mêlée à toutes celles-ci, que je n'avais jamais flairée auparavant. Un parfum sucré de fleur, avec un soupçon d'amertume.

Nero tourna les yeux vers Josie et Stella, qui semblaient en avoir terminé. Josie s'apprêtait à partir.

— Était-ce de la cannelle ? demanda Juliette. J'ai senti une odeur de cannelle dans le champ entre l'Oyster Cove et le Smugglers Bay.

Marlowe secoua la tête.

— Non, ce n'était pas ça. C'était plus douceâtre. Comme une fleur.

— Hum, peut-être celles du parterre ? suggéra Harry.

— Peut-être, répondit Marlowe d'un ton hésitant.

— Eh bien, je pense qu'on devra travailler à partir de ça, conclut Nero. Nous devons explorer toutes ces pistes. Et filer les Weatherby.

Les chats s'étirèrent, et chacun se leva pour s'en aller de son côté. Alors qu'ils avaient fait quelques pas, Poe se retourna en inclinant la tête, les yeux pensifs.

— Oh ! juste une petite chose…

Nero soupira. Poe faisait ça tout le temps. Il gardait sa petite bribe d'information jusqu'à la toute dernière minute, quand tout le monde allait partir. Mais bien souvent ces petites bribes étaient vitales pour la résolution de l'affaire, aussi Nero mit-il de côté son exaspération et lui répondit avec patience.

— Oui, Poe ?

Celui-ci regarda Marlowe.

— Cette odeur sur l'empreinte… était-elle prononcée dans le sucré et plutôt acidulée qu'amère ?

Marlowe acquiesça vigoureusement, les yeux grands ouverts.

Poe hocha la tête.

— Eh bien, dans ce cas, nous devrions peut-être faire un tour au Marinara Mariner, parce que ce que tu décris ressemble fort à l'odeur du safran, et il se trouve que je sais que cette semaine Tony avait mis des pâtes à l'encre de seiche et au safran en plat du jour. C'était délicieux, d'ailleurs, conclut-il en se léchant la patte.

En bas de la colline, Josie avait repris le chemin de chez elle. Nero songeait à la suggestion de Poe. Était-ce une coïncidence si l'empreinte avait l'odeur de l'un des plats du Marinara Mariner, alors qu'on avait aperçu Tina dans ce même restaurant ? En outre, Tina portait-elle des sabots de cuisinier ? Et si c'était le cas, pourquoi diable serait-elle ressortie par la fenêtre après avoir tué Charles ?

# 9

Heureusement que je n'avais pas à préparer le dîner de mes hôtes, parce qu'après mon altercation avec Stella Dumont je n'étais vraiment pas d'humeur. Où avait-elle donc été pêcher que le service d'un motel miteux était meilleur que celui de l'Oyster Cove ?

Arrivée au milieu du champ, je vis deux silhouettes familières. Nero et Marlowe bondissaient dans les hautes herbes en se dirigeant vers moi depuis le sentier qui menait au sommet de la colline. Je me demandai ce qu'ils étaient allés faire là-haut.

Ils m'emboîtèrent le pas. C'était inhabituel, parce qu'en général ils faisaient comme si je n'existais pas. Peut-être était-ce l'occasion d'établir un lien avec eux, et de devenir amis, comme Millie l'avait suggéré ?

— Alors, les crapules, vous étiez où ?

Nero darda sur moi ses yeux dorés qui brillaient comme deux soleils sur le noir d'encre de sa fourrure.

*Miaou. Miaoou. Miaoouuu.*

— En haut de la colline, vous dites ? Oui, la vue est magnifique, là-haut !

Était-ce une réponse appropriée ? Je ne savais pas trop comment on communiquait avec les chats. Ils ne comprenaient certainement pas les mots, ça devait plutôt se limiter au ton et aux gestes employés. Devait-on leur parler comme à des petits bébés ? Je les dévisageai. Non. Pas ces deux-là. Millie avait affirmé qu'il fallait s'adresser à eux comme à des êtres supérieurs.

Marlowe remua sa queue tigrée.

*Miaaaaou.*

Je n'avais pas la moindre idée de ce que *miaaaaou* voulait dire, mais je décidai quand même de répondre.

— Oh ! moi ? Je suis allée discuter avec Stella Dumont. Elle a osé insinuer qu'un de mes hôtes préférait le service du motel sordide au bord de l'autoroute au mien ! Vous en croyez vos oreilles ?

*Miaooouuuuu !*

À l'évidence, Nero était aussi scandalisé que moi à cette idée.

— Oui, je sais bien ! répondis-je.

Dès notre arrivée à l'Oyster Cove, je me précipitai pour consulter le registre, au cas où Stella aurait dit vrai. Je ne le pensais pas, mais ça ne coûtait rien de vérifier. Je savais que je n'avais pas enregistré le départ de Tina, mais Flora ou Millie avait pu le faire.

Tina était encore cliente chez nous. En ouvrant son dossier, je vis que son compte n'avait pas été clos. Elle n'était pas partie. *Prends ça dans les dents, Stella Dumont !*

Nero sauta sur le comptoir et poussa le registre de sa patte.

— Oui, tout comme je le pensais, Tina est toujours cliente ici. Stella raconte n'importe quoi.

Nero cligna les yeux.

— Mais ça me donne à réfléchir… Stella aurait-elle vu quelqu'un qui ressemble à Tina, ou bien a-t-elle menti ? Et si elle a menti, pourquoi ?

Au milieu du grand calme qui régnait dans la maison d'hôtes, un énorme gargouillis dans mon estomac brisa le silence avec tant de force qu'il fit sursauter Nero… et moi aussi. Cette tranquillité était inhabituelle. Normalement, j'entendais les coups de marteau ou la scie indiquant que Mike était au travail, la télévision ou les conversations des hôtes. Mais l'heure du dîner était passée, Mike était rentré chez lui et il semblait que mes hôtes étaient tous allés dîner ailleurs, comme le suggérait l'absence de leurs voitures.

Tant mieux, parce que j'avais plutôt envie d'être seule. Je me dirigeai vers la cuisine, les chats sur les talons, en repensant à ma visite à Stella.

Je farfouillai dans le frigo, où je dénichai un bout de pizza tout spongieux, quelques muffins qui n'avaient pas été mangés au petit déjeuner et les restes d'un plat aux fruits de mer que j'avais préparé l'avant-veille. Deux plats de verre recouverts de papier alu étaient soigneusement rangés dans le fond. Un mot de Millie indiquait qu'ils contenaient de la quiche au brocoli pour le petit déjeuner du lendemain.

Cela me rappela que je devais choisir les menus pour mes hôtes pour le reste de la semaine. Je jetai un coup d'œil au comptoir. Millie n'avait-elle pas mentionné un gâteau au café et à la crème ?

Je refermai la porte du frigo sous les miaulements de protestation des chats.

— Ne vous inquiétez pas, je vous donne votre dîner dans deux secondes.

J'ouvris un exemplaire fatigué et maculé de taches de graisse de *La Cuisine dans la joie*, et parcourus les recettes glissées entre les pages. Certaines étaient recopiées sur des fiches bristol, d'autres figuraient sur des pages arrachées à des magazines, d'autres encore sur de simples bouts de papier griffonnés par Millie de sa large écriture dont l'encre commençait à s'estomper. Un sourire me vint aux lèvres. Je me souvenais de quelques-unes, que j'avais savourées quand j'étais petite et que je rendais visite à Millie avec ma mère.

Tout en les feuilletant en quête de quelque chose qui ait l'air goûtu mais facile, je m'adressai à voix haute à mon auditoire félin.

— C'est quand même dommage que Stella ne porte pas de sabots. Sinon, je l'aurais fortement soupçonnée d'être la meurtrière. Cela dit, elle a peut-être menti.

J'interrompis un instant mes recherches pour réfléchir une seconde à cette idée.

— J'imagine que si elle était coupable et qu'elle avait mis ces sabots au moment du crime elle pourrait redouter qu'ils soient tachés de sang ou qu'ils recèlent une preuve quelconque de son forfait, ce qui la pousserait à cacher la vérité.

*Miaouu.*

Je tirai deux recettes qui avaient l'air intéressantes et les posai sur le comptoir.

— Et si ça se trouve, elle a inventé toute cette histoire avec Tina… Mais pourquoi ?

*Miaou.*

— C'était probablement par pure méchanceté. Elle est comme ça, vous savez ?

Je jetai un coup d'œil à Marlowe, qui me dévisageait en inclinant la tête sur le côté. Avait-elle acquiescé ? Mon imagination devait me jouer des tours.

— Au lycée, elle était déjà méchante. Je n'ai jamais compris ce que Mike pouvait lui trouver. Cela dit, je m'en moque. Mais est-ce pour ça qu'elle traîne toujours ici, pour le voir ?

*Miaooouuuu.*

— Et pourquoi Mike mentirait-il à ce propos ?

*Miaoouuu.*

— Les hommes… Je sais. Qui donc peut les comprendre ?

Je n'avais pas trouvé la recette du gâteau au café et à la crème. Il allait falloir choisir autre chose.

— Je suppose que Stella a pu venir ici pour des raisons plus méprisables.

Je jetai un coup d'œil en direction du Smugglers Bay. Les mouettes tournoyaient toujours au-dessus du bâtiment. Les tables du dîner étaient dressées sur la terrasse, mais aucun client n'était encore arrivé. Peut-être étaient-ils restés à l'intérieur à cause des oiseaux ?

Était-il possible que les réservations pâtissent de la présence des mouettes ? Stella s'était inscrite à ce concours doté de cinq mille dollars de récompense. Était-ce pour le prestige, ou parce qu'elle avait besoin de l'argent ? Si elle avait besoin d'argent, la fermeture de l'Oyster Cove lui ramènerait davantage de clients. Mais aurait-elle la bassesse d'assassiner quelqu'un ?

Par ailleurs, il ne fallait pas oublier que si Charles écrivait un nouveau livre celui-ci avait disparu. Stella avait-elle eu vent de ce projet et l'aurait-elle volé à Charles ? Et si c'était pour ça qu'elle rôdait dans le coin, qu'il l'avait surprise et que leur altercation s'était terminée dans l'aile condamnée de la maison d'hôtes ?

Nero sauta sur le comptoir et me poussa la main. Voulait-il que je le caresse ? Quand je tendis timidement les doigts vers lui, il miaula avec force et faillit me griffer. Très bien ! Moi qui croyais qu'il était en manque d'affection, alors qu'en fait il était simplement impatient d'avoir son dîner !

— Je sais que tu dois avoir faim, mais tu dois descendre du comptoir. Si Barbara Littlefield arrivait et qu'elle te voyait, elle fermerait mon établissement !

Je me penchai pour ouvrir le placard où je gardais la pâtée en sauce que Millie m'avait recommandé de leur donner.

Les recettes s'éparpillèrent sur le sol autour de moi. Nero les avait fait tomber.

En levant les yeux, je m'aperçus qu'il me dévisageait.

— Ce n'est pas ainsi que tu auras ton repas !

Il sauta et les frappa de sa patte.

— Hé ! Ne les déchire pas ! Ce sont les seules que j'ai !

Il s'assit et je commençai à y remettre de l'ordre en les empilant. La vue de toutes ces feuilles éparpillées me rappela alors le bout de papier déchiré que la police avait emporté.

— Oh ! c'est vrai ! C'est le dernier indice. La critique que Charles était en train d'écrire. Mais était-ce vraiment une critique ?

*Miaoouuu.*

Je n'avais pas examiné la note en détail, mais quand Seth Chamberlain avait brandi sa pochette plastique j'avais vu qu'elle ne contenait qu'un lambeau de papier. Avec même pas assez de mots pour pouvoir dire sur qui la critique portait. Si tant est que ce fût une critique. À l'évidence, le tueur avait dû emporter l'autre bout. C'était bizarre qu'on ait trouvé cet indice dans la chambre de Charles, alors que son cadavre gisait dans l'aile ouest.

S'était-il battu avec l'assassin dans sa chambre, avant que l'un et l'autre ne se rendent d'une façon ou d'une autre dans l'aile ouest ? Cela suggérerait que le coupable résidait à l'Oyster Cove. Certes, la critique concernait peut-être ma maison d'hôtes, mais si c'était le cas, qui avait emporté la partie manquante et pourquoi ? Manifestement, j'étais la seule à avoir intérêt à empêcher sa publication.

Et même si ce bout de papier n'était pas une critique, cela ne signifiait pas que Charles n'en avait pas écrit une par ailleurs et n'avait pas descendu un autre établissement.

Et si c'était le cas ? Si le chef mis en cause était venu ici pour se venger ?

Je tournai de nouveau les yeux vers le Smugglers Bay, même si je ne pouvais pas le voir parce que j'étais accroupie. Cela dit, je n'en avais pas besoin, car l'idée était déjà dans ma tête. S'il avait écrit une mauvaise critique à propos de Stella, j'étais susceptible de la trouver en ligne.

Je pris deux boîtes de pâtée d'une main et me relevai en tenant les recettes dans l'autre. Je posai les conserves sur le comptoir, puis je choisis la « cassolette d'œufs brouillés », qui avait l'air intéressante. Pain, fromage, œufs, lait et jambon. J'avais tous les ingrédients. Je pouvais la préparer ce soir et la mettre au four demain matin. Sauf erreur de ma part, maman avait hérité cette recette de Millie, et elle la faisait souvent quand j'étais petite. C'était très bon, et ça semblait facile (du moins lorsque maman la faisait). Je la posai à côté des boîtes et je glissai les autres dans *La Cuisine dans la joie*.

*Miaoouu.*

Marlowe venait de bondir sur la petite table sous la fenêtre, celle qui faisait office de bureau, et elle rôdait autour de mon ordinateur.

— Si tu voulais regarder un truc sur le web, j'ai la priorité !

*Miaoouuuu !*

Je m'assis et commençai mes recherches. En fin de compte, trouver les critiques du Gourmet Rieur ne se révéla pas aussi simple que je le croyais. Dans un premier temps, je tombai sur un site qui ne parlait que de Charles, mais en tapant « Smugglers Bay » sur son moteur de recherche, aucune critique n'apparut. Bizarre, parce qu'il y en avait sur d'autres restaurants à New York et dans le Connecticut. Ensuite, je jetai un coup d'œil sur Yelp. Mais aucun résultat non plus. Charles ne postait probablement pas ses critiques sur un site où tout le monde pouvait le faire. Alors, je décidai de chercher « Smugglers Bay » sur Google.

Mon smartphone vibra et, en consultant l'écran, je vis que c'était un appel de ma fille, Emma. Mon cœur s'emplit d'un sentiment chaleureux et, dès que je décrochai, toutes mes idées de meurtres et de critiques blessantes disparurent.

— Emma ! Comment vas-tu ? lançai-je avec entrain.

— Super, maman ! Et toi ? Grand-mère m'a dit qu'il y a eu pas mal d'agitation à Oyster Cove aujourd'hui.

Au ton de sa voix, je voyais qu'elle était légèrement préoccupée, alors je décidai de la rassurer sans tarder. En tant que parent, c'était moi qui étais censée me faire du souci, pas elle. Et à propos de parents, à quoi ma mère pensait-elle en parlant de Charles à Emma ? Heureusement elle n'avait pas mentionné que cette agitation était liée à la présence d'un cadavre.

— Oh ! un peu d'excitation, c'est toujours bon à prendre. Mais il n'y a aucune raison de s'inquiéter, mentis-je.

— Un peu d'excitation ? répéta-t-elle, incrédule. Je dirais qu'un mort ça va au-delà d'un peu d'excitation. Et il paraît qu'il s'agit d'un meurtre. Tu vas bien ?

Oups… Apparemment, maman avait donné tous les détails à Emma. L'anxiété que je sentais dans sa voix me serra le cœur, mais je ne voulais pas qu'elle s'en fasse. Je notai mentalement de dire à ma mère qu'il fallait qu'elle garde ce genre de choses pour elle, tout en espérant que « ce genre de choses » ne se reproduirait pas de sitôt.

— Je vais très bien. Il n'y a aucun danger. Ce pauvre homme a été tué à cause d'une querelle d'amoureux ou d'une vieille rancune ! assurai-je en riant pour montrer à quel point je ne m'en faisais pas. Ce n'est pas comme s'il y avait un tueur en série qui se promenait en ville.

Maintenant que j'y pensais, et si c'était le cas ? J'avais supposé que Charles avait été assassiné par quelqu'un qui avait une raison de le faire, mais si le coupable était un psychopathe lâché dans la nature ? Pour la première fois, je ressentis une pointe d'angoisse. Si le tueur ne visait pas Charles en particulier, le reste d'entre nous était-il en danger ? Je chassai cette pensée. Peut-être fallait-il que je redouble d'attention. Cela dit, personne d'autre n'avait fait l'objet d'une nouvelle tentative de meurtre, et Charles avait la réputation de hérisser les gens. On pouvait espérer que sa mort n'était qu'un événement isolé.

— OK, maman, mais si tu as besoin que je passe…

— Même pas en rêve ! Tu viens d'être embauchée !

Emma, tout juste sortie de l'université, commençait sa formation à l'académie du FBI. À bien y réfléchir, ça ne serait peut-être pas une mauvaise idée qu'elle me donne un coup de main pour découvrir qui avait tué Charles…, mais je n'avais aucune envie de l'impliquer dans quelque chose de ce genre. Et d'ailleurs, à présent, j'étais une femme indépendante, intelligente, pleine de confiance en soi, et je n'avais besoin de personne pour m'en tirer. Ni de mon ex, ni de ma fille. Je voulais lui montrer que je pouvais survivre sans aide, lui prouver que j'étais compétente et que les femmes peuvent accomplir tout ce qu'elles décident de faire.

*Miaoouu.*

Nero passa sur le clavier en pressant les touches de ses pattes soyeuses. Je l'attrapai et le posai par terre, mais il recommença aussitôt après.

— OK, si tu le dis ! répondit Emma.

— Bien sûr. La police est sur le coup, et il n'y a aucune raison de s'inquiéter. Comment ça se passe, à ton nouveau boulot ? dis-je pour changer de sujet.

Le meurtre s'estompa dans mon esprit tandis qu'Emma me décrivait l'académie. À l'enthousiasme dans sa voix, je voyais qu'elle adorait cette vie. J'éprouvai une pointe de tristesse en songeant qu'elle avait grandi et qu'elle n'avait plus besoin de moi. Elle menait sa barque et se lançait dans une carrière prometteuse à des centaines de kilomètres de moi. Mais je ressentais aussi une immense fierté et beaucoup de joie pour elle.

Éloigner les chats de l'ordinateur était une corvée sans fin. Apparemment, ils aimaient les gadgets électroniques, parce qu'ils semblaient se relayer pour marcher ou se coucher sur le clavier, ou s'asseoir derrière l'écran en le balayant de leur queue.

En raccrochant, je me sentais beaucoup mieux. Emma se débrouillait très bien, et je l'avais convaincue qu'elle n'avait pas besoin de s'inquiéter pour moi. Lui parler m'avait redonné confiance ! J'allais découvrir qui avait assassiné Charles, ou au moins persuader la police que ce n'était pas moi.

*Miaooouuuu !*

Nero me fouetta le visage de sa queue. Je serrai les lèvres en reculant. Argh ! Ces chats étaient toujours dans mes pattes ! Et ils commençaient à me fatiguer, à traîner en permanence autour de l'ordinateur. À ce rythme, je n'allais pas beaucoup avancer dans mon travail.

Jusque-là, ils m'avaient pratiquement toujours ignorée, mais à présent leur insistance à interférer dans mes affaires devenait irritante. Notre relation avait-elle un quelconque avenir ? Mais j'avais promis à Millie, alors, il fallait que je continue d'essayer. C'était peut-être leur façon de me faire comprendre qu'ils avaient faim.

— Je sais que vous êtes affamés, mais si vous vouliez bien attendre un peu…

Quelque chose attira alors mon regard sur l'écran de l'ordinateur.

C'était une critique sur un établissement d'Oyster Cove, mais pas le Smugglers Bay. C'était le Marinara Mariner.

Charles y avait mangé l'été dernier, et il n'avait pas aimé la tarte au citron meringuée. Elle était trop acide à son goût, et il avait employé beaucoup de termes négatifs et imagés pour faire état de sa déception. Des termes qui auraient très bien pu mettre en colère le chef. Si je me souvenais bien, Tony Murano, chef et propriétaire du Mariner, avait mauvais caractère. Tony portait-il des sabots et avait-il la rancune tenace ?

*Miaooou.* Nero frotta sa tête contre moi, et je tendis la main pour le caresser. Cette fois-ci, il me laissa faire. Je posai de nouveau le regard sur l'écran. Les chats devaient avoir cliqué sur cette critique par inadvertance. Ironiquement, leur comportement pénible m'avait fourni un indice.

— Oui, vous avez fait du bon travail. Je pense que vous méritez une récompense.

*Miaoouuuu !*

Moi aussi, j'avais faim ! J'avais laissé leurs conserves et les restes trouvés dans le frigo sur le comptoir. J'ouvris le plat en polystyrène et en tirai une crevette. Nero et Marlowe s'assirent à mes pieds en la regardant avec envie tandis que je la fourrais dans ma bouche. Les chats aiment les crevettes, non ? Si je me souvenais bien, l'une de leurs conserves préférées s'appelait la Surprise Succulente aux Crevettes.

— D'accord, vous pouvez en avoir.

Ils remuèrent la queue avec excitation tandis que j'en plaçais quelques-unes dans leurs gamelles respectives avant de les leur donner.

Je m'appuyai sur le comptoir en écoutant leurs ronronnements satisfaits et je me dis que notre relation avait peut-être un avenir, après tout.

— On va peut-être finir par s'entendre avec elle, dit Marlowe en engloutissant sa deuxième crevette.

— Je suis d'accord. Josie n'est pas si mal, répondit Nero en mordant timidement dans la sienne. Mais n'oublions pas qu'il ne faut pas afficher trop d'enthousiasme devant les humains.

Quand Marlowe leva la tête, une queue de crevette dépassait encore de sa bouche.

— Qu'est-ce que tu veux dire ?

— Nous ne devons pas montrer que nous apprécions ça à ce point, en bâfrant.

Marlowe posa un regard déçu sur la dernière crevette dans sa gamelle. Puis elle dévisagea Josie, moustaches frémissantes, et sortit, la queue dressée, en lui adressant un miaulement de dédain.

— Ça va, ça, comme marque de désintérêt ? lança-t-elle à Nero par-dessus son épaule.

— Parfait !

Nero en profita pour s'emparer de la crevette dans le bol de Marlowe et n'en fit qu'une bouchée avant de lui emboîter le pas en direction du salon principal, dont les fauteuils étaient confortablement rembourrés.

— J'ai pensé qu'elle ne capterait jamais cet indice sur l'ordinateur ! lâcha Marlowe en se passant la patte derrière l'oreille.

Nero sauta sur son fauteuil préféré, s'étira, puis se roula en boule.

— Heureusement qu'elle a enfin compris. J'ai cru qu'elle ne saisirait jamais le message que j'essayais de lui envoyer en faisant tomber les recettes.

— Oui, mais tu dois quand même admettre que c'était difficile, et elle a fini par associer les recettes au bout de critique que la police a trouvée, ce qui l'a amenée à consulter son ordinateur.

— Je suppose… mais elle est si lente…, répondit Nero en lovant sa tête contre sa queue. Je pense qu'elle finira par se débrouiller, cela dit. Elle a du potentiel. Mais je crois que nous devrions travailler notre communication. Au moins, elle nous parle à voix haute, maintenant.

— C'est heureux, parce qu'elle a découvert quelques indices supplémentaires pendant sa conversation avec Stella Dumont.

— Mais ces informations sont-elles fiables ? demanda Nero. Stella Dumont n'est pas ce qu'on pourrait appeler un pilier de notre communauté.

— C'est vrai, mais il se trouve que je sais que Tina n'était pas dans sa chambre, il y a trois nuits.

Nero redressa la tête.

— La nuit du meurtre ?

Marlowe soupira.

— Non, j'ai dit « il y a trois nuits ». Deux nuits avant le meurtre.

— Hum… Je me demande s'il y a un rapport… Mais pourquoi n'était-elle pas dans sa chambre ?

— Mystère… Et la rumeur à propos de sa liaison avec Charles ? Peut-être sont-ils allés se retrouver quelque part en douce, à l'abri des regards indiscrets ?

— C'est possible. Les usages des humains en matière d'amour sont étranges et perturbants.

— À qui le dis-tu ! s'exclama Marlowe.

— Nous devrions la surveiller attentivement.

Par la fenêtre, Nero aperçut la voiture de location des Weatherby se garer devant la maison d'hôtes.

— Et n'oublions pas les Weatherby. À l'évidence, ils tramaient quelque chose sur cette colline.

— Tu le crois vraiment ? Ce sont des ornithologues amateurs. Et ils sont trop vieux pour tremper dans des affaires de meurtre. Si tu veux mon avis, ce sont les suspects les moins vraisemblables.

Nero lui adressa un regard acéré.

— Ne sous-estime jamais les personnes âgées. Regarde Millie, elle peut faire tout ce que font des gens qui ont la moitié de son âge. Et elle est plus intelligente que la plupart d'entre eux.

— Je suppose que tu as raison. Désolée ! dit Marlowe. De toute façon, nous ne devons négliger aucune piste. C'est ce que tu m'as appris.

Nero se tourna de nouveau vers la fenêtre avec un sentiment de profonde satisfaction. La jeune chatte écoutait vraiment ce qu'il lui disait. Il regarda le vieux couple sortir de leur voiture. D'ici, ils ne semblaient pas si âgés. En fait, ils avaient même l'air fringants. Leurs appareils photo se balançaient à leur cou tandis qu'ils couraient pratiquement vers la porte d'entrée, en baissant la tête comme des conspirateurs.

— Oui, tout à fait ! Nous devons surveiller attentivement les Weatherby. Parfois, c'est le suspect le moins vraisemblable qui est coupable.

# 10

Le lendemain matin, je mis la cassolette d'œufs brouillés au four une heure avant le petit déjeuner. Quand les hôtes arrivèrent dans la salle à manger, elle était chaude et répandait un fabuleux parfum. Le déjeuner était ponctué par le tintement des couverts et le bruissement de la brise qui entrait par la fenêtre. Tout le monde parlait à voix basse. Mais au moins ils étaient tous là. Aucun client n'avait quitté l'hôtel au beau milieu de la nuit.

Je m'affairais à côté du buffet en acajou, où j'avais disposé la quiche de Millie, du jus d'orange que j'avais pressé moi-même, des muffins, un saladier plein de fruits et, bien sûr, du café.

J'avais hâte que mes hôtes en terminent et s'en aillent. Maman et Millie allaient bientôt arriver et je voulais leur parler de la critique négative que j'avais découverte… et planifier une petite visite au Mariner.

Aujourd'hui, Tina était attablée avec les Weatherby. Ils continuaient de la materner après la tragédie de la veille. Les pauvres, ils veillaient sur elle par bon cœur, sans se douter qu'elle était peut-être l'assassin ! Tina était pour le moins cachottière, car elle avait entretenu une liaison avec Charles et on l'avait repérée à rôder près de sa chambre, mais elle n'avait pas du tout l'air d'une meurtrière avec son regard innocent et sa peau de pêche.

Elle croqua timidement un tout petit morceau de muffin. Était-ce ainsi qu'elle demeurait si mince ? Je baissai les yeux vers mon propre tour de hanches, que je préférais qualifier de voluptueux. Je n'étais pas grosse, mais je n'étais certainement pas mince. Et cela n'allait probablement pas changer, parce que je doutais fort de pouvoir grignoter un muffin aussi parcimonieusement que Tina.

Elle n'avait pas touché au reste de son déjeuner. Peut-être était-ce pour cette raison qu'elle était si pâle, voire blafarde ? Son aspect était-il dû au stress qu'elle éprouvait en dissimulant son crime, ou à l'idée que son amant était mort ? Je l'imaginais mal avoir le savoir-faire requis pour saboter l'escalier sur la scène de crime, comme Mike l'avait suggéré.

Stella, d'un autre côté…

— Josie, vous vous êtes vraiment surpassée !

Ava était assise à la table voisine. Elle leva un morceau de quiche planté dans sa fourchette en hochant la tête à mon intention.

— Merci !

Je n'éprouvai pas le besoin de préciser que c'était Millie qui l'avait préparée.

— Oui, c'était délicieux ! s'exclamèrent les Weatherby en s'essuyant la bouche avec les serviettes blanches assorties à la nappe.

— Absolument ! renchérit Tina en poussant ses œufs brouillés sur son assiette à l'aide de sa fourchette.

Mike apparut sur le seuil, ce qui lui valut un regard appréciateur de Tina – et également d'Ava, sauf erreur de ma part. Les Weatherby le saluèrent de la tête en sortant.

— Hé, Rayon de soleil ! lança-t-il en se servant du café.

Je levai les yeux au ciel en affichant un sourire de façade.

— Tu dois en avoir fini avec les travaux, non ?

Mike but une gorgée de café et fit la grimace. Je ne savais pas si c'était à cause du café ou parce que j'avais mentionné les travaux.

— Pratiquement, répondit-il.

— Qu'est-ce que tu veux dire ? Millie t'a payé pour exécuter une liste de tâches bien précise. Je n'ai pas les moyens de te régler des extra.

— Les extra, c'est pour moi. On est quand même de vieux copains.

Il s'approcha. Un peu trop près. Vertigineusement près. Je reculai d'un pas, et mes fesses heurtèrent le buffet. Ava, qui nous regardait depuis sa table, esquissa un sourire en coin.

— Alors, euh… Tu désirais quelque chose à part du café ?

— Hum, ouais…, répondit-il en posant les yeux sur Ava avant de se retourner vers moi. La police est partie, et je voulais te faire voir un truc dans l'aile ouest, ajouta-t-il en baissant la voix.

J'avais plutôt l'intention de débarrasser la table du petit déjeuner, mais jeter un coup d'œil sur ce que Mike souhaitait me montrer me permettrait peut-être de découvrir l'identité du meurtrier. D'ailleurs, un miracle avait pu se produire pendant la nuit, qui ferait que Flora viendrait ranger tout ça à ma place.

— OK, dis-je en me dirigeant vers la porte.

Mike m'emboîta le pas en posant la main sur le creux de mes reins. Je pressai le pas, et sa main retomba. Pour qui se prenait-il ? Tout cela devenait un petit peu trop amical, et je n'appréciais pas tellement la boule qui se formait dans mon ventre ou la sensation de chaleur qui se répandait dans tout mon corps.

En passant dans le vestibule, je me baissai pour prendre la clé de l'aile ouest derrière le petit pupitre où j'enregistrais mes hôtes à leur arrivée. Les Weatherby descendaient l'escalier en jonglant avec toutes leurs paires de jumelles et leurs appareils photo. Lorsque Ron atteignit le bas des marches, il faillit en faire tomber un, mais Mike se jeta pratiquement par terre pour le rattraper avant qu'il heurte le parquet.

— Hé, c'est un beau Nikon ! s'exclama Mike avant de le lui tendre. Est-ce l'un de ces nouveaux modèles avec la mise au point automatique ?

— Oui, c'est le dernier modèle.

— Et vous vous en servez pour les plans rapprochés sur les oiseaux dans les arbres ? Pouvez-vous régler la mise au point automatique pour qu'elle fonctionne en toutes circonstances, quelle que soit la lumière ?

Ron jeta un coup d'œil à Iona, puis à son appareil.

— Oui, c'est exactement pour ça qu'on s'en sert. Il m'a fallu un bout de temps pour apprendre à manipuler toutes les bagues de réglages et le reste.

Mike fronça les sourcils tandis que Ron récupérait le Nikon.

— On va observer les oiseaux du côté de la plage, déclara Iona avec un sourire.

Puis elle prit Ron par le bras et l'entraîna vers la porte.

— Amusez-vous bien ! m'écriai-je.

Mike les suivit des yeux, une expression étrange sur le visage.

— C'était bizarre…

— Qu'est-ce que tu veux dire ?

— Eh bien, ce qu'il m'a répondu à propos de son appareil… Il n'y a pas de bague de mise au point sur ce modèle.

— Ah bon ? m'étonnai-je en les regardant monter dans leur voiture et démarrer. Bah, ils sont vieux. Ron ne savait peut-être pas de quoi il parlait, ou il ne se souvenait pas bien, ou il a mal choisi ses mots, non ?

Mike haussa les épaules.

— Peut-être. Allez, viens que je te montre ce que j'ai découvert.

On emprunta le couloir qui menait à l'aile ouest. Je constatai avec soulagement que la porte était toujours fermée. Barbara aurait apprécié, même si je suis sûre qu'elle aurait trouvé quelque chose à redire. Je l'ouvris. La pièce était d'un calme un peu effrayant. Mon ventre se serra quand je posai les yeux sur l'endroit où le cadavre de Charles était tombé. On voyait encore les traces de pas dans la poussière, et une tache sombre. Du sang ? Flora dirait probablement que nettoyer les taches de sang n'entrait pas dans ses attributions.

— Regarde ! lança Mike en désignant l'escalier où plusieurs lattes avaient été brisées.

La petite section de rampe qui restait pendouillait dangereusement. Au premier abord, on pouvait penser que Charles avait glissé, qu'il avait agrippé la rampe, que celle-ci avait cédé et qu'il s'était cogné la tête en tombant.

— Oui, on dirait que l'escalier s'est effondré.

— On dirait, oui. Mais si tu regardes attentivement, tu verras que les marches ont été sciées par en dessous.

Il se mit à quatre pattes et me fit signe de l'imiter, puis il inclina la tête pour examiner les lattes. Je fis de même. Je dus m'approcher tout près de lui pour distinguer le point qu'il me montrait du doigt. Assurément, quelque chose de pas clair se passait sous cet escalier – et je ne parlais pas de la facilité avec laquelle Mike m'avait convaincue de crapahuter dans la poussière.

— On voit qu'elles ont été sciées, mais pas totalement, juste assez pour céder sous un poids peu important. C'est pourquoi, au premier coup d'œil, la brisure semble couverte d'échardes, comme si le bois avait pourri de façon naturelle. Mais en y regardant de plus près on constate que la coupure est bien nette en dessous.

J'examinai de nouveau les lattes. Il avait raison.

— Tu penses que l'assassin a préparé son coup et qu'il a ensuite persuadé Charles d'emprunter l'escalier ?

— Peut-être.

— Mais alors, pourquoi l'aurait-il frappé avec le poteau ?

— La chute n'a probablement pas achevé Charles. Ou bien l'assassin a pu d'abord assommer Charles, puis mettre en scène les choses pour que ça ait l'air d'un accident.

— Mais quelqu'un aurait dû entendre quelque chose, non ? demandai-je en désignant les lattes. Scier tout ça, ça a dû faire du bruit, tu ne crois pas ?

— Oui, répondit-il d'un ton songeur. Mais le meurtrier aurait pu faire ça avant, et le bruit aurait été couvert par celui des travaux de rénovation. Qui peut vraiment déterminer de quelle partie de la maison viennent les coups de marteau ? Je travaillais tous les jours, de façon régulière, et l'assassin aurait eu plein d'occasions de le faire.

— Alors, ça veut dire que le meurtre n'a pas été commis sous le coup de la colère quand quelqu'un se serait aperçu que Charles avait rédigé une critique négative.

Si seulement la police pouvait voir les choses sous cet angle, Millie n'aurait pas besoin de promettre à Seth Chamberlain de le fournir en pâtisseries pour éviter qu'il me jette en prison.

— On a trouvé une empreinte de pas devant la fenêtre, dis-je en regardant dans cette direction. Le tueur a dû sortir par là.

En songeant à Tony Murano, j'eus la boule au ventre. Charles avait écrit une critique corsée sur la tarte au citron meringuée de Tony. Mais, si ce dernier était l'assassin, cela voulait dire qu'il avait planifié tout ça longtemps à l'avance, qu'il était venu ici saboter l'escalier et qu'il y avait attiré Charles. Aller à son restaurant n'était peut-être pas une si bonne idée que ça. D'un autre côté, que pouvait-il contre moi en plein jour ?

Mike se dirigea vers la fenêtre pour jeter un coup d'œil dehors, puis il vérifia le loquet.

— Elle n'est pas fermée. Tu devrais toutes les fermer, Rayon de soleil. Oyster Cove est peut-être une jolie petite ville, mais il y a un assassin en liberté dans le coin.

Je me retins de lever les yeux au ciel. Voilà qu'il recommençait à me traiter comme sa petite sœur. Comme quand on était jeunes. Je n'aimais pas ça à l'époque, et je n'appréciais pas davantage aujourd'hui.

— Le tueur l'a peut-être déverrouillée pour sortir, rétorquai-je. Une fois dehors, il lui était impossible de la refermer.

Dans les dents, monsieur Je-sais-tout !

— C'est une bonne remarque, répondit Mike en se dirigeant de nouveau vers l'escalier. Celui qui a fait ça s'est donné beaucoup de mal pour qu'on croie à un accident. Il ou elle doit être furieux qu'on ne se soit pas laissés berner.

— Et inquiet à l'idée de se faire prendre.

Je me remis à quatre pattes sous l'escalier pour examiner de nouveau le sabotage afin de m'assurer qu'il s'agissait vraiment d'un acte délibéré.

— Il me semble qu'il fallait savoir exactement où scier les lattes pour qu'elles se cassent ainsi. Qui pourrait avoir ces connaissances-là ?

J'étais concentrée sur l'examen des traces de scie, et je n'avais pas remarqué que Mike s'était accroupi à côté de moi. Sa voix me fit sursauter.

— Quelqu'un qui s'y connaît en charpenterie, ou dans le bâtiment.

Je lui jetai un regard en biais.

— Comme toi ?

Il afficha une expression incrédule.

— Pourquoi diable saboterais-je ton escalier pour tuer un de tes hôtes ? Je ne connaissais même pas ce type-là.

— Il a peut-être froissé un de tes proches. Quelqu'un qui traîne souvent dans le coin ces derniers temps.

Je portai mon regard en direction du Smugglers Bay. Je ne croyais pas vraiment que Mike irait assassiner quelqu'un pour Stella, mais des choses plus étranges arrivent tous les jours. Et en plus il y avait l'empreinte. Ils avaient peut-être perpétré ça ensemble, et Stella était ensuite sortie par la fenêtre en sabots.

Mike surprit mon regard et son sourire en coin s'élargit.

— Tu penses que j'aurais fait ça pour Stella Dumont ? Aucune chance. Elle était peut-être intéressante au lycée, mais crois-moi, je n'ai pas de vues sur elle. Aujourd'hui, je suis plus vieux et plus sage, et je préfère les femmes… moins maquillées.

Il tendit la main pour ôter une toile d'araignée de mes cheveux, et je sentis subitement de la gêne en songeant que je ne portais ni mascara ni fond de teint. J'avais mis une touche de gloss sur mes lèvres, ce matin, alors j'espérais que ça comptait au moins un peu.

La gêne céda la place à la culpabilité. Accuser Mike, ce n'était pas juste. Je n'avais aucune preuve contre lui, et depuis qu'il travaillait ici il avait toujours été gentil avec moi. Même si cette gentillesse était suspecte, elle ne l'était pas assez pour que je l'accuse du meurtre.

— Désolée. Je ne crois pas vraiment que tu l'aies tué.

— Je pense qu'on devrait parler de ça à Barbara Littlefield, suggéra Mike en se penchant de nouveau sous l'escalier. Elle se promène partout en ville en racontant que cette maison d'hôtes n'est pas sûre.

— Je sais. Je ne vois pas pourquoi elle m'en veut comme ça. J'essaie de restaurer cet endroit dans son état d'origine. On pourrait croire que ça lui ferait plaisir.

— Je pense qu'elle n'est jamais contente. Mais c'est peut-être moi qu'elle vise.

— Toi ? Mais pourquoi donc ? En quoi la fermeture de la maison d'hôtes te nuirait-elle ?

Mike haussa les épaules.

— Je crois qu'elle a une dent contre quiconque rénove quoi que ce soit. Elle souhaite que les choses demeurent telles qu'elles étaient, et depuis que je suis revenu à Oyster Cove j'ai travaillé sur de nombreux chantiers. Ce n'est pas pour me vanter, mais ma cote est en train de grimper dans le secteur de la rénovation.

— Ça ne fait aucun doute. Mais pourquoi se focaliser sur mon établissement ? Je ne vois pas le rapport avec toi.

— Elle pense peut-être que jeter le discrédit sur mon travail à l'Oyster Cove dissuadera les gens de m'embaucher. En plus, elle sait que je suis attaché à cet endroit à cause de tante Millie. Mais je crois qu'elle est surtout de nature grincheuse. Elle n'aime pas que je sois revenu ici après une carrière dans la marine et que je me sois lancé dans la charpenterie. Elle trouve ça louche.

Maintenant qu'il en parlait, c'était effectivement louche. Pourquoi un marin voudrait-il devenir charpentier ?

— J'ai toujours adoré travailler avec mes mains, poursuivit-il comme s'il lisait dans mes pensées. Et maintenant que j'ai quitté la marine, ça me donne une occupation. Ce n'est pas une question d'argent. Je veux simplement aider tante Millie.

Il me fixa droit dans les yeux.

— Et toi aussi, à présent.

On entendit un bruit de pas dans le couloir.

— Hé, regarde ! Cette porte est entrouverte. Je croyais que Josie était censée condamner cette aile.

Le battant pivota et, en jetant un coup d'œil par-dessus notre épaule, on aperçut Millie et ma mère. Elles balayèrent la pièce du regard et écarquillèrent les yeux en nous voyant, Mike et moi, à quatre pattes sous l'escalier.

— Oh ! désolées ! On ne voulait pas vous interrompre.

Elles firent demi-tour et Millie commença à refermer derrière elle.

— Vous n'interrompez rien du tout ! m'exclamai-je en me relevant d'un bond.

Elles nous dévisagèrent avec une moue sceptique.

— Ah bon ? J'aurais pourtant juré le contraire, marmonna ma mère en désignant l'escalier du menton.

— Oui, vous les jeunes, on ne sait jamais ce que vous tramez. Vous ne faites pas les choses comme on les faisait à notre époque, ajouta Millie.

Mike se releva en s'époussetant les mains.

— On ne tramait rien du tout. On examinait l'escalier. Quelqu'un l'a saboté pour qu'il s'effondre.

— Vraiment ? s'écria Millie en se précipitant. Laissez-moi voir ça.

À son tour, elle se mit à quatre pattes avec une facilité qui me surprit.

Ma mère la rejoignit. Elles prenaient peut-être des cours de yoga, ou quelque chose dans le genre ? Les deux semblaient n'avoir aucun problème à jouer les quadrupèdes.

— Oh ! je vois. Juste là, Millie, dit maman en désignant l'endroit où les lattes avaient été sciées.

Millie jeta un coup d'œil vers nous.

— Mike, qu'est-ce que tu conclus de ça ?

— Quelqu'un voulait maquiller le meurtre en accident, répondit Mike, énonçant l'évidence.

Millie sourit fièrement en me regardant.

— Mon Mike était enquêteur dans la marine. Il s'y connaît. Tu devrais l'écouter.

— J'essaierai de m'en souvenir ! rétorquai-je.

Je ne risquais pas de l'écouter très longtemps. À vrai dire, je comptais les jours jusqu'à son départ.

— Bien, bien, bien… Je crois que tes soupçons étaient fondés, après tout, lança Millie à Mike en se relevant. Ça nous fait donc le sabot de cuisinier, le livre disparu, la critique arrachée et, à présent, le sabotage.

— Et n'oublie pas la liaison secrète ! ajouta maman.

— Une liaison ? Un livre disparu ? s'écria Mike en transperçant Millie et maman du regard. Vous ne seriez pas en train de mener une nouvelle enquête, par hasard ?

— Qui ça, nous ? Pas du tout. Nous ne sommes que deux vieilles dames avec trop de temps libre. Il faut bien avoir des hobbies, tu sais ?

Mike croisa les bras, et ses yeux de velours brun irradiaient la désapprobation.

— Enquêter, ce n'est pas un hobby. Ça peut être dangereux. Vous ne devriez pas vous impliquer dans une affaire de meurtre.

— Ne sois pas bête, mon chéri, répondit Millie en balayant sa remarque de la main. On n'est pas du tout impliquées.

Mike se tourna vers moi en quête de soutien.

— Tu n'es pas d'accord avec moi, Josie ?

Je considérai les deux vieilles dames. Moi aussi, je pensais qu'elles ne devraient pas interférer dans cette affaire. Mais Seth Chamberlain m'ayant placée en haut de sa liste de suspects, il fallait bien qu'une personne extérieure à la police enquête sur cette affaire. En outre, je savais qu'elles n'allaient pas s'arrêter, alors je me dis qu'il valait mieux que je profite de l'occasion.

— Ne t'inquiète pas. Je veillerai à ce qu'il ne leur arrive rien.

Mike avait l'air sceptique.

— Elle a raison. Ne t'inquiète donc pas ! affirma Millie.

On demeura quelques secondes à se regarder en chiens de faïence, puis elle reprit la parole.

— Dis donc, tu n'as rien à faire ? Je ne te paie pas pour que tu restes là les bras ballants ! lança-t-elle à Mike.

Il leva les yeux au ciel et soupira.

— OK, très bien ! répondit-il en m'adressant un regard appuyé. Mais je compte sur toi pour les tenir à l'œil.

Sur quoi il déposa un baiser sur le front de Millie et sortit.

— Il a beau être charmant, Mike est parfois un empêcheur de tourner en rond. Honnêtement, vous les jeunes, vous pensez que nous sommes des vieilles folles incapables de prendre soin de nous-mêmes ! rouspéta-t-elle en secouant la poussière de son chemisier.

— Tout à fait ! renchérit maman en me toisant du regard. Ils oublient qui les a élevés. Alors, Josie, que se passe-t-il ? À ta tête, je vois bien qu'il y a autre chose. Crache le morceau.

— J'ai effectivement trouvé quelque chose hier soir, répondis-je après avoir vérifié que Mike ne traînait pas dans le couloir pour nous écouter. L'année dernière, Charles Prescott a écrit une critique négative sur le Marinara Mariner.

— Tiens donc ! s'écria Millie en haussant les sourcils. Voilà qui est intéressant. Et je ne pense pas me tromper en disant que Tony Murano est du genre rancunier.

Maman acquiesça vigoureusement.

— Tout à fait ! Souvenez-vous, l'année dernière, quand il a failli en venir aux mains avec Vinnie, de Vinnie's Pizza, parce qu'il croyait que ce dernier lui avait volé une recette !

— Comment l'oublier ? répondit Millie. Et même quand il s'est avéré qu'il avait tort, il a refusé de s'excuser.

— Et je parie que Tony porte des sabots de cuisinier.

On tourna toutes la tête vers la fenêtre.

— Il y a un moyen de le savoir ! s'écria Millie en sortant son téléphone.

Elle pianota dessus aussi vite qu'un adolescent, et au bout de quelques secondes elle plissa les yeux, puis hocha la tête en souriant.

— Tout est paré. On a une réservation au Marinara pour 13 heures. Allez, Rose ! Voyons si Vera peut nous trouver un créneau au Créa'Tif. Je pense que j'ai besoin de reteindre mes racines avant qu'on se confronte au suspect.

# 11

Comme j'avais un peu de temps à tuer après avoir débarrassé le petit déjeuner et nourri les chats – lesquels ne semblaient montrer aucune gratitude à propos des crevettes que je leur avais données la veille –, je décidai de passer en ville. Ça serait plus facile pour rejoindre maman et Millie, et j'avais envie de voir Jen Summers, qui était ma meilleure amie au lycée et qui travaillait aujourd'hui au bureau de poste.

Depuis mon retour à Oyster Cove, je me réjouissais d'avoir renoué avec elle. Jeunes, on était inséparables, mais on s'était éloignées quand j'avais déménagé. C'était difficile de rester en contact tout en élevant des enfants, mais, maintenant qu'ils étaient grands et que j'étais revenue, on avait envie de rattraper le temps perdu et je faisais un saut à la poste dès que j'en avais l'occasion.

À Oyster Cove, le bureau de poste était l'épicentre des rumeurs, et Jen était toujours au courant de tout ce qui se passait en ville. Cela dit, je n'y allais pas pour lui soutirer des informations, mais pour qu'elle m'apporte son soutien moral.

Le bureau de poste se trouvait dans un vieil immeuble de brique rouge, au centre de la grand-rue. Il avait été construit dans les années 1920, et depuis personne n'avait jamais songé à en faire quoi que ce soit d'autre. Il arborait toujours son carrelage en marbre à damier, ses guichets à barreaux en chêne, ses lambris qui montaient à mi-hauteur des murs et une odeur persistante de colle à timbre. Je dois admettre que tout cela avait un certain charme.

Quand je passai la porte, Jen, qui était en train de remplir les boîtes postales, leva les yeux. Un sourire vint remplacer l'expression d'ennui sur son visage, et elle laissa pratiquement tomber le courrier par terre pour m'accueillir.

— Hé ! Comment ça va ? J'ai entendu dire qu'il y avait eu un meurtre à l'Oyster Cove ! J'espère que vous allez tous bien là-bas.

Elle semblait à la fois intriguée et préoccupée. J'étais touchée par sa sollicitude, mais je me doutais qu'elle voulait aussi connaître tous les détails. D'ailleurs, de toute évidence, j'allais bien, étant donné que je me trouvais devant elle.

— Oui, tout va bien. Quelqu'un est mort, et c'est terrible, mais le pire, c'est que Seth Chamberlain me soupçonne.

— Pfft…, souffla-t-elle en balayant l'idée de la main. Ce qu'il raconte n'a aucune valeur. Tu te souviens quand il essayait de nous mettre la main dessus, nous et nos petits copains, quand on se roulait des pelles dans le parc ? Il était vraiment facile à embobiner !

Elle avait raison. Quand on était jeunes, on n'avait aucun mal à lui échapper. Mais aujourd'hui…

— Ça m'angoisse encore plus. S'il est incompétent à ce point, il pourrait m'arrêter simplement parce qu'il n'arrive pas à trouver le véritable assassin.

— Oh ! ouais, concéda Jen en se mordant la lèvre. C'est vrai. Alors, raconte-moi ce que tu sais.

Je lui parlai de la note arrachée, de la liaison de Tina, du livre de cuisine disparu, du sabotage et de l'empreinte de sabot.

— Et Flora dit que ces derniers temps Stella Dumont rôde autour de la maison d'hôtes, alors, naturellement, mes soupçons se portent sur elle.

Jen acquiesça.

— Elle est louche, et j'ai entendu dire qu'elle avait besoin d'argent.

— Ah oui ? Moi aussi. Maman affirme qu'elle s'est inscrite à un concours de cuisine, mais quand j'en ai parlé à Stella, elle m'a paru évasive. Si tu veux mon avis, ces mouettes qui n'arrêtent pas de lâcher des crottes sur sa terrasse ne sont pas très bénéfiques pour ses affaires.

— Mais pourquoi cela la pousserait-il à tuer tes hôtes ? Tu penses qu'elle espère faire peur aux gens pour qu'ils s'en aillent de chez toi ?

— Peut-être. Elle prétendait avoir une bonne raison de venir chez moi.

— Quelle raison ?

— Elle a sous-entendu qu'elle passait voir Mike Sullivan, mais par la suite Mike l'a nié.

Jen fit la grimace.

— Mike Sullivan, le beau gosse ? Qu'est-ce qu'il voudrait avoir à faire avec Stella ? Je suis sûre qu'elle a inventé ça. Elle n'est pas très fiable, tu sais ?

Stella avait effectivement tendance à mentir.

— Oui, mais je ne suis pas vraiment sûre de faire confiance à Mike non plus. Celui qui a saboté ces escaliers avait des connaissances en charpenterie.

— Oh ! voyons ! Mike ne ferait pas une chose pareille. C'est un mec bien. Dis-moi, tu ne lui en veux pas encore à cause de ce qui s'est passé au lycée, quand même ?

Je sentis mon dos se raidir.

— Bien sûr que non. Ça serait vraiment immature ! Je me moque de Mike Sullivan. Mais la scène de crime a été sabotée par quelqu'un du métier, et contrairement à ce qu'on prétend, parfois, l'habit fait le moine…

— Mais tu m'as affirmé que tu avais trouvé une empreinte de sabot, et Mike n'en porte pas. Je miserais plutôt sur Stella.

— Elle n'en portait pas non plus quand je suis passée la voir. Et elle m'a dit qu'elle n'en mettait jamais, mais elle a peut-être menti. Cela dit, il y a quelqu'un d'autre qui pourrait être à l'origine de cette empreinte.

Je parlai à Jen de la critique sévère de la tarte au citron meringuée, en lui précisant que j'allais retrouver ma mère et Millie au Marinara Mariner à 13 heures.

— Mon Dieu, ta maman et Millie se sont embarquées dans cette histoire avec toi ?

— Je n'ai pas vraiment eu le choix. Ces deux-là se mêlent de tout.

— Et tu regrettes ta décision de rentrer pour veiller sur ta maman ? demanda Jen en poussant un chariot de courrier dont elle se mit à trier le contenu.

— Maman est un peu pénible, mais je ne regrette pas, non. J'aime beaucoup vivre ici, et acheter la maison d'hôtes était la bonne décision. Même si j'y ai investi les économies de toute une vie.

Dire que j'étais revenue pour veiller sur ma mère n'était qu'en partie vrai. Papa était mort il y avait cinq ans, et à l'époque j'étais terriblement inquiète à l'idée que ma mère se complaise dans son chagrin. Heureusement, elle s'était adaptée au veuvage comme un bon petit soldat. Maintenant, ce qui m'inquiétait, c'était de la voir arpenter les scènes de crime avec Millie. C'était comme si elle était redevenue adolescente et que j'étais sa mère.

Mais l'autre raison qui avait motivé mon retour, c'était Clive. Il m'avait fait beaucoup de mal. J'étais sortie de ce mariage persuadée que je n'avais aucune valeur. Et, pour tenter d'apaiser cette douleur, j'étais revenue en courant vers le seul endroit où je me sentais en sécurité et à l'abri. Oyster Cove. Acheter la maison d'hôtes m'avait donné un moyen de reconstruire ma confiance en moi... Du moins si je parvenais à mener mon projet à bien. Hélas, je doutais que ce meurtre m'aide beaucoup sur ce point.

— Pour couronner le tout, Barbara Littlefield raconte à qui veut l'entendre qu'on devrait fermer parce que la maison n'est pas sûre. Alors si Chamberlain ne m'arrête pas pour meurtre, Barbara Littlefield risque de m'obliger à mettre la clé sous la porte. D'une façon ou d'une autre, mes économies seront parties en fumée.

Jen émit un petit soupir de compassion. Elle savait à quel point je tenais à réussir ce projet par moi-même.

— Ne t'inquiète pas ! Personne n'écoute ce que dit Barbara. Elle est toujours en train de râler à propos de quelque chose.

— C'est vrai, sauf qu'en tant qu'inspectrice en bâtiment elle a beaucoup de pouvoir.

— Franchement, je ne me ferais pas de souci à son sujet ! me dit Jen, rassurante. Elle n'aime pas le changement, mais elle veille simplement à ce que la ville ne soit pas défigurée par de nouveaux bâtiments. Même si elle joue les dures à cuire, elle n'a en tête que notre intérêt commun. Les touristes viennent ici en quête de l'ambiance désuète d'un ancien port de pêche, et elle tient à ce qu'ils la trouvent. Elle ne fermera jamais ta maison d'hôtes, parce que cette bâtisse fait partie de l'histoire de la ville.

— J'imagine.

— C'est une râleuse, c'est tout ! poursuivit Jen en balançant des enveloppes dans son chariot. Mais on doit quand même mettre à son crédit la découverte des pédiculaires et tout le travail qu'elle a fait pour que le gouvernement accorde le statut de zone protégée à la falaise. Sinon, ils auraient construit leur énorme hôtel, et ça aurait changé la ville à jamais. Et pas d'une bonne façon. Sans compter que la maison d'hôtes aurait probablement fermé.

— Ouais, je suppose que tu dis vrai.

Je détestais devoir admettre que j'étais redevable à Barbara d'avoir stoppé ce chantier. Elle ne l'avait pas fait pour moi, mais Jen avait quand même raison.

— Si tu traînes ici suffisamment longtemps, tu pourrais peut-être même la remercier en personne ! s'exclama Jen en désignant une pile de cartons. Elle reçoit beaucoup de colis. Et certains sont remplis de cochonneries.

— Tu veux dire qu'elle reçoit du porno ? m'écriai-je en haussant les sourcils.

— Non ! répondit-elle en rigolant. Non, je veux dire qu'ils sont pleins de terre, je crois qu'elle se fait livrer du fertilisant pour ses pédiculaires. Tu sais comment elle en prend soin, ce sont ses bébés !

— Ah, d'accord. L'espace d'un instant, je me suis dit que je pourrais la faire chanter.

Jen fit une grimace de dégoût.

— Beurk… Heureusement que j'ai pris un petit déjeuner très léger, parce que la simple association d'idées entre Barbara et le porno me donne envie de vomir.

— Pareil !

— Et cette Tina, alors ? Tu penses qu'elle pourrait être coupable ? Une querelle d'amoureux ?

— Je n'en ai pas la moindre idée. Elle semblait très affectée par la découverte du corps, mais elle faisait peut-être semblant. Et je n'arrive pas à l'imaginer avoir une liaison avec Charles. Elle est plutôt jolie, alors que lui…

En jetant un coup d'œil par la fenêtre, j'aperçus une mouette perchée sur l'un des bancs disposés à intervalles réguliers sur le trottoir. Ils étaient très pittoresques, flanqués de part et d'autre de tonneaux remplis de fleurs. La mouette me fit repenser à Stella Dumont.

— Je ne sais toujours pas pourquoi Stella rôdait autour de chez moi.

— Elle avait un lien avec la victime ?

— Je n'en suis pas sûre. Je n'ai rien pu découvrir là-dessus. Sur le web, la seule critique que j'ai trouvée concernait le Marinara Mariner. Hier, son attitude était assurément suspecte, mais les mouettes qui voletaient autour de sa terrasse comme si c'était pour elles qu'elle avait dressé les tables avaient probablement détourné son attention.

— Ouais, répondit Jen en regardant à son tour par la fenêtre. D'ailleurs, ces mouettes, c'est bizarre ce qui leur arrive, non ?

— Certes, mais ça doit faire plaisir à Stella, parce qu'elles envahissent sa terrasse, et je ne pense pas que ses clients soient enchantés de les voir quémander des restes quand ils sont en train de dîner.

— Je ne sais pas. Je crois que certains touristes aiment bien les nourrir. C'est pour ça que les mouettes ont pris l'habitude de leur arracher leurs sandwichs des mains quand ils sont sur la plage.

— Hum…

La mouette semblait observer les passants, évaluant peut-être ses chances d'obtenir quelque chose à boulotter.

— C'est peut-être parce que les gens ont cessé de leur donner à manger qu'elles sont en train de dépérir.

— Je ne sais pas, répondit Jen en hochant la tête. L'autre jour, Gordon Swift, de l'Audubon Society, disait ici même que des experts enquêtent sur une éventuelle maladie qui les aurait frappées.

— Oh ! Ce n'est pas bon, ça. J'espère qu'elle ne va pas affecter d'autres animaux.

Je songeai à Nero et Marlowe. Les chats pouvaient-ils être contaminés par des mouettes ? Je ne voulais certainement pas qu'il leur arrive quoi que ce soit.

— De toute façon, elles ne meurent pas de faim, ça c'est sûr. Elles n'arrêtent pas de manger ces groseilles du Cap sur la falaise. C'est pour ça que leurs crottes sont orange, tu sais ? Ce sont les baies qui leur transmettent leur couleur. Et il y en a des tonnes. Ces plantes sont invasives. Elles étouffent tout ce qui pousse autour. Mme Landsdowne en avait dans son jardin et elles ont tué tous ses plants de tomates.

— Tu m'en diras tant !

Je notais mentalement de m'assurer qu'il n'y en ait pas dans le jardin que je voulais replanter à la maison d'hôtes quand quelque chose attira mon attention. Ma mère et Millie, sur leur trente et un, se dirigeaient droit vers le bureau de poste.

— On dirait qu'il est temps pour moi de partir. Millie et maman arrivent et elles ont mis leurs habits du dimanche pour aller déjeuner au Marinara Mariner.

Malgré son nom plutôt kitsch, le Marinara Mariner était un restaurant de cuisine italienne à l'ambiance résolument toscane et d'une assez bonne tenue. Il se trouvait à quelques numéros du bureau de poste. L'hôtesse nous fit traverser la salle dont l'éclairage tamisé mettait en valeur les tomettes au sol, puis une arche qui donnait sur une salle troglodyte dont l'un des murs, en roche brute, tranchait avec les autres, peints d'un jaune moutarde très plaisant.

On s'installa confortablement à l'une des tables du fond. Nos verres d'eau et nos couverts en argent scintillaient à la lumière d'un lustre. Les assiettes de porcelaine blanche cerclées d'un liseré doré étaient très simples, et l'acoustique du lieu ne laissait parvenir jusqu'à nous que les bribes étouffées des conversations des autres clients. Maman et Millie tendaient manifestement l'oreille pour essayer de percer l'intimité des propos qu'échangeaient Carolyn Wheatly et son patron, John Collingsworth, attablés dans un coin.

La carte elle-même était très chic, en imitation cuir marron foncé avec une élégante police de caractères. Je la consultai – antipasti, aubergine, veau – tout en humant les effluves de sauce tomate et de pain frais.

— Qu'est-ce que tu vas prendre, Josie ? demanda Millie en me regardant par-dessus son menu. C'est moi qui invite.

— Il n'en est pas question, Millie.

En réalité, ça m'aurait arrangée parce que je n'avais pas vraiment les moyens de déjeuner au restaurant. Je jetai un coup d'œil aux accompagnements. Peut-être pouvais-je m'en tirer avec des brocolis ?

— Ne dis pas de bêtises ! Je suis pleine aux as maintenant que j'ai vendu la maison d'hôtes.

Elle se pencha vers moi en baissant la voix.

— Et en plus, si on joue bien le coup, on n'aura rien à payer du tout.

Voilà qui m'inquiétait. Maman et Millie étaient connues pour leurs manigances.

— Qu'est-ce que vous avez en tête ? demandai-je en plissant les yeux.

— Rien de mal ! Je vais prendre des lasagnes, décréta maman en reposant la carte.

— Et moi, l'escalope de veau ! s'exclama Millie. Et toi, Josie ?

— Une salade. Maintenant, dites-moi précisément ce que vous tramez.

Millie serra les lèvres en jetant un coup d'œil par-dessus mon épaule en direction de la serveuse qui apparut, une carafe d'eau à la main. Sauvée par le gong, mais ce n'était qu'un répit de courte durée. Tôt ou tard, la serveuse finirait bien par repartir, même s'il semblait que ce serait plutôt tard que tôt étant donné toutes les questions que maman et Millie lui posaient à propos de la carte.

Finalement, après s'être renseignées sur chaque plat, elles passèrent leur commande, demandèrent une corbeille de petits pains, puis la serveuse s'en alla.

On discuta pendant quelques minutes de la déco, mais je repris bientôt mon inquisition.

— OK, mesdames, crachez le morceau ! C'est quoi, votre plan ? Comment comptez-vous découvrir si Tony Murano est notre tueur en sabots ?

— Mais en regardant ses pieds, bien sûr ! répondit Millie en dépliant sa serviette d'un geste théâtral.

— Et comment allez-vous faire ?

— Oh ! ne t'inquiète pas, ma chérie. Nous savons comment obtenir une entrevue avec le chef, déclara maman avec des étincelles dans les yeux.

— Et plus précisément ?

— Eh bien, il suffit de se plaindre de la nourriture, bien sûr ! s'exclama Millie en me dévisageant comme si j'étais stupide. Chut… Voici nos plats.

La serveuse posa nos assiettes sur la table et on s'y attaqua. Millie et maman étaient désolées pour moi, et elles insistèrent pour que je goûte les leurs. C'était délicieux.

— Je ne vois pas comment on pourrait se plaindre, c'est un régal, murmurai-je entre deux bouchées de lasagnes.

— Ah bon ? dit Millie en passant à maman le verre de Pilsner light qu'elle avait commandé. Tiens-moi ma bière, ajouta-t-elle à l'intention de son amie.

— Mademoiselle ! Mademoiselle…

Millie agitait la main en direction de la serveuse, qui se précipita vers nous, l'air inquiète.

— Je peux vous aider ?

Millie repoussa son assiette.

— Ce veau est dur comme de la semelle ! affirma-t-elle avec aplomb, alors qu'elle l'avait presque entièrement dévoré.

La serveuse regarda l'assiette pratiquement vide avec scepticisme.

— Je suis vraiment désolée. Je peux vous apporter autre chose ?

— Certainement pas, rétorqua Millie en croisant les bras. J'aimerais parler au chef.

— Je suis désolée, mais le chef Murano ne sort pas de sa cuisine.

La serveuse avait l'air effrayée, mais j'avais du mal à déterminer si c'était par Millie ou par le chef Murano. Si les rumeurs à propos du mauvais caractère de ce dernier étaient fondées, il y avait des chances que ce soit de lui qu'elle avait peur. Ce qui nous donnait d'autant plus de raisons de le soupçonner de ce meurtre.

Millie se racla la gorge, puis elle se redressa et transperça la serveuse du regard.

— Mais j'insiste ! Il n'y a que la présence du chef qui puisse réparer le tort que j'ai subi ! J'exige de le voir.

La serveuse plissa légèrement les yeux, comme si elle hésitait à dénoncer le bluff de Millie, mais, à la réflexion, elle se contenta de déclarer qu'elle allait lui demander s'il était disponible, puis elle s'éclipsa.

L'expression renfrognée de Millie céda la place à un sourire. Elle reprit sa bière des mains de maman et en but une petite gorgée.

— Tu vois ? Ça marche à tous les coups !

La jubilation de Millie fut de courte durée. La serveuse reparut avec une mine contrite.

— Le chef Murano est occupé en cuisine. Il m'a suggéré de vous offrir le dessert.

— Nous offrir le dessert ? brailla Millie d'une voix incrédule. Ça ne compense en rien mon préjudice !

Les autres clients commençaient à nous regarder, et la serveuse semblait dans ses petits souliers.

— Nous pourrions décompter le veau de votre addition...

Millie bondit de son siège.

— Non ! Rien de tout cela ne fait l'affaire. Il faut que je parle au chef Murano. C'est où, la cuisine ?

— Vous ne pouvez pas aller dans la...

Mais Millie fonçait déjà vers les portes métalliques qui, de toute évidence, y menaient, et elle nous lança par-dessus l'épaule un regard nous invitant à lui emboîter le pas.

— Je pense que nous devrions la suivre, dit maman en reposant sa serviette.

La cuisine fourmillait d'activité, dans un chaos d'odeurs diverses et variées. Les casseroles tintaient, les sous-chefs s'activaient, dressant des salades sur les assiettes ou nappant les desserts avec de la crème fouettée. Tony Murano se tenait au milieu, devant une table métallique. Grand, les cheveux bruns, la barbe naissante bien qu'il ne fût que 13 h 30, et des phalanges poilues. Si j'avais remarqué ce dernier détail, c'était peut-être parce qu'il brandissait un hachoir dont la lame étincela sous la lumière des néons quand il l'abattit sur le plan de travail.

*Tchak !*

Le son qu'il émit en découpant le morceau de bœuf nous fit sursauter toutes les trois.

— Oh ! s'écria maman.

Tony nous dévisagea l'une après l'autre.

— Qu'est-ce que vous faites là ?

Millie s'approcha de lui. Je m'aperçus qu'elle essayait de se pencher par-dessus la table pour voir ce qu'il avait aux pieds, mais elle était trop petite.

— Je viens me plaindre du veau que vous m'avez servi.

Tony plissa les yeux. Le hachoir scintilla.

— Écoutez, madame, il n'y avait aucun problème avec ce veau. Je l'ai personnellement goûté. Je pense que vous cherchez seulement à ne pas payer l'addition.

— Certainement pas ! rétorqua Millie en tapant du pied.

Elle tenta de jeter un coup d'œil sur le côté de la table.

— Je voulais simplement que vous… euh…, bafouilla-t-elle en se tournant vers nous.

— Que vous admettiez que ce veau n'était pas à la hauteur, déclara maman en venant à sa rescousse.

— Pas à la hauteur ? Mais vous êtes qui, vous ? Des critiques gastronomiques ? Je n'aime pas les critiques gastronomiques ! s'écria-t-il en brandissant de nouveau son hachoir.

On fit toutes un pas en arrière.

Les commis, qui avaient cessé de travailler, nous regardaient.

— Nous ne sommes pas des critiques ! se défendit Millie en contournant la table avant de nous adresser un regard entendu. Nous ne sommes que de vieilles dames qui essaient de faire un bon repas. La pension de retraite, ça ne nous mène pas bien loin, vous savez, et on en veut pour notre argent. Mais, plus important, on aimerait que vous, les jeunes, ayez la bonne grâce d'admettre les erreurs que vous faites.

Tony regardait Millie comme si elle était une salade défraîchie. De toute évidence, il ne souhaitait pas se trouver du même côté de la table qu'elle, parce qu'il fit un pas de côté.

— Écoutez, mesdames, vous devez vous en aller !

Millie pinça les lèvres. Sa tactique ne fonctionnait pas.

— Bon, serrons-nous la main, alors, et restons-en là. D'accord ? proposa-t-elle.

Elle s'avança vers lui, mais Tony brandit son hachoir, ce qui la stoppa net.

Une porte s'ouvrit brutalement dans le fond de la cuisine. La femme qui s'encadra dans le chambranle nous dévisagea les unes après les autres, et ses yeux s'écarquillèrent quand elle les posa sur moi.

— Qu'est-ce qui se passe, ici ? C'est qui, celle-là ? demanda-t-elle à Tony d'un ton furibard en pointant le doigt vers moi.

Tony fit la grimace.

— Je ne sais pas, ma chérie. Elles ont débarqué en cuisine pour exiger que je m'excuse parce qu'elles n'ont pas apprécié leur repas.

La femme, manifestement l'épouse ou la petite amie de Tony, ne sembla pas le croire.

Profitant de cette diversion, Millie se glissa de l'autre côté de la table et tendit le cou pour voir les chaussures de Tony. Elle fit de grands yeux et nous regarda en hochant exagérément la tête. Franchement, elle n'aurait pas pu être moins subtile que ça.

Heureusement que Tony ne faisait plus attention à nous. Il était occupé à s'engueuler avec la femme, laquelle se tenait à présent devant lui, les poings sur les hanches.

— Eh bien, j'espère vraiment que cette traînée ne te tourne pas autour ! cria-t-elle en me désignant du menton.

*Traînée ?*

Je levai la main.

— Euh… je suis simplement venue avec elles. Je ne tourne autour de personne.

La femme se planta sous le nez de Tony.

— C'est vrai, ça ? Elle est peut-être passée en croyant que j'étais absente et qu'elle pouvait t'avoir pour elle toute seule.

Tony recula de quelques pas.

— Non, ma chérie. Ce n'est pas du tout ça.

Il bomba le torse et se dirigea vers nous en roulant des mécaniques. Et quand je parle de « rouler des mécaniques », je ne veux pas dire comme les cow-boys dans les westerns, mais plutôt qu'il avait une démarche bizarre, avec des jambes arquées, les pieds rentrés en dedans. Tout comme le suggérait l'empreinte qu'on avait trouvée dans le paillis.

Millie, toujours aussi subtile, ouvrit grand la bouche en pointant du doigt les pieds de Tony. Heureusement qu'il ne s'intéressait pas du tout à nous, parce qu'il avait quand même un hachoir dans la main.

Millie se précipita vers nous et saisit maman par le coude.

— Bon, je pense qu'on a fait tout ce qu'on avait à faire ici !

Tony lui adressa un regard noir, tandis que la lame de son hachoir étincelait dans la lumière.

— Qu'est-ce que vous racontez, madame ? Je croyais que vous étiez furieuse à cause de votre repas et que vous exigiez des excuses. Que vous n'aurez pas, d'ailleurs !

— Pas de souci ! Je vois que vous êtes plein de bonnes intentions, répondit-elle en poussant maman vers la sortie. Tout est réglé ! À plus ! lança-t-elle en franchissant les portes battantes avec maman.

J'eus tout juste le temps de jeter un peu d'argent sur la table pour notre addition et le pourboire, et je les retrouvai dehors sur le trottoir.

Millie était déjà en train de remonter la rue en faisant claquer ses talons sur le bitume.

— Eh bien, c'est clair ! s'exclama-t-elle. Tony Murano porte des sabots de chef et il marche les pieds en dedans. C'est lui, l'assassin !

# 12

— Quelqu'un veut des croûtons à l'ail ? demanda Harry, perché sur le bord de la poubelle.

— Moi, je veux bien, répondit Juliette.

La queue tendue pour garder l'équilibre, Harry plongea sa patte orange tigré dans la poubelle, attrapa le croûton à l'ail et le balança à Juliette, qui se jeta dessus. Son geste fit voleter une page de journal, qui tomba aux pieds de Nero. C'était une rubrique culinaire.

— J'espère qu'il n'y a pas une critique de Charles Prescott là-dedans !

— Comme celle que la police a trouvée dans la chambre de la victime ? demanda Harry en extrayant un cheeseburger que Poe réclama aussitôt.

— Oui ! Et hier soir nous avons fait une autre découverte.

— Raconte, dit Boots en essuyant de la sauce tomate sur ses moustaches.

— Eh bien, on a fini par passer un cap avec Josie.

— Même s'il lui a fallu un bon moment pour comprendre où on voulait en venir, précisa Marlowe en délaissant un instant les langoustines frites qu'elle était en train de déguster.

— Certains humains sont plus lents que d'autres, dit Juliette. Le père Timothy a mis du temps à être sur la même longueur d'onde que moi, mais maintenant il se débrouille très bien. Ne vous découragez pas avec Josie.

Nero et Marlowe échangèrent un regard de connivence.

— Oh ! aucun risque. En fait, hier soir, on a pu la conduire à découvrir quelque chose de très intéressant sur Internet.

— Quoi ? demanda Boots.

— En réalité, c'est Josie qui a pris cette initiative. Elle n'est pas si nulle, après tout. Je crois même qu'elle a un peu de cervelle, répondit Marlowe. Elle cherchait des critiques sur le Smugglers Bay parce qu'elle pensait que Stella Dumont pouvait avoir quelque chose à voir dans tout ça.

Tous les chats acquiescèrent.

— Ouais, elle pourrait bien être l'assassin.

— Non, elle est trop stupide ! s'exclama Harry.

— Parfois, ils se font passer pour plus bêtes qu'ils ne le sont, rétorqua Stubbs.

— Est-ce que vous allez finir par nous dire ce qu'elle a découvert ? demanda Poe.

— Une critique sur ce restaurant ! répondit Marlowe en léchant la sauce tomate sur son museau.

— Le Marinara Mariner ? demanda Juliette.

— Précisément, dit Nero. Il semblerait que Charles n'avait pas apprécié une tarte qu'on lui avait servie ici.

— La tarte au citron meringuée ? suggéra Juliette en plissant le nez. Elle est effectivement très acide !

— Oui, je suis d'accord, renchérit Harry en sautant de la poubelle avec une tranche d'aubergine.

— Eh bien, c'est très intéressant, ça ! s'écria Boots.

Harry fouetta l'air de sa queue.

— L'autre soir, Tony avait mis à sa carte une spécialité au safran, et l'odeur de safran imprégnait l'empreinte sous la fenêtre.

— Tu es sûre que c'était bien du safran que tu as flairé ? demanda Poe à Marlowe.

— Je ne sais pas. C'était la première fois que je sentais cette odeur.

— Moi aussi, ajouta Nero.

— Attendez !

Harry sauta sur le bord de la poubelle et disparut à l'intérieur. On entendit des raclements sur les parois tandis qu'il fouillait dedans, et il ressortit en serrant entre ses dents une petite serviette qu'il posa devant Marlowe.

— Il en reste un peu là-dessus.

Marlowe et Nero s'approchèrent pour examiner la petite tache orange et la reniflèrent. Nero écarquilla les yeux. C'était bien la même odeur.

— C'est tout à fait ça !

— Bon, c'est réglé, alors, décréta Poe. Tony a eu une mauvaise critique et c'est son empreinte qu'on a trouvée devant la pièce où Charles a été assassiné. D'après moi, l'affaire est résolue.

— Et, à votre avis, la bonne femme que j'ai suivie jusqu'ici avait quelque chose à voir là-dedans ? demanda Stubbs.

— Tina ? Simple coïncidence, répondit Juliette. Après tout, beaucoup de gens mangent dans ce restaurant.

— C'est probable, dit Harry. Et je dois admettre que tous les indices autour de Tony pointent dans cette direction, mais que penser du vieux couple, les Weatherby ? Comme nous l'avions suggéré, je les ai suivis, et vous ne devinerez jamais où ils sont allés.

— Où ça ?

— Droit sur les nids des mouettes. Ils rampaient pratiquement dessus.

— Pourquoi donc feraient-ils ça ? s'étonna Stubbs.

— Ce sont des ornithologues amateurs. Ces gens-là sont parfois assez excentriques, répondit Poe. Mais ça m'interroge. Charles était sur la falaise. Les Weatherby étaient sur la falaise. Les mouettes sont sur la falaise. Les mouettes – et non la critique négative – pourraient-elles avoir un rapport avec la mort de Charles ? Et si c'était le cas, pourquoi l'empreinte de Tony se trouvait-elle devant la pièce où le crime a eu lieu ?

À notre retour, les hôtes étaient soit sortis, soit dans leur chambre, et c'était une bonne chose parce que Millie n'arrêtait pas de jacasser à propos de Tony et de son hachoir.

— Il aurait pu nous couper en deux, là, dans sa cuisine !

L'écho de ses mots résonnait encore dans le vestibule quand elle saisit son téléphone.

— Je doute fort qu'il se serait risqué à le faire devant tous ces témoins, affirma maman.

— Quoi qu'il en soit, j'appelle tout de suite Seth pour lui faire part des résultats de notre interrogatoire, reprit Millie en composant le numéro du shérif.

— Je ne qualifierais pas ça d'interrogatoire, dis-je.

J'étais angoissée par ce que Seth pourrait conclure de nos investigations. Nous en voudrait-il d'être allées au Marinara Mariner ? Se sentirait-il menacé parce que nous avions essayé de faire son travail à sa place ? Il n'empêche que les sabots de Tony et sa démarche les pieds en dedans semblaient correspondre à l'empreinte devant la fenêtre. Mais jusqu'à quel point une empreinte dans du paillis était-elle fiable ? Je voyais déjà Seth déclarer que les conditions météo, par exemple, pouvaient l'avoir altérée. Si le paillis était trop humide, ses pieds avaient pu s'enfoncer dedans selon un angle différent. La preuve n'était pas très concluante. D'un autre côté, la mauvaise critique allait dans notre sens.

— Il faut que tu rappliques ici tout de suite. Je sais qui est l'assassin ! piailla Millie dans son téléphone.

Malheureusement, pile au même moment, les Weatherby entrèrent.

Iona eut un mouvement de recul.

— Vient-elle de dire qu'elle connaît l'identité du meurtrier ?

Ron faillit en laisser échapper son appareil photo et trébucha sur les marches.

— Comment pouvez-vous la connaître avant la police ?

— On n'en est pas vraiment sûres, répondis-je en essayant de les entraîner vers l'escalier avant que Millie commence à parler de hachoirs et de désosser des gens. On pense avoir découvert quelques indices en relation avec un élément qu'on avait trouvé ici.

Iona porta les mains à son visage et échangea un regard inquiet avec Ron.

— Oh ! mon Dieu ! Ce n'est pas l'un des résidents, si ?

— Non, c'est quelqu'un d'autre, dis-je pour les rassurer.

À l'évidence, l'idée de cohabiter avec un meurtrier les angoissait. Je me sentis coupable de les avoir soupçonnés.

Leur soulagement était flagrant. Iona prit Ron par le bras et le poussa vers l'escalier.

— Eh bien, c'est une bonne chose ! Allons nous rafraîchir un peu, puis nous retournerons observer les mouettes cet après-midi. Il fait beau, les oiseaux gazouillent, et si vous appréhendez l'assassin, c'est encore mieux !

Il ne fallut que dix minutes à Seth Chamberlain pour arriver. Il regardait Millie avec scepticisme tandis qu'elle lui racontait ce qui s'était passé au restaurant de Tony.

— Et pourquoi exactement avez-vous décidé d'aller au Marinara Mariner ?

Les bras croisés, il nous fixait d'un air désapprobateur, mais quand ses yeux se posaient sur Millie ils devenaient doux comme des chamallows.

— À cause de la critique, bien sûr, répondit Millie en se tournant vers moi.

— J'ai trouvé une critique que Charles avait écrite l'année dernière à propos d'une tarte au citron meringuée qui n'était pas très bonne, expliquai-je.

Seth fronça les sourcils un peu plus qu'ils ne l'étaient déjà.

— L'année dernière ? Et pourquoi Tony l'aurait-il tué maintenant ?

— Il venait peut-être d'apprendre que Charles était en ville ? suggéra maman.

— Ça paraît hautement improbable. Pourquoi aurait-il entretenu une rancune pendant aussi longtemps ? Sans compter qu'il aurait dû monter jusqu'ici, se glisser à l'intérieur et assassiner Charles, déclara Seth en hochant la tête. Non, le plus probable, c'est que la personne concernée par cette critique l'a trouvée dans sa chambre et l'a déchirée avant de le tuer. Ce qui semble plus facile à faire quand on réside à l'Oyster Cove.

Cette remarque me hérissa. Jusqu'à présent, je m'étais montrée indulgente avec Seth. Après tout, c'était un petit vieux sympa et un ami de Millie et de maman, mais maintenant il commençait à me courir sur les nerfs avec les coups d'œil peu subtils qu'il me jetait.

— On ne sait même pas si Charles était en train d'écrire une critique. Tout ce que vous avez trouvé, c'est un bout de papier avec quelques mots dessus. Et, soit dit en passant, vous me connaissez assez bien pour concevoir que je ne suis pas une meurtrière, non ?

Seth rougit, et il baissa les yeux.

— Eh bien, je vous connaissais quand vous étiez petite, Josie, mais vous êtes partie pendant de nombreuses années.

— Je suis toujours la même.

— Ce que Josie affirme à propos de la critique est vrai. On devrait y jeter un nouveau coup d'œil, dit Millie.

— C'est pourtant évident, répondit Seth. Regarde !

Il tira son téléphone de sa poche et scrolla pour afficher la photo du papier qu'il avait glissé dans sa pochette plastique. Il le tint devant lui, et on tendit toutes le cou pour l'examiner. On ne lisait que des fins de mots écrits à la main.

*... ette*
*... ade*
*... son*

— Ça pourrait correspondre à de nombreux mots, marmonna Millie. Je voudrais une copie de cette note. Tu peux me l'envoyer par texto ?

— Et à moi aussi, dis-je.

Seth parut hésiter.

— Il y a une tarte aux pommes à la clé si tu me l'envoies ! déclara Millie. Et je te la transférerai, ajouta-t-elle en se tournant vers moi.

Seth soupira.

— Je suppose que ça ne fera de mal à personne.

— Bien ! s'exclama Millie. Bon, jusqu'à ce qu'on découvre ce que cette note signifie vraiment, on a beaucoup d'indices qui pointent vers Tony Murano. Combien d'indices as-tu qui incriminent Josie ?

Seth s'apprêtait à répondre, mais je ne lui en laissai pas le temps.

— Oubliez cette question ! Voici ce qu'on a sur Tony. On a trouvé son empreinte sous la fenêtre, il a mauvais caractère, et Charles a écrit une critique négative sur sa tarte au citron meringuée.

Maman acquiesça.

— Pourquoi son empreinte serait-elle sous la fenêtre s'il n'était pas sorti par là, et pourquoi serait-il sorti par là s'il n'avait pas tué Charles ? demanda-t-elle.

— L'empreinte n'est peut-être pas la sienne, répondit Seth. Vous ne pouvez pas l'affirmer. En outre, c'est risqué de passer par la fenêtre. Et comment serait-il entré pour saboter l'escalier sans que personne ne le remarque ? Ça paraît plus logique de penser que c'est l'œuvre de l'un des résidents.

— Aucun d'eux n'a de mobile… Bon, excepté Tina, peut-être, ajouta maman en se tournant vers moi. Ava n'a-t-elle pas déclaré qu'elle avait vu Tina sortir discrètement de la chambre de Charles ?

En jetant un coup d'œil à Seth, je constatai qu'il n'avait pas l'air surpris. Était-il déjà au courant de la liaison entre Tina et Charles ? Peut-être ne l'avais-je pas jugé à sa juste valeur…

— Oui, c'est ce qu'elle nous a dit. Et Stella Dumont l'a vue entrer dans le motel à côté de l'autoroute.

— Tina et Tony étaient peut-être de mèche, suggéra maman.

Millie se mordit la lèvre.

— Vous savez, maintenant que vous en parlez, on avait remarqué que Tina écrivait aussi dans la rubrique culinaire du journal. Serait-il possible qu'elle et Tony se connaissent ?

— Bien sûr ! s'écria maman en se frappant le front. C'est ça. Ce n'était pas une histoire de mauvaise critique – Seth avait vu juste à ce propos. C'était un triangle amoureux.

— Un triangle amoureux ? lança Seth, qui avait l'air de plus en plus perplexe.

— Oui ! répondit maman. Et si Tina entretenait à la fois une liaison avec Charles et avec Tony ? Tony l'a découvert, il est venu ici et il a assassiné Charles par jalousie !

— Ça expliquerait la présence de Tina dans le motel. Stella l'a peut-être effectivement vue là-bas. Tina ne voulait pas que Charles apprenne qu'elle avait une aventure avec Tony, avançai-je.

— C'est parfaitement logique, renchérit Millie. Et Tony était obligé de la rencontrer à l'hôtel, parce que sa femme a l'air extrêmement jalouse. Vous avez vu son attitude dans la cuisine du Mariner ?

J'acquiesçai vigoureusement.

— Et elle semblait aussi le soupçonner. Comme si elle pensait déjà qu'il lui était infidèle.

— Ça colle ! s'écria Millie en se tournant vers Seth. Tu vas procéder à une arrestation, alors ?

— Tout ça, ce ne sont pas des preuves solides, répondit-il. On préfère s'appuyer sur des indices un peu plus tangibles que le qu'en-dira-t-on. Surtout quand ce qu'en-dira-t-on est biaisé.

— Biaisé ? En quoi ? s'indigna Millie.

— Vous essayez de retirer Josie de la liste des suspects.

— Pas du tout ! s'exclama maman. Enfin, si, mais c'est parce que Josie est innocente !

— Seth Chamberlain, ces indices sont solides, et tu le sais. C'est une bonne hypothèse de travail. Vas-tu la vérifier, ou préfères-tu renoncer à tout jamais à mes cookies à la cannelle ? demanda Millie.

Un sourire vint aux lèvres de Seth et ses yeux pétillèrent.

— Très bien. Je vais vérifier. Je suppose que je pourrais découvrir où ils se trouvaient la nuit où Charles est mort, et à quel point cette Tina le connaissait. Mais ne vous accrochez pas trop à cette piste.

# 13

Comme Flora n'avait pas fait la vaisselle que j'avais laissée dans l'évier, je me mis au travail après le départ de maman et Millie. Nero et Marlowe me suivirent dans la cuisine et commencèrent à miauler devant leur gamelle. Nero semblait avoir un peu grossi, mais je lui servis quand même des croquettes.

Tout en effectuant mes tâches ménagères, je repensai aux indices. Le son des coups de marteau de Mike qui travaillait trois étages au-dessus était réconfortant. Même les miaulements des chats et les petits bruits qu'ils faisaient en mangeant leurs croquettes me donnaient l'impression d'être chez moi, à ma place.

J'aurais probablement dû sortir leurs gamelles de la cuisine, au cas où Barbara Littlefield se montrerait. Toutefois, l'un des bons côtés de ce meurtre, c'est qu'il semblait l'avoir éloignée d'ici. Elle n'était pas censée venir faire son inspection avant la semaine prochaine, quand Mike aurait fini ses travaux dans cette pièce. J'aurais bien le temps de déplacer les gamelles des chats d'ici là.

Depuis la cuisine, je pouvais voir le Smugglers Bay sous un ciel de nuages sombres. En revanche, les mouettes n'étaient pas là. Stella devait être ravie. En pensant à elle, je me rendis compte que j'avais espéré qu'elle serait coupable. Certes, Tony Murano semblait mieux coller au profil, mais je me demandais toujours pourquoi Stella était venue rôder par ici. Passait-elle vraiment voir Mike ? Et si Tony était l'assassin, était-il de mèche avec Tina ? L'idée d'avoir la complice d'un meurtre sous mon toit me glaçait le sang.

J'envisageai de poser quelques questions orientées à Tina, pour tenter de la pousser à s'incriminer par inadvertance, mais je me rendis compte que ce n'était pas forcément très malin, étant donné que c'était peut-être elle la meurtrière. L'orage qui s'annonçait constituerait un décor idéal à mon assassinat. Le tonnerre masquerait le bruit des coups sur mon crâne. Il valait peut-être mieux que je m'abstienne. D'ailleurs, la petite voiture décapotable de Tina avait beau être garée dans le parking, je ne l'avais pas vue de l'après-midi, c'est pourquoi j'avais supposé qu'elle s'était enfermée dans sa chambre.

Juste avant que je termine ma vaisselle, Ava Grantham passa la tête dans la cuisine.

— Oh ! salut, Josie ! Je me demandais si je pourrais avoir un peu de thé. Avec ce temps, l'humidité est en train de me pénétrer jusqu'à l'os, déplora-t-elle en se tordant les mains.

— Bien sûr. Pourquoi n'allez-vous pas vous asseoir dans le salon ? Je vous en apporte.

Elle acquiesça avec gratitude et fit demi-tour tandis que je mettais de l'eau à bouillir avant de disposer un assortiment de sachets de thé et quelques muffins dans une corbeille avec du beurre.

Ava, installée dans un fauteuil près de la fenêtre, regardait les nuages orageux. En m'entendant arriver, elle se tourna vers moi.

— J'espère que cette tempête ne va pas durer.

Il faisait presque nuit, et la mer, agitée, avait quelque chose de menaçant. Une ambiance rêvée pour un meurtre, pensai-je, mais je m'abstins de tout commentaire. Un nouvel assassinat était la dernière chose dont j'avais besoin.

— Avec un peu de chance, ce ne sera pas trop violent, dis-je en posant le thé et la corbeille devant elle.

— Oh ! vous m'avez apporté des muffins ! Comme c'est gentil !

Je songeai alors qu'Ava semblait en savoir beaucoup sur la relation entre Tina et Charles. Étant donné que je ne pouvais pas vraiment interroger Tina, Ava pourrait peut-être me faire profiter de ses lumières sur la question, non ? Je pris un muffin et le beurrai tandis qu'Ava sirotait son thé.

— Y a-t-il eu du neuf à propos du meurtre ? demanda-t-elle d'un ton nonchalant.

Un peu trop nonchalant, peut-être. Quand je levai les yeux vers elle, je distinguai une étincelle d'intérêt dans son regard.

— La police poursuit son enquête, mais j'ai peut-être trouvé un indice.

Je ne comptais pas lui révéler ce que j'avais découvert, mais je voulais la tester pour voir à quel point elle était disposée à parler.

— Oh ! vraiment ? souffla-t-elle en me dévisageant par-dessus sa tasse de thé en porcelaine rose à pois.

— Eh bien, je ne suis pas au courant de grand-chose, mais j'ai entendu dire que ça pourrait être en rapport avec un amant jaloux. Et vous avez dit que vous aviez aperçu Tina...

Je laissai ma phrase en l'air.

— Oh ! oui, c'est vrai, je les ai vus. Tina et Charles.

— Et Charles était un coureur de jupons, d'après vous ?

— Certainement. J'ai constaté ça maintes et maintes fois. Mais qui serait le jaloux ?

Elle marqua une pause, puis écarquilla les yeux.

— Oh ! Vous pensez que Charles avait une autre maîtresse et que Tina l'a tué parce qu'elle était jalouse ?

En fait, ce n'était pas ainsi que j'avais considéré la chose. Mais si elle avait raison ? Si c'était l'inverse, et que l'amant jaloux n'était pas un homme furieux de voir Charles batifoler avec sa maîtresse, mais une femme qui en voulait à Charles de la tromper ?

— Ou alors, c'est l'amant de Tina qui a tué Charles, répondis-je. Dans un sens ou dans l'autre, la jalousie est un moteur puissant.

Ava acquiesça avec enthousiasme.

— Oui, cette théorie est excellente ! La police va-t-elle procéder à une arrestation ?

— Ça, je ne sais pas…

Ava croqua dans un muffin.

— En tout cas, ça serait une info de première pour les journaux, ajouta-t-elle en faisant la grimace. Un triangle amoureux… C'est tellement triste aujourd'hui ! Les gens ne s'intéressent qu'aux meurtres et aux affaires, alors que de mon temps c'était les fêtes et le bal des débutantes ! soupira Ava.

Je fronçai les sourcils. Pourvu qu'elle n'envisage pas de publier un article sur la mort de Charles.

— Les gens sont devenus macabres, répondis-je. C'est certain.

Elle se débarrassa de quelques miettes restées collées à ses doigts et se leva.

— Eh bien, j'imagine que les temps changent… Mais je suis contente que la police soit sur une piste. L'idée que le tueur soit en liberté me fait horreur. Et maintenant que ce thé m'a réchauffée, je crois que je vais reposer mes vieux os sous la couette. Je suis tellement fatiguée dès que le soleil se couche.

Elle jeta un coup d'œil par la fenêtre et se dirigea vers l'escalier.

Elle dut croiser Flora parce que je l'entendis lui demander une couverture supplémentaire. À ma grande surprise, celle-ci accepta et dit qu'elle la lui apporterait quelques minutes plus tard. Comme elle n'était pas du genre à se tuer à la tâche, j'aurais cru qu'elle lui répondrait qu'elle avait fini son service, mais non ! Flora n'était peut-être pas une cause perdue, après tout.

Elle arriva dans le salon et s'affala dans le fauteuil qu'Ava venait de quitter.

— Ces satanés hôtes m'ont fait cavaler partout ! Oh ! des muffins ! s'exclama-t-elle en voyant la corbeille. Ce n'est pas de refus.

Elle ne se gêna pas pour en prendre un et en fourrer la moitié dans sa bouche.

— Je suis épuisée. Faire tous ces lits, c'est du boulot. J'ai également fait la poussière, et maintenant je dois apporter cette couverture. Et croyez-moi ! La poussière, c'est exténuant, même sans tous ces poils de chat.

J'avais du mal à comprendre ce qu'elle disait parce qu'elle parlait la bouche pleine.

Subitement, je me rendis compte que, puisque Flora faisait les lits, elle devait savoir si Charles avait couché dans le sien le soir où il avait été tué.

— Ça doit être très difficile, dis-je en poussant la corbeille de muffins vers elle car elle avait déjà gobé le premier. Vous devez être contente de ne pas devoir les faire tous les jours.

Elle déglutit et me jeta un regard noir.

— Où voulez-vous en venir ? Vous insinuez que je ne fais pas mon travail tous les jours ?

— Non, pas du tout ! C'est simplement que lorsque les résidents n'ont pas couché dans leur lit…

— Oui, c'est vrai. Pourquoi ferais-je un lit s'il n'est pas défait ? C'est cette pimbêche de Tina qui s'est plainte ? Je ne vois pas pourquoi je ferais un lit si personne n'a dormi dedans ! Eh bien, si vous voulez mon avis, elle a du culot d'aller passer la nuit en douce dans un autre hôtel ! lâcha-t-elle en s'adossant à son fauteuil.

— Alors, d'après vous, Tina a découché ?

— Oui ! Et dans ces cas-là, faire le lit, ça n'a aucun sens. C'est déjà assez difficile de nettoyer la paille, les plumes et la boue !

— La paille ?

— Absolument ! Ces vieux avec leurs appareils photo ! Quand je suis passée faire leur chambre, elle était pleine de paille, de brindilles et de plumes. Une vraie porcherie !

Nero et Marlowe étaient entrés dans le salon et avaient sauté sur mes genoux. Je les caressais d'une main distraite en songeant à ce que Flora venait de dire. De la paille, des brindilles et des plumes, ça ressemblait aux éléments d'un nid. Je savais qu'ils observaient les oiseaux, mais pas qu'ils s'étaient suffisamment approchés de leurs nids pour être couverts de brindilles.

Un coup de tonnerre résonna au loin, et Flora fit un bond.

— On dirait qu'un orage se prépare, et je voudrais rentrer chez moi avant qu'il pleuve à torrents. Je n'y vois plus grand-chose avec ces vieilles mirettes, ajouta-t-elle en désignant ses yeux de hibou. Je vais apporter sa couverture à la vieille dame avant de partir.

— D'accord. Ne vous inquiétez pas pour moi, je débarrasserai ici.

Comme s'il y avait une chance qu'elle s'en soucie !

Les premières gouttes d'eau s'écrasèrent sur les vitres, mais je ne prêtais aucune attention à la météo. Je me demandais ce que les Weatherby tramaient, et si Seth Chamberlain avait interrogé ou non Tony Murano.

Au premier coup de tonnerre, Nero faillit faire une crise cardiaque. Il s'enfonça plus profondément entre les genoux de Josie, appréciant ses caresses davantage qu'il aurait bien voulu l'admettre.

Marlowe, elle, se frottait contre les cuisses de Josie.

— Je n'aime pas trop la tournure que prennent les événements, miaula-t-elle. Josie risque de se mettre dans le pétrin. Elle a posé à Ava beaucoup de questions sur Charles et Tina. Et elle s'apprête peut-être à interroger un suspect.

— Espérons qu'elle n'asticotera pas la mauvaise personne.

Nero jeta un coup d'œil à la corbeille de muffins. Il n'aimait pas vraiment ça, mais, d'un autre côté, le beurre, c'était délicieux et très appétissant.

— Tu crois qu'elle le remarquera, si nous léchons le beurre ? demanda Marlowe comme en écho à ses pensées.

— C'est très probable, répondit Nero en lorgnant avec envie la pâtisserie jaune vif dans la soucoupe de cristal. Je pense que nous devons nous concentrer pour faire en sorte que Josie ne fasse rien de déraisonnable.

— Ouais. Surtout si le tueur est en liberté par une nuit pareille, murmura Marlowe en frissonnant.

— On devrait peut-être dormir avec elle dans son lit, ce soir ?

Un autre coup de tonnerre résonna, mais Nero tenta de se maîtriser.

— Pour son propre bien, évidemment, pas pour le nôtre, ajouta-t-il.

— On peut essayer.

— Mais tu sais ce que nous avons à faire, bien sûr.

— Bien sûr ! Essayer de dormir sur sa tête, et ce ne sera qu'après qu'elle nous aura repoussés vingt-cinq fois qu'on pourra se coucher à côté d'elle, en prenant soin d'occuper la plus grande partie de l'espace disponible, répondit Marlowe en répétant les termes de la leçon que Nero lui avait enseignée.

Nero acquiesça.

— Tu apprends bien !

Josie écarta Nero, et il feula pour lui indiquer qu'elle ne pouvait le faire que lorsque lui-même en avait envie. Elle posa les yeux sur lui.

— Juste au moment où on allait bien s'entendre, tu m'agresses ?

Nero ronronna en baissant la tête.

— Voilà qui est mieux, fit-elle en le caressant. Bon, je suppose que je devrais penser à ce que je vais préparer pour le petit déjeuner demain.

Nero et Marlowe la suivirent dans la cuisine, où Josie commença à farfouiller dans ses recettes.

— On doit jouer les pots de colle avec elle. Elle est têtue, et du genre à dire la mauvaise chose à la mauvaise personne, affirma Nero.

— D'accord ! répondit Marlowe.

Nero laissa dériver son regard dans la nuit noire, et un mauvais pressentiment l'envahit tout entier.

— Nous devons être aux aguets, et tout particulièrement ce soir. Mon septième sens me souffle que l'assassin pourrait revenir sur les lieux du crime, et s'il le fait, nous devrons être là pour protéger notre humaine.

# 14

En écoutant la pluie battre les fenêtres, je priais pour qu'on n'ait pas une coupure de courant. Je passais en revue les fiches de recettes à la recherche d'une idée pour le petit déjeuner du lendemain. Le gâteau au café et à la crème aigre irait très bien, ce serait réconfortant après une longue nuit d'orage. Mais où donc était la recette ? Elle avait dû se glisser quelque part lorsque j'avais fait tomber les fiches, l'autre jour. La porte du placard sous l'évier ne fermait pas bien. La fiche s'était certainement coincée entre les bouteilles de nettoyant à vitres et les éponges.

Je me mis à quatre pattes et passai la tête dans le placard, Marlowe et Nero à mes côtés. En fait, ils ne m'avaient pas lâchée de toute la soirée. Ils avaient probablement peur de l'orage.

*Broum !*

Les chats sursautèrent, et moi aussi ! Du coup, je me cognai contre le haut du placard. Aïe ! Au moins, le fait d'avoir la tête là-dedans avait étouffé le claquement du tonnerre.

En émergeant, je m'attendais à entendre des pas précipités à l'étage, car je me disais que tous mes hôtes avaient dû sauter de leur lit. Mais non. Apparemment, ils avaient tous avalé des somnifères, parce qu'ils dormaient d'un sommeil lourd, bien bordés sous leurs couettes.

Quand je me relevai en me massant le crâne, Nero bondit sur le comptoir.

*Miaou.*

— Hé ! Je viens tout juste de le nettoyer ! Descends de là ! m'écriai-je en agitant les mains.

Mais il se contenta de me tourner le dos pour regarder par la fenêtre. Heureusement que par cette nuit orageuse Barbara Littlefield ne risquait pas de passer inopinément.

Je suivis son regard, juste à temps pour voir un éclair illuminer les grosses vagues dans la crique à côté du Smugglers Bay. La tempête avait chassé toutes les mouettes.

*Miaoouu !*

Marlowe se dirigeait vers le couloir. Son miaulement me rappela ceux qu'elle faisait lorsqu'on avait trouvé le cadavre de Charles. J'espérais qu'il n'était pas exclusivement réservé à cet usage.

Nero sauta à terre et lui emboîta le pas en se retournant pour me toiser par-dessus son épaule.

*Broumm !*

Le tonnerre faisait décidément un sacré boucan.

*Crac.*

Et ça, qu'est-ce que c'était ? Un des hôtes ? J'inclinai la tête et je tendis l'oreille vers le plafond. Non, ce craquement ne provenait pas de là-haut, mais plutôt du vestibule. À présent, les deux chats, assis sur le seuil de la porte qui donnait sur le couloir, me dévisageaient, comme dans l'expectative. Tentaient-ils de m'alerter de la présence d'un intrus ?

Je saisis la première arme qui me tomba sous la main. Un rouleau à pâtisserie. Pas les nouveaux en verre, mais un modèle à l'ancienne, en bois et bien lourd.

Mon cœur battait à tout rompre quand je m'avançai dans le couloir plongé dans la pénombre.

*Crac.*

Qui que ce soit, il ou elle était près de l'escalier ! L'assassin revenait-il sur les lieux du crime ? Et si oui, pourquoi ?

J'aurais probablement dû prévenir les flics, mais je ne voulais pas que l'intrus sache que je l'avais repéré. Maintenant que j'avais l'avantage de la surprise, pas question de le perdre ! Si je sortais mon téléphone pour appeler la police, il risquait de m'entendre et de s'enfuir. Il fallait que je le prenne la main dans le sac et que je le retienne assez longtemps pour que la police arrive.

Je progressai lentement dans le couloir, mon rouleau à pâtisserie brandi au-dessus de ma tête.

Une ombre volumineuse se tenait au pied de l'escalier. J'avais l'impression qu'elle se dirigeait vers l'aile ouest. Comme je l'avais pressenti, l'assassin revenait sur les lieux de son crime, probablement pour s'assurer qu'il n'y avait pas oublié un indice.

J'étais pratiquement à sa hauteur lorsqu'un nouvel éclair illumina le couloir et me révéla son identité. Mon cœur explosa en même temps que le coup de tonnerre.

C'était Tony Murano ! Et quelque chose brillait dans sa main !

J'avais dû faire du bruit, parce qu'il se retourna subitement.

J'allumai la lumière en agitant mon rouleau à pâtisserie sous son nez.

— Vous ! Posez ça ! Je savais que c'était vous l'assassin !

Tony cacha une main derrière son dos et mit l'autre en visière en faisant la grimace pour ne pas être aveuglé.

— Quoi ? Écoutez, madame, vous m'avez causé assez d'ennuis comme ça !

Il fit un pas vers moi. Je ne distinguais pas ce qu'il tenait dans la main gauche. Était-ce le hachoir qu'il maniait si bien au restaurant ? Il avait l'air d'aimer découper des choses avec. Mais je n'allais pas me laisser intimider.

— Pas un pas de plus, Tony ! J'ai déjà appelé la police, et ils vont arriver d'une minute à l'autre.

— Très bien ! Comme ça, ils pourront vous arrêter.

— Moi ? C'est vous, l'assassin !

— Non ! C'est vous ! La tueuse de mariages ! Qu'est-ce qui vous a pris de venir dans mon restaurant et d'énerver ma femme ? Vous devriez vous occuper de vos oignons.

Euh… Ça ne se passait pas vraiment comme je l'avais prévu. Pourquoi me parlait-il de sa femme ? Il essayait peut-être de détourner mon attention.

— Je ne vais pas tomber dans votre piège ! Vous êtes entré ici par effraction ! Je parie que vous vous êtes dit qu'on s'approchait trop près de la vérité, et vous vouliez vous assurer que l'empreinte était le seul indice laissé derrière vous.

— Il n'y a pas eu d'effraction, affirma-t-il en désignant la porte. J'ai frappé, mais personne n'a répondu. Et comme c'était ouvert, je suis entré. Il faisait sombre et j'étais en train d'essayer de me repérer quand vous avez surgi pour tenter de m'assommer.

Je posai les yeux sur la porte. L'avais-je verrouillée ? Je ne m'en souvenais pas, mais, s'il avait frappé, je m'en serais probablement aperçue, non ? D'un autre côté, quand j'avais la tête sous l'évier, même le fracas du tonnerre était étouffé.

Nero et Marlowe tournaient autour de Tony, la queue dressée en l'air. Qu'est-ce que ça voulait dire exactement ? J'étais sûre qu'ils essayaient de me faire passer un message, mais suggéraient-ils que Tony était l'assassin, ou qu'il ne l'était pas ? Dans un cas comme dans l'autre, je n'étais pas en sécurité avec lui. Je plongeai la main dans ma poche pour prendre mon téléphone, mais je m'aperçus aussitôt que je l'avais oublié dans la cuisine. Que faire, maintenant ? L'un des hôtes allait peut-être descendre et m'aider à détourner son attention, ce qui me permettrait de l'assommer avec mon rouleau à pâtisserie.

Mon bras commençait à fatiguer, mais je le brandis encore un peu plus haut.

— Vous ne vous en sortirez pas avec des bobards. Je sais que vous vous êtes glissé ici l'autre soir et que vous avez tué Charles. Peut-être êtes-vous entré de la même façon qu'aujourd'hui. Et ensuite, vous êtes reparti par la fenêtre.

— Charles ? Mais qui donc est Charles et pourquoi l'aurais-je assassiné ?

— Charles Prescott. Le Gourmet Rieur. Il avait écrit une mauvaise critique sur votre restaurant l'année dernière, et quand vous avez appris qu'il logeait à l'Oyster Cove, vous avez décidé de vous venger.

— Une mauvaise critique ? Vous parlez de celle à propos de ma tarte au citron meringuée ?

Tony éclata d'un rire sinistre dont l'écho se répercuta dans le couloir.

— Pourquoi l'aurais-je tué à cause de ça ? Cette critique s'est révélée très bonne pour mes affaires !

— Vous espérez me faire croire qu'une critique vacharde c'est bon pour les affaires ?

— Bien sûr ! C'était une critique pleine de dépit, et elle ne m'a causé aucun tort. En fait, elle m'a même ramené des clients qui souhaitaient goûter ma tarte. Il s'avère qu'il y a beaucoup de gens qui aiment qu'elle soit acide. Alors, vous voyez, il aurait plutôt fallu que je le remercie.

Je me mordis la lèvre. Tony semblait dire la vérité. Maman avait peut-être raison à propos du triangle amoureux.

— D'accord. Cette critique n'est peut-être pas votre mobile. Peut-être l'avez-vous assassiné à cause du triangle amoureux !

On entendit un craquement dans l'escalier. Tina se tenait là, bouche bée, les yeux écarquillés.

— Tu as tué Charles ?

— Quoi ? Non ! Je ne l'ai pas tué. Sa critique ne m'a pas mis en colère !

— Pas la critique, répondis-je. Vous étiez jaloux parce que vous deviez partager Tina avec lui !

Tina poussa un cri de surprise. Tony leva les yeux vers elle. Il semblait au bord des larmes.

— Tu avais une liaison avec ce Charles ?

Les yeux de Tina étaient aussi grands que ceux de Flora.

— Non ! Je le jure ! s'écria-t-elle en se précipitant vers Tony. Tu es le seul avec qui j'ai une liaison.

Tony semblait en douter. Il se tourna vers moi.

— Que savez-vous de cette histoire ?

Je croisai les bras, principalement parce que le droit commençait vraiment à me faire mal à force de brandir mon rouleau à pâtisserie.

— Un de nos hôtes vous a vue sortir discrètement de la chambre de Charles.

Tony dévisagea Tina, l'air déçu.

— C'est vrai ? Tu m'as trompé ?

Tina me transperça du regard.

— Non, ce n'est pas vrai. Enfin, c'est vrai en partie. J'étais bien dans la chambre de Charles.

— Aha ! m'exclamai-je.

*Miaoouu.*

À l'évidence, les chats étaient de mon avis.

— Mais pas parce que j'avais une liaison avec lui, ajouta Tina.

Tony avait toujours l'air dubitatif.

— Pourquoi, alors ?

Maintenant que Tina avait toute son attention, je me dis que c'était peut-être le bon moment de faire quelque chose pour que la police puisse l'arrêter. Mais d'abord il fallait que je découvre quelle était son arme. Je tentai de jeter un coup d'œil derrière lui, mais je ne vis qu'une sorte de sac plastique. Avait-il apporté son hachoir dans un sac ? J'imagine que déambuler un hachoir à la main aurait pu éveiller des soupçons.

Tina soupira, baissa la tête et se balança sur ses pieds.

— Je suis allée dans sa chambre pour chercher son livre de recettes.

— Aha ! m'exclamai-je à nouveau.

Mon vocabulaire semblait avoir diminué au cours de cette conversation.

— Un livre de recettes ?

Tony avait l'air de vouloir la croire, mais il doutait encore.

— Charles était censé écrire un livre plein de recettes originales. Un best-seller en puissance. Et… eh bien… ma chronique culinaire bat un peu de l'aile, et je me suis dit que si je jetais un coup d'œil à ces recettes je pourrais en recréer certaines et faire un livre, moi aussi.

Elle tira un mouchoir de sa poche en reniflant, ses grands yeux bleus pleins de larmes. À voir la tête de Tony, ces pleurs l'avaient radouci.

— Attendez une minute. C'est vous qui avez pris son manuscrit ?

Tina acquiesça en s'essuyant les yeux à l'aide du mouchoir.

— Il est dans ma chambre. Mais je jure que Charles n'était pas là quand je l'ai emporté. Cette nuit-là, je l'avais vu en haut de la falaise et je savais qu'il lui faudrait un bon moment pour rentrer, alors je me suis dit que c'était l'occasion ou jamais d'entrer le chercher dans sa chambre.

— Mettons les choses bien au clair. Tony, vous n'étiez pas en colère à cause de la critique négative sur la tarte au citron meringuée. Tous les deux, vous avez une liaison, mais Tina n'en avait pas une avec Charles, c'est ça ?

Ils se regardèrent avant d'acquiescer. Ça expliquait pourquoi la femme de Tony se comportait comme s'il la trompait. Parce que c'était vrai. Mais était-il pour autant un assassin ? Si Tina n'avait pas une aventure avec Charles, Tony n'avait aucune raison de le tuer. Et la liaison expliquait également pourquoi Stella avait vu Tina au motel.

— Vous vous retrouviez au Timber Me Motel ?

Tony écarquilla les yeux, pantois.

— Comment le savez-vous ?

— J'ai mes sources. Mais vous n'aviez pas une liaison avec Charles ? ajoutai-je en me tournant vers Tina.

Elle secoua la tête.

— Et si l'on vous a vue sortir de sa chambre, c'est parce que vous avez volé le livre de cuisine ?

— Oui ! s'écria-t-elle en acquiesçant vigoureusement. Et je peux le prouver. Il est dans ma chambre. Je vais le chercher.

Avant que nous ne puissions répondre, elle partit comme une flèche dans l'escalier.

Je me tournai vers Tony. Certaines questions demeuraient sans réponse, en premier lieu la raison pour laquelle il s'était glissé ici en dissimulant une arme dans un sac.

— Bon alors, si vous retrouviez Tina au Timber Me Motel, pourquoi êtes-vous sorti par la fenêtre dans l'aile ouest ?

— Comment savez-vous ça ? Vous avez des caméras de surveillance ? Des caméras dans les chambres ? Vous espionnez ce qui s'y passe ?

— Non. Nous avons trouvé une empreinte dans le paillis juste devant la pièce dans laquelle Charles a été tué. C'était celle d'un sabot de cuisinier et elle était érodée sur le côté, comme si la personne qui l'avait laissée marchait avec les pieds en dedans, glissai-je en regardant les siens.

Tony fit un pas en arrière. J'étais un peu angoissée, parce qu'il avait toujours sa main derrière le dos. Mais que tenait-il donc ?

— Je n'ai pas tué Charles. Mais je suis bien sorti par cette fenêtre. Un soir, je suis venu ici pour retrouver Tina, au tout début de son séjour. Mais cette vieille fouine nous a vus. J'ai paniqué et j'ai voulu repartir sans être repéré. J'avais peur que ma femme l'apprenne. Tina savait que cette aile était condamnée, alors nous y sommes allés et je me suis éclipsé par là.

— C'était quand ?

— L'avant-veille du soir où ce type a été buté, je crois. Parce qu'après avoir failli nous faire prendre, le lendemain, nous avons décidé de faire gaffe. On s'est retrouvés au motel le mardi, la nuit où le type a passé l'arme à gauche.

Sa façon de parler un peu vulgaire me faisait grincer des dents, mais ce n'était pas le pire aspect de ce qu'il venait de m'avouer. S'il était vraiment au motel la nuit où Charles avait été tué, il avait un alibi. Mais alors, qui était l'assassin ?

Cela dit, le lendemain matin, Tina avait pris son petit déjeuner ici… Tony disait-il la vérité quand il affirmait qu'ils avaient passé la nuit au Timber Me Motel ? D'un autre côté, je ne savais pas si Tina venait de sa chambre ou bien de l'extérieur. Il était possible qu'elle soit arrivée à l'Oyster Cove juste après son interlude nocturne, ou qu'elle soit rentrée aux petites heures. S'ils essayaient de ne pas se faire repérer, ça semblait logique.

Tony dut se rendre compte que j'avais l'air sceptique, parce qu'il reprit la parole.

— Vous pouvez demander au shérif. En fait, il est passé me voir après que vous avez fourré le nez dans mes affaires. C'est pour ça que je sais quand le type a été tué. Le shérif a commencé à déblatérer en disant que j'étais suspect, et je lui ai répondu exactement la même chose qu'à vous. Il est allé au motel vérifier mon alibi. Et c'est pour ça que je suis ici ce soir. Je savais qu'il fallait que je m'explique et je voulais vous supplier de ne pas en parler à ma femme.

Avant que j'aie le temps de répondre, Tina redescendit avec le livre de cuisine. C'était un classeur bleu à trois anneaux, exactement tel qu'Ava nous l'avait décrit.

— Vous voyez ? C'est ça que j'ai pris dans la chambre de Charles, souffla-t-elle en baissant de nouveau les yeux. Je sais que c'était mal de le voler. Et après sa mort j'ai essayé de le remettre à sa place, mais la police était là, et ensuite, c'était vous, alors je me suis dit que comme il était mort, eh bien, je pouvais m'en servir…

J'ouvris le classeur. Il était plein de recettes rédigées à la main. Je me tournai vers Tony.

— Si tout ceci est vrai et que vous êtes simplement venu ici pour me parler, pourquoi avoir apporté votre hachoir ?

— Un hachoir ? s'exclama Tony en regardant ce qu'il avait en main. Oh ! ça ? Ce n'est pas un hachoir, affirma-t-il en me montrant le sac plastique qui se balançait de façon menaçante au bout de son bras.

Je fis un pas en arrière quand il plongea la main dedans.

— C'est une tarte à la ricotta. Je l'ai apportée en gage de réconciliation. J'espérais que, si je rentrais dans vos bonnes grâces, les vieilles folles et vous cesseriez de venir au restaurant et ne parleriez pas à ma femme de ma liaison avec Tina.

Et c'est ainsi que mon principal suspect s'évapora. Je pouvais facilement vérifier auprès de Seth que Tony ne mentait pas. Et pourquoi aurait-il menti, d'ailleurs ?

J'acceptai la tarte à la ricotta. Je fis la grimace en regardant Tony et Tina se dire au revoir en se bécotant, puis je retournai dans ma cuisine. J'étais au moins en mesure de proposer quelque chose à mes hôtes pour le petit déjeuner. En effet, je n'avais pas le temps de continuer à chercher une recette et à la préparer. Il fallait que je trouve un nouveau suspect.

Après avoir mis la tarte au frigo, je montai dans ma chambre avec les chats. D'accord, j'avoue avoir prélevé une toute petite part de tarte, mais simplement parce qu'il fallait bien que je la goûte avant de la servir à mes hôtes. Tina était repartie se coucher, et par une sorte de miracle la discussion dans le vestibule n'avait réveillé personne. Tout était calme et tranquille.

La suite du propriétaire n'était pas grande, mais elle était confortable et douillette. Peinte dans des tons neutres de gris et de moka, elle avait une petite cheminée, un salon donnant sur l'océan avec un banc de fenêtre molletonné de tissu bleu, une chambre située dans la tourelle et une petite salle de bains.

Ces couleurs, très tendance, se combinaient parfaitement avec la touche classique, le manteau de cheminée sculpté et le parquet, ce qui conférait à l'ensemble une ambiance éclectique. Je m'installai dans le convertible en microfibre et tirai sur moi une couverture en polaire. Les chats sautèrent immédiatement dessus et se pelotonnèrent à mes côtés. Le son de leurs ronronnements était apaisant. J'allais peut-être finir par m'habituer à leur compagnie.

Je sirotai ma camomille en grignotant la tarte à la ricotta. Elle était crémeuse et sucrée. Si je n'avais pas été mariée à un chef, j'aurais été écœurée à l'idée d'une tarte à la ricotta. C'était quand même un ingrédient qu'on mettait dans les lasagnes, non ? Mais j'y avais déjà goûté, et celle de Tony était bien meilleure que celle de Clive.

Tout en la savourant, je feuilletai le livre de recettes. Charles avait décidé d'en consacrer quelques-unes aux baies. Il avait même prévu un chapitre informatif sur chaque baie dont il parlait. Il y avait des tartes et des tourtes aux baies, des accompagnements aux baies et même du pain aux baies. Il y présentait aussi les groseilles du Cap. C'était peut-être pour ça qu'il était allé se promener sur la falaise, pour approfondir le sujet.

Je refermai le livre en soupirant.

— Bon, j'imagine que ces baies n'avaient probablement rien à voir avec la mort de Charles.

*Miaou.*

Nero bondit du canapé et se dirigea en trottinant vers le bureau en acajou que Millie m'avait laissé. Il jeta un coup d'œil à Marlowe, laquelle le rejoignit bientôt.

— Oui, je sais. C'est une impasse, hein ? Qui tuerait quelqu'un à cause d'une baie ?

Nero sauta sur le bureau et poussa un stylo de sa patte.

— Malheureusement, je suis de retour à la case départ.

*Miaooouuu !*

Le stylo tomba par terre.

— Hé ! Arrête ça !

Nero me fixa de ses yeux dorés et en fit rouler un deuxième.

— Mais tu le fais exprès !

*Miaou. Rooonnn.*

Il en balança un troisième.

— D'accord ! Maintenant, je vais me mettre en colère.

Je m'extirpai de mon cocon douillet, ramassai les stylos et les reposai sur la table. Marlowe était assise sur le banc de fenêtre, et je lui fis une caresse.

— Toi, au moins, tu es une bonne fille. Tu ne renverses pas les choses ! m'exclamai-je en jetant un regard accusateur à Nero.

Il plissa les yeux. *Miaoouu.*

Je continuai de caresser Marlowe, qui regardait par la fenêtre en direction du Smugglers Bay. Il ne pleuvait plus, et la lumière argentée de la lune découpait le contour des nuages et se reflétait sur les crêtes des vagues. Marlowe songeait probablement à sortir pour attraper des souris noctambules.

— Pas ce soir, mon amie.

*Miaoouu.*

Le ton de sa voix indiquait qu'elle n'était pas très contente, mais c'était moi la patronne.

*Miaoouu !*

Nero fit tomber un petit bloc-notes du bureau. Était-il jaloux parce que je m'intéressais un peu trop à Marlowe ?

*Miaoou !*

Elle sauta du banc et se jeta sur le bloc-notes, le déchirant de ses griffes.

*Miaoou !*

Nero s'y attaqua à son tour. Il en déchiqueta plusieurs pages.

À eux deux, ils étaient en train de mettre le bloc-notes en morceaux.

— Hé ! Hé ! m'écriai-je en le ramassant tandis qu'il glissait vers moi.

Les deux chats cessèrent leur manège et me dévisagèrent d'un air innocent.

Je posai les yeux sur la feuille, pratiquement réduite à une masse de confettis.

— Vos griffes sont vraiment acérées, les minets.

Ce bloc-notes n'avait pas grande valeur, mais j'avais commencé à écrire une liste de courses dessus, et à présent on ne lisait plus que les dernières lettres de chaque mot. C'était quoi, l'aliment dont le nom se termine par « eri » que je voulais acheter, déjà ? Céleri ? Quels autres mots avaient la même terminaison ? Ça ressemblait à la note trouvée dans la chambre de Charles et que la police interprétait comme une critique culinaire qui aurait causé sa mort. Moi aussi, j'avais adhéré à cette théorie, qui s'était révélée fausse. Et si mes hypothèses à propos du motif derrière ce meurtre étaient erronées, il était possible que ce petit bout de note ne soit même pas une critique, après tout.

Je me précipitai sur mon téléphone pour examiner la photo de ce papier, que Millie m'avait transférée.

… *ette*
… *ades*
… *son*

Et si « ette » venait du mot « mouette » ? Les mouettes étaient *malades*. La lettre pouvait-elle avoir un rapport avec ça ? Le dernier mot se terminait par « son ». Poison ? *Mouette, malades, poison.* On avait repéré Charles en haut de la falaise. Peut-être était-il tombé sur des preuves en rapport avec ce qui arrivait aux mouettes ? Et s'il savait qui se cachait derrière tout ça ? Ava avait déclaré que Charles n'était pas un homme très gentil ; il n'aurait probablement pas hésité à balancer ou à enfoncer le responsable, à mentir ou à tricher. Et il avait besoin d'argent.

Et si sa lettre était une menace de chantage ? La victime d'un chantage aurait un mobile bien plus sérieux pour tuer Charles qu'un restaurateur froissé par une critique.

Mais s'il s'agissait bien d'une lettre de chantage, et si c'était véritablement la raison de l'assassinat de Charles, qui donc en était la victime et que savait Charles sur elle… ou sur lui ?

# 15

Le lendemain matin, je disposai les parts de tarte à la ricotta dans un joli plat, de telle sorte que personne ne remarque que j'en avais pris une la veille. Comme je n'hébergeais que quatre hôtes, il y en avait assez pour tout le monde, et je voulais que le buffet présente bien. Mais on ne peut pas uniquement servir une tarte pour le petit déjeuner, alors je sortis également des œufs et du bacon. J'étais en train de casser les œufs quand Millie et maman entrèrent en trombe dans la cuisine.

— Josie ! Mauvaise nouvelle ! Seth Chamberlain m'a dit que Tony Murano ne pouvait pas être le meurtrier. Il a un alibi !

Millie m'écarta du bras et prit le relais dans la préparation des œufs. Ça m'allait bien. Je n'avais pas particulièrement la tête à cuisiner. En revanche, je mourais d'envie de leur raconter la visite de Tony et mes nouveaux soupçons sur les raisons pour lesquelles Charles avait été assassiné.

Comme si la voix de Millie les avait invoqués, Nero et Marlowe arrivèrent en trottinant et s'assirent à ses pieds, les yeux levés vers elle.

— Je sais, pour Tony, répondis-je tandis que le bacon finissait de griller en crépitant. Mais j'ai d'autres infos.

Les chats tournèrent leur regard vers moi. Je mis les tranches de bacon à égoutter sur une serviette en papier avant d'en placer quelques autres dans la poêle.

— Raconte ! s'exclama Millie.

Je leur révélai tout sur Tony et Tina, en précisant que celle-ci n'avait pas eu de liaison avec Charles, mais qu'elle avait volé un classeur plein de recettes dans sa chambre.

— Hum, eh bien ça, c'est embêtant.

Millie ouvrit le tiroir à épices et se mit à farfouiller dedans.

— Où est la vanille ? C'est l'ingrédient secret pour les œufs.

— Elle devrait se trouver là-dedans, répondis-je en jetant un coup d'œil dans le tiroir. Tiens ! Elle est au fond, là !

— Alors, qu'est-ce qu'on fait maintenant ? demanda maman en se servant une part de tarte à la ricotta et en s'attablant. On est revenues à la case départ avec les suspects.

— Pas forcément, dis-je. Je pense qu'on s'est simplement engagées sur une fausse piste avec cette histoire de critique culinaire.

Millie versa les œufs dans la poêle et commença à les brouiller tandis que je lui expliquais mon hypothèse selon laquelle la note était une lettre de chantage à propos des mouettes.

— Tu m'en diras tant ! lança maman en tournant le regard vers la crique. Tu crois que quelqu'un empoisonne délibérément les mouettes ?

— Peut-être. Charles a été vu sur la falaise, là où se trouvent leurs nids. Il a peut-être découvert que quelqu'un leur faisait quelque chose… Et j'ai déjà des suspects, ajoutai-je en baissant la voix.

— Qui ? demanda Millie en tirant d'un placard un saladier en argent pour y dresser les œufs brouillés à l'aide d'une louche.

— Eh bien, considérons le problème de façon logique, suggéra maman. Le fragment de note a été trouvé dans la chambre de Charles, ce qui semble indiquer que le tueur y est allé. Alors, qui est passé voir Charles ?

Je réfléchis quelques secondes tout en disposant les tranches de bacon sur un plat de porcelaine.

— Je ne pense pas qu'il ait reçu des visites. Du moins, je n'ai repéré personne.

— Ava Grantham affirme qu'elle a surpris Tina qui sortait de sa chambre, remarqua Millie.

— Mais Tina y était allée pour voler le livre de recettes. Et à ce moment-là Charles n'était même pas dans la maison, parce qu'elle l'avait aperçu sur la falaise, répondis-je en piochant une tranche de bacon dans le plat pour la croquer. Mais il aurait pu écrire cette lettre avant, prendre la personne à partie et… c'est là qu'ils auraient déchiré la feuille, dont Charles aurait gardé un bout.

— Mais à un moment donné le tueur a dû venir ici, soit la nuit où il a tué Charles, soit lorsqu'il a saboté l'escalier. Et personne n'a vu d'intrus dans la maison, signala Millie. Entre Josie, Flora et Mike, je pense que quelqu'un l'aurait repéré.

— Charles a été assassiné en pleine nuit. Tout le monde dormait, répliqua maman.

Elle coupa un petit bout de bacon en deux morceaux qu'elle jeta à Nero et Marlowe.

— N'abuse pas trop de ça, Rose, la prévint Millie. Ce n'est pas bon pour eux. Josie, j'espère que tu ne vas pas prendre l'habitude de mal nourrir les chats, comme ta mère !

— Hein ?

Je ne l'avais pas écoutée parce que mon cerveau s'efforçait toujours d'expliquer pourquoi personne n'avait repéré d'intrus dans la maison.

— Et si personne n'avait vu d'intrus parce que l'assassin est l'un des hôtes ?

— Oui, mais qui ?

Je vérifiai d'un coup d'œil qu'aucun d'eux ne traînait dans le couloir. Surtout ceux qui venaient de remonter tout en haut de ma liste de suspects. Mais les lieux étaient déserts.

— Les Weatherby, murmurai-je. Ils s'intéressent beaucoup aux mouettes, et Flora a trouvé de la paille et des plumes dans leur chambre. Tina affirme qu'elle les a vus sur la falaise près des nids !

— Évidemment, répondit Millie en me regardant comme si j'étais timbrée. Ils sont venus observer les oiseaux. Tu as remarqué qu'ils ont toujours des appareils photo et des jumelles.

— Oh ! ça oui ! Mais l'autre jour Mike a posé une question à Ron sur son appareil photo, et d'après Mike ses réponses suggéraient qu'il n'y connaissait pas grand-chose. Or, s'il passait sa vie à observer les oiseaux, il devrait plutôt être expert en la matière, non ?

Maman serra les lèvres.

— Peut-être. Mais tu sais que nous autres, les personnes âgées, on n'est pas très douées pour la technologie. J'ai dû demander à ton frère de m'aider avec mon nouveau smartphone.

Millie acquiesça.

— Elle a raison. Et les Weatherby n'ont pas l'air d'être du genre à fracasser le crâne de quelqu'un pour faire croire qu'il est tombé dans l'escalier.

— C'est vrai, et pour y parvenir il fallait un certain savoir-faire en matière de charpenterie, ajouta maman.

— C'est possible, admis-je. Mais ils ont peut-être pensé que le shérif vieillissant d'une petite ville ne se rendrait pas compte que la scène de crime avait été maquillée. Je me rappelle une remarque de Ron à propos des forces de l'ordre dans les petites villes qui seraient incapables de travailler correctement. Il misait peut-être là-dessus.

Millie et maman froncèrent les sourcils.

— Vieillissant, tu dis ? Seth a le même âge que nous ! s'insurgea maman.

— Euh… Je voulais dire senior.

— Bon, de toute façon, c'est l'heure de servir le petit déjeuner ! trancha Millie en prenant les plats. Entre-temps, nous devons découvrir ce que trament les Weatherby.

— Et comment va-t-on procéder ? dit maman en lorgnant le plat où j'avais disposé les parts de tarte comme si elle était en train de les compter pour vérifier qu'il lui en resterait.

— On leur demande qui les a vus et ce qu'ils faisaient exactement. Est-ce qu'ils se contentaient d'observer les oiseaux ou magouillaient-ils autre chose ? Ce genre de trucs, répondit Millie.

— Et Barbara Littlefield ? poursuivit maman. Elle traîne toujours là-haut pour materner ses pédiculaires. Si les Weatherby ont manigancé un truc, il y a des chances qu'elle les ait percés à jour. Je pense que quelqu'un devrait aller lui parler.

Je pris une carafe de jus d'orange dans le frigo et suivis Millie dans la salle à manger. Maman avait raison pour Barbara. L'inspectrice en bâtiment pourrait peut-être enfin mettre ses talents de fouineuse au service d'une cause utile.

# 16

Millie et Maman avaient coulé des regards suspicieux aux Weatherby pendant toute la durée du petit déjeuner. C'était incroyable qu'ils n'en aient pas déduit qu'on les soupçonnait. Moi-même, j'avais du mal à les quitter des yeux, à la recherche d'un comportement louche, mais ils agissaient de façon tout à fait normale. Tina, d'un autre côté, n'arrêtait pas de m'observer, puis de détourner le regard, et elle faisait tout le temps tomber des trucs par terre. À l'évidence, elle était angoissée à l'idée que j'aie parlé à tout le monde de sa liaison avec Tony. Mais je ne l'avais pas fait. C'était le cadet de mes soucis.

Ava, qui semblait ne se rendre compte de rien, savourait ses deux parts de tarte à la ricotta et sirotait son thé dans une fine tasse de porcelaine tout en bavardant avec Millie et maman.

Une fois le petit déjeuner terminé, maman et Millie m'avaient aidée à débarrasser, puis après avoir tiré à la courte paille j'avais été chargée de discuter avec Barbara. Voilà pourquoi je me retrouvais à la mairie, devant son bureau, avec la dernière part de tarte à la ricotta dans un Tupperware.

La porte en chêne de son bureau était imposante. Je n'aurais pas été surprise si elle avait arboré un gigantesque heurtoir métallique et si ses gonds grinçaient, mais c'était juste une porte à quatre panneaux.

— Allez-y, vous pouvez frapper, Barbara n'est pas occupée ! me lança la réceptionniste en me voyant hésiter. Et elle ne mord pas !

J'inspirai un grand coup en me demandant à quel point je souhaitais découvrir si elle avait eu vent d'activités étranges de la part des Weatherby sur la falaise. Je me souvins alors que le shérif croyait encore que j'avais joué un rôle dans cette histoire de meurtre, et je toquai à la porte.

— Qu'est-ce que vous voulez ? brailla-t-elle à travers le battant d'un ton fort peu amical.

— Euh… C'est Josie Waters. Je vous ai apporté une part de tarte.

— Oh ! très bien. Entrez, comme ça je pourrai vous remettre cette amende en mains propres.

Génial ! J'ouvris quand même, en songeant qu'elle me collerait l'amende quoi qu'il arrive, mais que la tarte l'adoucirait peut-être un peu. De toute façon, il fallait que je l'interroge à propos des Weatherby.

Je ne sais pas quelle idée je m'étais faite de son bureau. Je m'attendais à une pièce spartiate et peu accueillante, avec des meubles en acier inoxydable, un tapis banal et des chaises en plastique très peu confortables. Mais c'était tout autre chose. On aurait dit un paradis tropical.

Des plantes vertes luxuriantes s'alignaient sur les rebords de fenêtres et occupaient toute la place disponible sur les tables et sur son bureau. Il y en avait de toutes tailles. Certaines ressemblaient à de grands palmiers plantés dans de gigantesques pots aux angles de la pièce, d'autres n'étaient encore que des semis placés sous des lampes à néon. La chaleur était étouffante.

— Bien, bien, bien... Je ne m'attendais pas à vous recevoir, et je n'en avais pas particulièrement envie non plus, mais j'imagine que ça tombe bien.

La voix de Barbara provenait d'un point devant moi, mais je ne distinguais que des plantes. Puis deux mains crochues comme des serres écartèrent les feuilles d'un bosquet de philodendrons géants et son visage apparut, les yeux plissés, la bouche tordue en un rictus amer.

— Salut, Barb... Euh, je veux dire madame Littlefield ! m'exclamai-je en essayant d'adopter un ton joyeux. Il me restait une part de tarte après le petit déjeuner et Millie a pensé que ce serait sympa de vous l'apporter.

En entendant le raclement d'une chaise, je supposai qu'elle venait de se lever. Je n'en étais pas sûre à cause de la taille des plantes qui me la dissimulaient. Puis elle apparut sur le côté de son bureau (et oui, il était bien en métal gris terne, comme je l'avais imaginé).

— Millie Sullivan, dites-vous ? lança-t-elle en examinant la part de tarte d'un air soupçonneux.

J'espérais qu'elle ne s'apercevrait pas que c'était Tony qui l'avait faite. Était-ce contraire à l'étiquette d'offrir le cadeau de quelqu'un autre ?

J'acquiesçai en la lui tendant. Barbara me la prit des mains et trouva un recoin libre sur son bureau pour la poser, puis elle croisa les bras.

— C'est une tentative de corruption, ça, non ?

— Quoi ? Bien sûr que non !

— Je n'accepte pas les pots-de-vin ! avertit-elle en me fourrant un bout de papier dans les mains. Voici votre amende, motivée par la présence d'un cadavre dans vos locaux à l'heure du petit déjeuner.

— On peut vraiment écoper d'une amende pour ça ?

Je saisis le papier d'une main moite et le regardai fixement. Je ne savais pas si j'étais en sueur à cause des deux cent cinquante dollars d'amende ou de la chaleur tropicale qui régnait dans la pièce. Deux cent cinquante dollars ? Je pouvais difficilement réunir une telle somme, mais il était inutile de discuter avec elle. En outre, il valait mieux ne pas la mettre en colère, parce que j'avais encore beaucoup de travaux de rénovation à faire pour lesquels il me faudrait son autorisation.

Barbara, elle, ne semblait pas affectée par la chaleur suffocante.

— Oui, on peut, et vous avez trente jours pour la payer. Vous feriez bien de vous reprendre, parce que vous pourriez bientôt être obligée de fermer l'Oyster Cove.

Je déglutis, le front en sueur. J'avais l'impression d'être une lycéenne dans le bureau du proviseur.

— Oui, madame.

— OK. Maintenant, du balai !

Quand il faut y aller, il faut y aller ! Je devais lui poser la question à propos de la falaise. Je m'essuyai les yeux et, en regardant les plantes, l'inspiration me frappa. La meilleure façon d'amener quelqu'un à vous apprécier est de lui parler de choses qui l'intéressent !

— Je vois que vous avez de très jolies plantes, ici. Elles ont l'air de vraiment bien se porter.

Elle me dévisagea en fronçant les sourcils.

— Et qu'est-ce que ça peut vous faire ?

— Rien. C'est juste que… euh… elles sont jolies.

— Merci, marmonna-t-elle en clignant les yeux.

Je vis son regard se radoucir, mais il reprit presque aussitôt sa sévérité habituelle.

Ça ne se passait pas du tout comme je l'avais escompté. Bon, il fallait que je me montre plus précise et que je la fasse parler. Je m'approchai des plantes qui poussaient sous les lampes et fis semblant de les admirer, tandis que des filets de sueur me coulaient dans le dos. Sur l'étagère du bas, certaines étaient mortes, et je pris soin de ne pas le mentionner, me focalisant plutôt sur celles qui étaient encore en vie.

— Prenez celles-ci, par exemple. Elles sont très vertes, même si elles sont jeunes.

Je me penchai et tendis la main pour les toucher.

— Attention ! cria Barbara en se précipitant vers moi.

Elle était à deux doigts de me donner une tape sur la main.

— Ce sont des pédiculaires, et l'espèce est menacée. Faites très attention.

Bingo ! L'ouverture idéale pour aborder le sujet de la falaise.

— En parlant de ça, j'ai entendu certains de mes hôtes évoquer les pédiculaires, et je me demandais si vous les aviez rencontrés sur les falaises.

— Vos hôtes ? Non. C'est une zone protégée.

— Je sais. Mais la vue est très belle.

— La vue ? Quelle stupidité ! Une espèce menacée pousse là-bas, et personne n'est autorisé à y aller.

— Mais les Weatherby sont de fervents ornithologues amateurs, et les mouettes font leurs nids non loin de là. D'ailleurs, elles mangent aussi les baies. Vous devez les avoir croisés, non ?

Elle me lança un regard noir.

— Personne ne se rend là-haut ! insista-t-elle.

Mince ! Elle n'avait rien vu. Si elle les avait aperçus dans cette zone, elle en aurait probablement fait tout un plat. Était-il possible que je sois sur une mauvaise piste, et que Charles et les Weatherby ne soient pas montés sur la falaise ?

— Pas même Charles Prescott ?

— L'homme qui a été assassiné ?

J'acquiesçai.

— Non. Je ne l'ai jamais rencontré, et encore moins dans une zone protégée. Je lui aurais mis une amende, si ça s'était produit. Maintenant, si vous en avez terminé avec vos questions insensées et vos tentatives de corruption, j'ai du travail !

Elle me poussa pratiquement dehors.

Je supposais que Charles aurait pu se promener là-haut quand Barbara ne s'y trouvait pas. Elle passait beaucoup de temps à s'occuper des pédiculaires, mais elle ne pouvait pas y être en permanence. Et si les Weatherby tramaient quelque chose, ils devaient certainement veiller à le faire quand ils étaient seuls, non ? Malheureusement, j'avais fait chou blanc avec cette visite, mais ce n'était pas parce que Barbara n'avait vu personne que personne n'était allé là-bas.

Barbara n'avait pas été une mine d'informations, et je partis de son bureau avec un sentiment de déception. J'avais espéré qu'elle corroborerait ma théorie sur les Weatherby et qu'elle aurait été témoin de leurs activités louches.

Étant donné que j'étais en ville, je me dis que je pouvais passer voir Jen à l'improviste. Lui parler me remontait toujours le moral, et je pouvais lui exposer mes hypothèses pour qu'elle m'aide à déterminer quelles étaient mes options. Maman et Millie étaient de bonnes partenaires d'investigation, mais j'avais besoin d'un autre avis sur la question.

Tandis que je me dirigeais vers le bureau de poste, mon téléphone vibra. C'était un SMS d'Emma :

Juste un coucou. Comment vas-tu ?

C'était vraiment gentil de sa part, non ? Ma fille prenait le temps de s'enquérir de moi, malgré toutes ses obligations. Mais je fronçai aussitôt les sourcils. Elle avait peut-être discuté avec maman, laquelle lui avait probablement rebattu les oreilles avec des histoires de cadavre et de suspects potentiels.

Je vais bien. N'écoute rien de ce que ta grand-mère te raconte.

Sa réponse arriva quelques secondes plus tard.

LOL. Je veux simplement que tu ne prennes pas de risques. Souviens-toi qu'il ne faut pas tirer de conclusions hâtives sans les étayer par des preuves. C'est ce qu'on m'apprend à l'académie.

Les rôles s'étaient inversés. Quand Emma était adolescente, je lui envoyais des textos pour qu'elle ne se mette pas dans le pétrin, et maintenant c'était à son tour de le faire. Mais elle avait raison. Avais-je suffisamment de preuves pour accuser les Weatherby, ou bien avais-je tiré des conclusions hâtives ?

Ne t'inquiète pas, je ne le ferai pas. Je suis trop occupée à gérer la maison d'hôtes pour ça.

OK, c'était un petit mensonge. Probablement pas pire que ceux qu'elle m'envoyait par texto quand elle était jeune. Mais sa réponse me remplit de culpabilité, bien sûr.

OK, maman. Il faut que j'y aille. Je t'aime !

Je t'aime aussi.

Je remis mon téléphone dans ma poche et continuai mon chemin vers le bureau de poste, sans cesser de penser aux

Weatherby. Je commençais à douter de ma nouvelle théorie. Qu'est-ce que j'avais vraiment contre eux ? Ils ignoraient certaines informations techniques sur les appareils photo et on avait trouvé de la paille et des plumes dans leur chambre. Plutôt mince.

Je tins la porte à deux personnes âgées qui sortaient du bureau de poste au moment où j'y arrivais. Leurs sourires s'effacèrent quand elles me reconnurent, et elles s'écartèrent de moi comme si j'étais contagieuse.

— Bonjour, madame Fisher et madame Newhart, lançai-je poliment.

Mme Newhart plissa les yeux en hochant la tête. Mme Fisher la prit par le bras et l'entraîna dans la rue. Elles s'éloignèrent à petits pas, leurs têtes l'une contre l'autre, et leurs collants plissés à hauteur des chevilles. Je crus entendre certains mots dériver jusqu'à moi : « … on m'a dit qu'elle est impliquée dans un meurtre… »

Oh non ! Le moulin à rumeurs d'Oyster Cove tournait à plein régime, et c'était moi qui l'alimentais. Ça n'aurait pas dû me surprendre, je savais que tous les bons ragots passaient par le bureau de poste. Ça me donnait d'autant plus de raisons d'aider le shérif Chamberlain dans son enquête. Je franchis la porte avec encore plus de détermination.

À l'intérieur, Jen se trouvait devant le comptoir, une pile d'enveloppes de soixante centimètres de haut sur sa gauche, un gros tampon rond sur sa droite et une expression de colère sur le visage.

*Stchonk. Stchonk. Stchonk.*

Elle prenait une enveloppe dans la pile, la tamponnait, et la plaçait sur sa droite.

— Qu'est-ce que tu fais ?

Elle me fusilla du regard.

— La machine à timbrer est cassée. C'est nul, mais je dois tout faire à la main.

— Je peux t'aider ?

Elle s'interrompit et m'adressa un sourire.

— Non. Merci de me le proposer, mais je n'ai qu'un seul tampon. En revanche, je veux bien de ta compagnie, parce que c'est barbant.

*Stchonk. Stchonk.*

— J'ai des nouvelles qui vont t'égayer.

Elle me regarda sans même ralentir le rythme de ses gestes.

— Oh ? Tu as découvert qui était l'assassin ?

— Plus ou moins. Tu te souviens que je t'avais parlé de l'empreinte sous ma fenêtre et de la mauvaise critique que Charles avait écrite sur le Marinara Mariner ?

— Ouais.

*Stchonk. Stchonk.*

— Eh bien, j'avais en partie raison.

Elle s'interrompit et leva les yeux.

— Tony était vraiment l'assassin ?

— Non. Mais l'empreinte était bien la sienne.

— Mais si ce n'était pas lui, que faisait-il donc là ? demanda-t-elle en reprenant sa tâche.

Je lui racontai la visite de Tony et la confession de Tina.

— J'ai de nouveaux suspects, à présent. Je pense que ça pourrait être le vieux couple qui loge chez moi.

— Les ornithologues amateurs ? Pourquoi ?

— D'après Flora, il y avait de la paille et des plumes dans leur chambre. Comme dans les nids d'oiseaux, tu sais ?

*Stchonk.*

— Flora n'a pas une très bonne vue, et elle a tendance à exagérer !

— Eh bien, on les a aperçus près des nids des mouettes.

— Qu'est-ce que ça a de bizarre ? Ils observent les oiseaux, non ?

*Stchonk. Stchonk.*

Hum… Elle n'avait pas tort. Peut-être voyais-je le mal partout. Mais ils étaient mes uniques suspects.

— Mike affirme qu'ils ne maîtrisent pas les caractéristiques de l'un des appareils photo qu'ils utilisent. D'après moi, c'est bizarre pour des ornithologues amateurs aussi passionnés.

Jen s'interrompit de nouveau et m'adressa un sourire espiègle.

— Alors comme ça, tu traînes avec Mike.

— Non !

À en croire le coup d'œil entendu qu'elle me lança, ma protestation devait être un poil trop véhémente.

— Il n'a vu l'appareil photo que parce qu'il travaille à la maison d'hôtes, répondis-je nonchalamment et d'une voix plus mesurée. Mais plus pour longtemps, j'espère.

— C'est cela, oui ! Allez ! Je sais que tu en pinçais pour lui au lycée. Admets-le. Tu aimes bien qu'il soit dans le coin.

— C'était il y a plus de vingt ans. Depuis, j'ai été mariée. Et de toute façon, qui s'accroche à ses amours adolescentes ?

Elle me jeta un regard sceptique et se remit à tamponner ses enveloppes.

— Ce n'est pas parce que tu as épousé un crétin que tous les hommes doivent te rendre amère. Regarde tous les imbéciles avec qui je suis sortie avant de tomber sur l'homme parfait.

Ce n'était pas une blague, Jen avait fréquenté pas mal de types nuls, mais à présent elle avait trouvé son âme sœur. J'enviais un peu le bonheur de son couple, mais je doutais qu'il m'arrive la même chose. Je n'étais plus de première jeunesse.

— Je ne crois pas être encore prête à sortir avec quelqu'un.

— Oh ! Alors ça veut dire qu'il y a une chance que tu le sois un jour. Bien ! Je vais garder ça à l'esprit.

— Super ! Mais revenons à nos moutons...

Elle fit la grimace, comme si elle essayait de se remémorer tous les détails de l'affaire.

— Bon ! Et le sabotage. Ron aurait-il pu faire ça ?

Je m'étais posé la même question, mais ce n'était pas comme s'il fallait beaucoup de force ou de talent pour scier ces lattes. Il suffisait de savoir où pratiquer les incisions, mais ce n'était pas de la physique quantique.

— Ron a peut-être été charpentier. Ce que je veux dire, c'est qu'il était parfaitement en mesure d'exécuter ce sabotage, et qu'il a fait une remarque à propos de l'incompétence de la police dans les petites villes, alors je me demande s'il ne misait pas sur le fait que Seth Chamberlain ne s'en apercevrait pas et conclurait à un accident.

Jen s'arrêta quelques secondes pour réfléchir.

— Ça fait effectivement pas mal de points en leur défaveur. Mais je n'arrive pas à croire que des personnes aussi gentilles puissent être des assassins. Les Wesson sont tellement sympas.

— Les Wesson ? Les Weatherby, tu veux dire !

Elle prit un air perplexe.

— Non. Les Wesson. L'autre jour, ils sont venus récupérer un colis, et je suis certaine que c'était le nom qui figurait dessus.

— Mais quand ils se sont enregistrés, c'était au nom de Weatherby. C'était sur leur permis de conduire.

Jen haussa les sourcils.

— Et s'ils avaient de faux papiers ? Si ce sont les assassins, ils pourraient se faire passer pour quelqu'un d'autre.

— Pourquoi ? Je doute qu'ils soient venus ici en sachant qu'ils allaient tuer quelqu'un.

D'un autre côté, s'ils étaient là pour empoisonner les mouettes, une fausse identité était envisageable.

— Des tueurs de mouettes en série ? Qui sait ? Avec un faux nom, ils pourraient décimer des colonies d'oiseaux avant de disparaître, et personne ne pourrait remonter jusqu'à eux.

Ça me paraissait logique.

— Tu as peut-être mis le doigt sur quelque chose. Il y a vraiment un truc pas clair avec ce vieux couple.

— Et il n'y a qu'une seule façon de savoir ce que c'est.

— Laquelle ?

— De les suivre et de voir ce qu'ils trament. S'ils ont tué Charles parce qu'il avait découvert ce qu'ils manigancent et qu'ils n'ont pas quitté la ville juste après, il y a des chances qu'ils soient toujours en train de magouiller quelque chose.

# 17

Nero se tapit sur le seuil de la librairie quand il vit Josie sortir du bureau de poste.

— Reculez ! Elle va nous apercevoir !

Marlowe se plaqua au sol à côté de lui. Juliette, Boots, Stubbs, Poe et Harry se contentèrent de le regarder.

— Quelle importance si elle te repère ? demanda Stubbs.

— On ne veut pas qu'elle pense qu'on la suit.

— Ah ! Vous continuez à jouer la froideur ? dit Juliette en faisant sa toilette.

— Ouaip, répondit Marlowe. Et on n'a pas envie qu'elle nous enferme à l'intérieur ou quelque chose dans le genre. Nous devons être libres de nos mouvements pour la protéger.

Tous les chats frissonnèrent à l'idée d'être cloîtrés entre quatre murs. Certes, beaucoup d'humains essayaient de limiter leurs activités en plein air, en croyant que c'était dans leur propre intérêt, et c'était peut-être vrai pour des chats normaux. Mais Nero et sa bande étaient spéciaux, et ils avaient besoin d'aller et venir à leur guise. Sinon, comment pourraient-ils résoudre des mystères ?

— Surtout que j'ai l'impression qu'elle court le mauvais lièvre, répliqua Nero en jetant un œil hors de sa cachette.

Josie était quasiment à un pâté de maisons. Il se faufila dehors et la suivit de loin en prenant soin de rester près des immeubles et de se cacher dans les embrasures des pas de porte quand c'était possible. Les autres étaient sur ses talons.

— Courir le mauvais lièvre ? lança Poe. C'est le genre de choses que le lévrier de Mme Peterson ferait !

— Je l'ai déjà vu aboyer après tout et n'importe quoi, renchérit Harry.

— Très drôle ! fit Boots en lissant ses longues moustaches pour qu'elles se recourbent. Nero veut dire qu'il pense que Josie fait fausse route. Pourquoi ne nous mets-tu pas au courant, Nero ?

— Hier soir, à la maison d'hôtes, il y a eu un incident qui a éliminé certains suspects.

Nero leur raconta que Tony était venu, et ce qui s'était passé ensuite. À vrai dire, il embellit un petit peu la narration pour laisser entendre que Marlowe et lui avaient empêché Tony de faire du mal à Josie, mais comme Marlowe ne le contredit pas il estima qu'il était dans son droit. Et si les choses en étaient arrivées là, c'était certainement ce qu'ils auraient fait.

— Mince ! s'écria Stubbs. J'étais convaincu que cette empreinte était un indice en béton et que Tony allait porter le chapeau. Alors, qu'est-ce qu'on fait maintenant ?

— Une fois Tony innocenté, on savait que Josie devait revenir à l'indice précédent. La note.

Nero se cacha vivement derrière un arbre lorsque Josie se retourna.

— Chapristi, est-ce qu'elle nous a vus ?

Marlowe, qui s'était tapie à côté de lui, hasarda un œil dehors.

— Je ne crois pas. On dirait qu'elle monte dans sa voiture.

— Hum… J'aimerais bien savoir où elle va.

Nero plissa les yeux pour observer Josie, qui s'installait derrière le volant de sa Dodge, une berline vieille de douze ans.

— J'espère qu'elle retourne à la maison d'hôtes ! s'exclama Harry.

— On peut prendre le raccourci pour rentrer, suggéra Nero.

— Tu l'as persuadée de jeter un coup d'œil à cette note ? Je croyais qu'elle était entre les mains de la police, dit Boots.

Marlowe acquiesça.

— Ça nous a coûté beaucoup d'efforts, mais elle a fini par comprendre. Heureusement, elle l'avait en photo dans son smartphone.

— Et qu'est-ce qui s'est passé ? Ne me dis pas que c'était un mauvais tuyau ! lança Stubbs, toujours friand de son argot de romans policiers.

— Elle a découvert les significations potentielles du message, répondit Nero.

— Josie semble beaucoup apprécier les mots croisés et les énigmes. Je l'ai souvent vue en faire, ajouta Marlowe.

— Elle a trouvé quelque chose ? demanda Juliette.

— À présent, elle soupçonne les Weatherby. Je crains qu'elle n'aille au-devant du danger, et je tiens à rester près d'elle.

Quand la voiture de Josie s'engagea sur la chaussée, Nero plongea sous un buisson, en flanquant la trouille de sa vie à un moineau qui sortit de l'autre côté comme un boulet de canon.

— Tu es sûr qu'elle a raison de soupçonner les Weatherby ? demanda Boots. Mes moustaches frémissent à cette idée, et pas de la bonne façon.

— Il y a des indices. On a trouvé des plumes de mouettes et des brindilles de nids dans leur chambre, répondit Marlowe.

— Et je les ai repérés du côté des nids, ajouta Juliette.

— Ils semblent s'intéresser outre mesure aux mouettes, et Josie s'est dit que la note pouvait être une menace de chantage, si Charles avait surpris quelqu'un en train de nuire aux mouettes d'une façon ou d'une autre, précisa Nero.

— Tu penses que tout cela a quelque chose à voir avec ce qui leur arrive ? demanda Harry.

— C'est possible.

Nero ressortit de sous le buisson en secouant les feuilles accrochées à son pelage, puis il prit soin de nettoyer la terre qui aurait pu maculer la tache blanche sur sa poitrine.

— Quelle que soit la véritable raison, Josie est décidée à trouver l'assassin. Sa réputation est en jeu, après tout.

— Bien sûr. Et comme toujours, nous devons l'aider.

— Très bien. Bon, nous devons nous dépêcher ! s'exclama Nero en prenant la direction du raccourci qui menait à la maison d'hôtes. Je vous tiens au courant.

— N'hésite pas à nous dire si tu veux qu'on fasse quelque chose ! lui cria Poe.

— Tu sais où nous trouver ! ajouta Harry.

— Je surveillerai la falaise depuis le beffroi ! ronronna Juliette.

Nero se mit à galoper, suivi de près par Marlowe. S'ils faisaient vite, ils seraient de retour à la maison d'hôtes avant que Josie puisse faire quelque chose qui la mettrait en danger.

J'attendis presque toute la journée que les Weatherby se décident à bouger en faisant semblant de m'activer avec mon plumeau dans les pièces du rez-de-chaussée. Je traînais dans le vestibule pour les repérer au cas où ils sortiraient, mais au bout d'un certain temps je n'eus plus rien à épousseter ou à remettre d'aplomb.

J'avais un peu l'impression d'être un harceleur, à les guetter comme ça. Mon comportement était-il légitime ? S'ils étaient innocents, je les verrais simplement prendre des photos d'oiseaux. Mais dans le cas contraire...

J'avais aussi éprouvé la sensation distincte que quelqu'un... ou quelque chose... me suivait quand j'étais partie du bureau de poste. Je n'avais repéré personne en jetant un coup d'œil discret par-dessus mon épaule, et la voiture des Weatherby était dans le parking à mon retour (et j'avais vérifié que son moteur était froid en posant la main sur le capot), alors ce n'était pas eux. Et s'ils étaient innocents ? Si le véritable tueur était désormais sur mes talons ?

Les chats se comportaient de façon étrange, eux aussi. Ils étaient entrés en trombe dans la maison quelques minutes après mon arrivée, et depuis ils ne me quittaient pas des yeux. Et voilà que maintenant ils venaient de disparaître à nouveau. Un craquement dans l'escalier me sortit de ma rêverie.

— Oh ! salut, Josie, lança Ron. Euh, j'ai vu Flora faire le ménage dans cette pièce ce matin, ajouta-t-il avec un regard soupçonneux. Combien de fois allez-vous astiquer ce salon ?

— Ce n'est jamais assez propre ! m'exclamai-je. Les vieilles baraques sont toujours pleines de poussière.

— Hum. C'est vrai. Eh bien, ma femme et moi allons nous promener, indiqua-t-il en brandissant l'appareil photo qui se balançait à son cou. On va tenter d'observer des hirondelles bicolores.

— On en a dans la région ?

Je n'avais jamais entendu personne les mentionner. Était-il en train d'inventer ça de toutes pièces ? Si c'était lui, le tueur, c'était probable. Mike avait dit qu'il trouvait bizarre son ignorance du fonctionnement de son appareil, peut-être mentait-il aussi à présent ? Si j'avais écouté le neveu de Millie, je me serais rendu compte plus tôt que Ron pouvait être l'assassin. Mais ça, bien sûr, je ne comptais pas l'avouer à Mike.

— Elles sont très rares, mais on a bon espoir ! lança Iona en entraînant Ron vers la porte.

Je les suivis des yeux et les vis s'engager sur le sentier qui longeait la propriété, remontait au-dessus du Smugglers Bay par la colline et menait aux falaises où nichaient les mouettes. Je posai mon plumeau pour leur emboîter le pas.

J'ai toujours aimé la sérénité des promenades en forêt avec les écureuils et les oiseaux pour unique compagnie. L'odeur des pins et les taches des rayons de soleil qui filtrent entre les branches sont magiques. Mais pas ce jour-là. Ce jour-là, la forêt ne dégageait qu'une sensation de mauvais augure, et m'y trouver toute seule n'avait rien de serein.

J'atteignis une fourche. Quel embranchement avaient-ils pris ? Je scrutai le sentier de droite, et au bout d'un moment je vis quelque chose de rouge bouger entre les arbres. Le chemisier d'Iona. Je pressai le pas. Quelque chose de sombre passa juste devant moi, me faisant trébucher.

— Ouh là !

*Miaoouu !*

Nero bondit sur un rocher et se mit à ronronner.

— Hé ! Fais attention, murmurai-je pour ne pas alerter les Weatherby.

*Ron-ron.*

Marlowe s'enroula autour de mes chevilles.

— Disparaissez ! Ouste ! Je suis occupée.

Je l'enjambai et poursuivis mon chemin, en ralentissant juste avant d'arriver à un coude. Je craignais que les Weatherby ne m'aperçoivent s'ils avaient ralenti l'allure, ce qui était probablement le cas, car le sentier était escarpé. Moi-même, je sentais que j'en mourais d'envie, et ils étaient bien plus âgés que moi. J'aurais certainement pu prendre mon temps, les laisser gagner les falaises et voir ce qu'ils y tramaient. Mais si jamais ils faisaient quelque chose en chemin ? Je ne voulais pas louper ça.

*Miaoouu !*

Nero me dépassa comme une flèche et se mit en travers de ma route, m'empêchant quasiment de passer.

— Fais attention, murmurai-je en l'enjambant à son tour.

Ces satanés chats allaient tout faire rater.

Je franchis le coude du sentier. Pas de Weatherby. J'accélérai un peu, de crainte de louper quelque chose.

Nero et Marlowe trottinaient devant moi de la plus irritante des façons. C'était presque comme s'ils essayaient de me faire trébucher.

Un autre éclat de rouge ! Ils se trouvaient juste devant moi. Je ne voulais pas les perdre, mais je ne pouvais pas les laisser se rendre compte de ma présence.

Je m'avançai en tendant le cou pour les repérer. Ils étaient probablement derrière le coude suivant, que je négociai avec prudence.

Personne.

Je pressai le pas. Peut-être le prochain coude ?

Non. Mais où étaient-ils donc ? Les avais-je perdus ? Et où étaient passés les chats ? Ils étaient partis en courant et…

— Josie ? Mais que faites-vous là ?

Je me retournai. Ron et Iona Weatherby me bloquaient le passage.

— Josie. Quelle surprise !

Effectivement, Iona avait l'air étonnée. Mais comment s'étaient-ils glissés derrière moi sans que je m'en rende compte ? Et pourquoi m'avaient-ils alors emboîté le pas ? Avaient-ils compris que je les suivais et voulaient-ils se confronter à moi ? Serais-je la prochaine victime ? Je tendis mes muscles, prête à m'enfuir. Dommage qu'ils me bloquent la route. Je n'avais d'autre issue que de prendre la direction des falaises. La vision de mon corps fracassé sur les rochers me vint à l'esprit.

*Miaoou.*

Nero, ce traître, se frottait contre les chevilles d'Iona, qui se pencha pour le caresser.

— On ne savait pas que vous aimiez la nature, dit Ron en s'approchant avec une expression soupçonneuse.

— Oui. Beaucoup ! Mais je n'ai guère le temps d'en profiter avec tout ce que je dois faire à la maison d'hôtes, bafouillai-je tout en essayant de planifier ma fuite.

Je pouvais foncer vers le grand pin, le contourner, sauter par-dessus le chêne abattu et couper à travers la forêt pour rejoindre l'autre sentier en contrebas. Ils étaient vieux. Je devrais être en mesure de les semer.

*Miaoou !*

Nero trottina vers Ron et, comme avec Iona, se mit à ronronner en se frottant contre ses chevilles.

— Oui, bien sûr, répondit Ron. Mais vous venez souvent ici ?

— Euh… Ouais.

— Et je suppose que vous poussez jusqu'à la falaise ? demanda Iona en se redressant. La vue est magnifique.

— Oui, bien sûr. Qui ne le ferait pas ? C'est là que vous allez ?

Quitte à être coincée ici, autant leur poser quelques questions et tenter de faire en sorte qu'ils s'incriminent.

— Oh oui, dit Ron en soulevant son appareil photo. Pour observer les oiseaux.

— Les mouettes ? m'enquis-je d'un ton que je voulais nonchalant.

Il fronça les sourcils.

— Que savez-vous à propos des mouettes ?

Aha ! Vu le ton de sa voix, il était manifestement inquiet, voire coupable. Mais il fallait que je fasse attention. Si, comme je le croyais, ils avaient tué Charles, ils n'hésiteraient probablement pas à se débarrasser de moi.

Je haussai les épaules, comme si je n'entretenais absolument aucun soupçon.

— Elles nichent là-haut. Ce qui leur arrive est très triste, mais j'imagine que c'est la nature qui veut ça.

— Que voulez-vous dire ? demanda Iona d'un ton innocent.

Elle essayait de jouer les naïves ? Eh bien, on pouvait y jouer à deux, à ce petit jeu-là.

— Elles meurent à une vitesse alarmante. Mais, à mon avis, ce doit être un cycle naturel. Plus assez de nourriture pour maintenir la croissance de la colonie.

Ils échangèrent un regard interrogateur. Avais-je réussi à les tromper ? J'avais maintenant une chance de m'enfuir. Nero et Marlowe s'étaient engagés sur le sentier et me regardaient par-dessus l'épaule. Oui, c'était l'occasion ou jamais.

— Oh ! mon Dieu ! Je n'ai pas vu passer l'heure ! m'exclamai-je en consultant ma montre. Les chats me font savoir qu'ils veulent leur goûter, ajoutai-je en les désignant.

Ron et Iona ne semblaient pas dupes, mais ils s'écartèrent.

— Bien sûr, ma chère. Il ne faut pas les faire attendre. Dommage que vous ne poursuiviez pas jusqu'en haut. C'est du gâchis de faire la moitié du chemin pour rien.

Oui, dommage, parce que ça serait l'endroit idéal pour me pousser dans le vide.

— Je sais ! Mais j'habite ici, alors je peux venir dès que j'en ai envie. Profitez-en bien !

Je partis précipitamment, sans regarder derrière moi, et ce n'est que lorsque je fus à bonne distance que je me retournai. À en juger par la façon dont ces deux-là s'étaient comportés, mes soupçons étaient confirmés. Mais que faire désormais ? Je ne pouvais rien dire à Seth Chamberlain avant d'avoir des preuves concrètes. Il ne m'écouterait pas, surtout après la bourde que j'avais faite en accusant Tony. Il fallait que je me résolve à fouiller leur chambre.

# 18

Plus tard dans l'après-midi, je fis en sorte que les Weatherby remarquent le coupon de réduction pour les seniors que le Salty's Crab Shack proposait ce soir-là. Comme je ne servais pas de dîner, j'étais certaine qu'ils en profiteraient. J'attendis quelques minutes après leur départ pour m'assurer qu'ils ne faisaient pas demi-tour.

Une fois tous les hôtes partis, je me précipitai à l'étage avec la clé de secours de la chambre des Weatherby en essayant de refouler la culpabilité qui me serrait la poitrine. J'avais l'impression de violer leur intimité. Pour me justifier, je me répétai que ce sympathique couple de personnes âgées pouvait fort bien être une paire de tueurs endurcis, et que fouiller leur chambre était le seul moyen de dénicher des preuves.

J'étais penchée sur la serrure, à tenter de me persuader que je n'étais pas sur le point de commettre une mauvaise action, quand j'entendis une voix.

— Qu'est-ce que tu fais ?

Zut ! J'avais tellement peur de faire du bruit que je n'avais pas remarqué Mike à l'autre bout du couloir. Il portait sa ceinture à outils, et son T-shirt gris foncé soulignait que, même plusieurs années après son départ de la marine, il était toujours en forme. Mais ça ne me faisait ni chaud ni froid.

Je me redressai et m'appuyai nonchalamment contre le mur, comme si entrer illégalement dans les chambres des hôtes était tout à fait ordinaire.

— Le ménage.

— Ce n'est pas la chambre des Weatherby ? demanda-t-il en jetant un coup d'œil à la porte.

— Si. Elle a besoin d'un bon coup de propre.

Il posa l'épaule contre le mur et me regarda en inclinant la tête.

— Je croyais que Flora l'avait déjà fait.

— Sérieusement ? ricanai-je.

— Ouais, même si j'imagine qu'elle ne le fait pas à fond. Mais tu ne serais pas en train de fouiner dans leur chambre, par hasard ?

J'essayai d'arborer une expression incrédule.

— Moi ? Jamais je ne fouillerais la chambre d'un de mes clients ! Pourquoi le ferais-je ?

— Tante Millie m'a parlé de votre nouvelle théorie à propos de Charles qui aurait fait chanter quelqu'un. Elle m'a dit que vous soupçonniez les Weatherby.

Mince ! Millie et sa grande bouche.

— Peut-être.

Je l'étudiai un instant. Il avait été enquêteur dans la marine, et il semblait s'intéresser à cette affaire. Peut-être avait-il un avis sur la question. Et comme je n'étais pas certaine à cent pour cent de la culpabilité des Weatherby, le consulter ne pouvait pas faire de mal.

— Qu'est-ce que tu en penses ? demandai-je.

Il haussa les épaules.

— C'est peut-être une bonne déduction, mais je ne crois pas qu'ils soient coupables. Le sabotage de l'escalier ne me semble pas être dans leurs cordes.

Je me penchai vers lui.

— Mais tu avais dit que leur méconnaissance du fonctionnement de leur appareil photo était suspecte, répliquai-je en baissant la voix.

Il s'approcha à son tour, et mon cœur se mit à battre plus fort.

— Oui, c'est vrai. Mais que ce soit eux ou pas, ce n'est pas à toi de mener l'enquête. Laisse faire le shérif Chamberlain.

— J'aimerais bien, mais je crois qu'il court le mauvais lièvre, et que ce lièvre c'est moi.

Son visage s'adoucit.

— Je sais. Ne t'inquiète pas. La vérité finira par émerger. Je me penche sur la question, tu n'as pas besoin de t'en soucier.

Je n'avais pas besoin de m'en soucier ? C'est ce qu'il venait de dire ? Sérieusement ? Pensait-il que je devais me contenter de faire la cuisine et le ménage pendant que les hommes menaient l'enquête ? Ha ! J'allais lui montrer ! Mais je n'exprimai pas mes pensées à voix haute. Autant le laisser croire que j'allais l'écouter. Je savais comment les gérer, les hommes dominateurs qui veulent tout régenter !

Je lui fis un sourire charmant.

— C'est très gentil de ta part. Je suppose que tu as raison. Merci. Maintenant, si ça ne te dérange pas…, dis-je en désignant la porte.

— Oui, tu as du ménage à faire. Tu travailles vraiment dur, ici. Tu aurais peut-être besoin de faire une pause, un de ces soirs.

Pas avec toi. Hors de question.

— Peut-être…

— J'ai pratiquement fini pour aujourd'hui et…

Il laissa sa phrase en suspens, et une expression de chiot plein d'espoir s'étala sur son visage. J'avais très bien compris ce qu'il me proposait, mais je n'allais pas me laisser embarquer là-dedans. Il voulait probablement m'éloigner de la chambre des Weatherby pour que je ne trouve pas les preuves de leur culpabilité avant lui. Je savais à quel point les hommes peuvent avoir l'esprit de compétition. En plus, je n'avais pas du tout envie d'un rendez-vous romantique. Ni avec lui, ni avec qui que ce soit d'autre. Pour commencer, j'étais encore sous le choc de mon divorce, et deuxièmement, Mike et moi, on avait un passif qui n'était pas tout rose.

— Tu dois pratiquement avoir terminé les travaux pour lesquels Millie t'avait embauché ! m'écriai-je histoire de changer de sujet.

Il acquiesça, l'air un peu triste.

— Mais cette bâtisse a besoin de bien d'autres rénovations. J'ai du temps libre dans mon planning...

— Merci, mais mon budget est très serré.

La dernière chose que je souhaitais, c'était que Mike s'incruste dans les parages. De fait, je commençais à m'habituer à sa présence, et je n'avais vraiment pas envie de ça. Je ne voulais pas le vexer, mais j'avais déjà entamé les discussions avec Ed O'Hara – un sympathique retraité qui n'était pas dans la tranche d'âge susceptible de me proposer un rendez-vous galant –, afin qu'il s'occupe des travaux restants.

— Je peux te faire une réduction, dit-il en se penchant vers moi. On trouvera le moyen de s'arranger.

Il était magnétique avec son sourire charmeur et ses yeux marron très expressifs. Une réduction, ça serait bien. De même que... Non ! Je n'allais pas m'engager sur cette voie. Il valait mieux qu'il disparaisse de ma vue pour de bon.

— Je ne voudrais pas profiter de toi, mais merci de proposer. Maintenant, il faut que je me mette au travail, ajoutai-je en montrant la porte du doigt.

Il se redressa, manifestement déçu.

— OK. Mais j'espère que tu es vraiment là pour faire le ménage. Je suis sérieux, Josie ! Il y a un assassin en liberté et ça peut être dangereux.

— Le ménage, c'est tout.

Je souris et réussis à soutenir son regard jusqu'à ce qu'il s'éloigne. Je ne recommençai à respirer qu'après avoir entendu le dernier craquement des marches dans l'escalier. Je n'aimais ni fouiner ni mentir, mais nécessité fait loi.

Je glissai la clé dans la serrure et tournai la poignée de la porte qui s'ouvrit en grinçant.

À la suite de la description de Flora, je m'étais attendue à trouver une chambre pleine de plumes et de paille, mais elle était impeccable. Finalement, Flora avait peut-être fait le ménage, mais le plus probable c'est qu'elle avait exagéré. Je furetai un peu sur le bureau, sous le lit et dans le placard à pharmacie.

Un roulement de pneus sur les graviers me fit sursauter. Je courus à la fenêtre, mais ce n'était que Mike qui s'en allait. L'allée était déserte. La voiture des Weatherby n'était toujours pas là, mais je savais que je devais me dépêcher.

Dans le petit tiroir du bureau, je touchai le gros lot. Une enveloppe adressée à Bill et Cindy Wesson. Hum… c'était un début, mais j'avais besoin de plus. Peut-être dans le placard, ou entre le matelas et le sommier ?

J'étais à quatre pattes dans le dressing en train d'examiner les semelles des chaussures de Ron, dont les rainures étaient pleines de paille et de brindilles, quand j'entendis la porte s'ouvrir.

— J'avais envie de manger des palourdes depuis une…

Iona s'interrompit en me voyant crapahuter dans ses affaires.

— Josie ? Mais qu'est-ce que vous faites ?

— Hum… Le ménage, c'est tout.

Elle fixait d'un regard interrogateur ma main droite, laquelle tenait toujours la chaussure de Ron.

— J'aime bien passer l'aspirateur sous les chaussures ! m'exclamai-je en laissant tomber le godillot tout en me relevant. Vous voyez ? Propre et net !

Ron referma la porte et me jeta un regard noir.

— C'est un aspirateur invisible ?

Zut ! Mike avait peut-être raison lorsqu'il disait que je n'aurais pas dû me mêler de tout ça. À l'avenir, il faudrait que je pense à me munir d'accessoires quand j'essaierais de faire croire que je faisais le ménage.

— Je préfère la méthode à l'ancienne : nettoyer les choses à la main.

*Miaoou !*

Les chats avaient dû se glisser dans la chambre en même temps que les Weatherby. Ils se postèrent aux pieds d'Iona, le regard fixé sur le sac du Salty's qui emplissait la pièce d'une délicieuse odeur de beignets de palourdes. C'était bien ma chance qu'ils aient décidé de ne pas dîner sur place.

*Miaoou !*

Nero m'adressa un regard pénétrant. Était-il en train d'essayer de me dire quelque chose ? De me faire savoir qu'ils m'aideraient à m'échapper si nécessaire ? Car à voir la façon dont Ron était planté devant la porte, les mains sur les hanches, j'allais probablement avoir besoin d'un coup de pouce.

Quand Iona posa le sac sur la commode, Marlowe bondit aussitôt dessus et se mit à le renifler.

Iona me transperça du regard. Elle n'avait plus du tout l'air d'une aimable vieille dame.

— On dirait que vous ne vous êtes pas précipitée pour leur donner à manger, comme vous l'avez prétendu quand nous vous avons rencontrée dans la forêt. Elle a l'air de mourir de faim.

— Oh ! eux ! m'exclamai-je en balayant sa remarque de la main. Ils sont tout le temps en train de mendier de la nourriture.

Je m'approchai imperceptiblement de la porte. Peut-être pouvais-je foncer sur Ron et le renverser ? Je détestais l'idée de frapper un senior, mais après tout c'était un assassin.

— Inutile de mentir, Josie. On sait ce que vous fabriquiez dans la forêt, affirma-t-il.

Mince, ils avaient compris que j'étais sur leur piste ! Très bien. J'allais me tirer de là d'une façon ou d'une autre.

*Miaoouuu !*

À son tour, Nero sauta sur la commode et se mit à renifler.

Iona saisit le sac.

— Je ne pense pas que les beignets de palourdes soient bons pour les chats.

Charmant, un meurtrier du troisième âge qui veillait à l'équilibre de l'alimentation féline.

— C'est vrai. Je vais les emmener en bas pour leur donner leurs croquettes, répondis-je en jetant un coup d'œil à Nero et Marlowe.

Je ne savais pas trop ce que j'espérais. Peut-être qu'ils détournent l'attention des Weatherby pendant que je prendrais la tangente ? Mais ce qui les intéressait, c'était le sac, parce qu'à présent ils étaient assis aux pieds d'Iona et quémandaient à manger quasiment comme des chiens.

— Bien essayé, Josie. Mais vous feriez mieux d'avouer. On ne vous laissera pas partir ! lança Ron en me barrant résolument la route.

La vision de mon cadavre au pied de l'escalier dans l'aile ouest me frappa. Je n'avais entendu aucune voiture arriver, alors il n'y avait probablement personne d'autre à la maison. Pourquoi n'avais-je pas écouté Mike ? Je décidai de gagner un peu de temps.

— Vous n'avez qu'à avouer d'abord ! rétorquai-je en croisant les bras. Je sais ce que vous manigancez.

Ron et Iona échangèrent un regard surpris.

— Ah bon ? Comment l'avez-vous découvert ?

— Par un processus d'élimination, répondis-je fièrement.

Mais pas trop fièrement, pour ne pas les mettre en colère et courir le risque qu'ils choisissent une méthode plus douloureuse pour m'éliminer.

*Miaoou...*

Nero détourna son attention du sac juste assez longtemps pour cligner les yeux. Était-ce une sorte de signal ? Malheureusement, je ne maîtrisais pas le langage corporel des chats.

Je fis un nouveau mouvement imperceptible en direction de la porte. Peut-être valait-il mieux que je les laisse m'emmener dans l'aile ouest. Ça me donnerait davantage de chances de fuir. Ou peut-être était-il préférable de les raisonner ? De les convaincre de se rendre.

— Qu'allez-vous faire ? Me pousser dans l'escalier et tenter de faire passer ça pour un accident ? Je ne pense pas que la police tombera dans le panneau.

— Mais qu'est-ce que vous racontez ? répliqua Iona d'un ton perplexe.

— Ne jouez pas les imbéciles ! Je connais la vérité, je sais ce que vous avez fait. Mais vous ne pouvez pas me tuer comme Charles. Ça ne marchera pas. Il vaudrait mieux vous rendre. Je suis sûre que c'était un accident. Les flics ne vous mèneront pas la vie dure. En revanche, si vous m'assassinez aussi… ça sera une autre paire de manches.

— Mais qu'est-ce que vous racontez ? Pourquoi aurions-nous tué Charles ? demanda Ron.

— Pour dissimuler ce que vous manigancez avec les mouettes, bien sûr.

Ron et Iona eurent l'air de s'inquiéter. À l'évidence, j'avais touché un point sensible. Ils ne se doutaient pas que j'avais découvert leur secret.

*Miaoouu !*

Marlowe et Nero, toujours aux pieds d'Iona, fouettaient nerveusement l'air de leur queue, les yeux rivés sur le sac de palourdes. Quels amis attentionnés ! J'étais sur le point de me faire trucider et ils n'avaient qu'une seule chose en tête : manger.

— Oh ! pour l'amour du ciel, donne-leur une palourde ! s'écria Ron en faisant un pas vers moi.

Je reculai.

— Josie, je sais ce que vous essayez de faire, mais ça ne marchera pas.

Mince ! Il avait deviné que je voulais leur tirer les vers du nez tout en m'approchant de la porte. Alors quoi, maintenant ? Je regardai la fenêtre, mais nous étions au premier étage. Peut-être pouvais-je m'enfermer dans la salle de bains ?

— Si vous me tuez, vous n'allez pas vous en tirer ! Songez-y !

— Mais pourquoi répétez-vous ça en boucle ?

Iona avait pris une palourde dans le sac, ôté la chapelure et commencé à en donner des petits morceaux aux chats. Ils se délectaient sans prêter la moindre attention aux événements dramatiques qui se déroulaient sous leurs yeux.

— Inutile d'essayer de dissimuler vos actes, reprit Ron.

— Mes actes ? dis-je en fronçant les sourcils.

— Oui, ma chère ! rétorqua Ron en parvenant à adopter un ton paternel. Il est tout à fait évident que vous êtes celle qui tue les mouettes. Cet après-midi, quand on vous a surprise dans la forêt, on a compris que vous vous dirigiez vers les nids, mais vous avez fait demi-tour en nous voyant. Je ne sais pas ce qui s'est passé avec Charles, mais si vous avouez je pense qu'on pourra convaincre les autorités de ne pas se montrer trop sévères avec vous.

— Mais pourquoi faisiez-vous ça ? demanda Iona. Je ne le comprends pas. Les mouettes étaient-elles mauvaises pour vos affaires ?

Elle jeta un petit bout de palourde à Nero, qui l'attrapa au vol comme un chien.

C'était perturbant. Où voulaient-ils en venir ? Essayaient-ils de me faire porter le chapeau pour leur crime ? Peut-être tentaient-ils de me tirer les vers du nez, un peu comme moi avec eux ? Je mis les poings sur mes hanches, déterminée à leur tenir tête.

— Je n'ai rien à voir avec les mouettes. Elles n'interfèrent en aucune façon avec mes affaires. Elles ne viennent même pas jusqu'ici.

Je fis un geste en direction de la fenêtre, derrière laquelle on distinguait au loin des mouettes voler en cercle, comme pour confirmer mes dires.

Iona goba une palourde et échangea un regard perplexe avec Ron.

— Mais alors, pourquoi leur faire du mal ?

— Ce n'est pas moi ! C'est vous !

Ron secoua la tête en m'observant d'un air compatissant, puis tendit la main vers le sac de palourdes.

— Réfléchissez. Ça a débuté bien avant notre arrivée. Ce n'est pas nous.

Je ne les croyais toujours pas.

— Et qu'est-ce qui me prouve que vous n'étiez pas déjà ici, mais dans un autre hôtel ? En plus, vous passez votre temps à traîner du côté des mouettes. Vous ne savez pas vous servir de votre appareil photo et j'ai trouvé des plumes et des brindilles qu'elles emploient pour faire leur nid, coincées dans les semelles de vos chaussures !

Ha ! Je l'avais bien eu !

Ron regarda Iona avec résignation.

— On dirait qu'il va falloir passer au plan B.

Il s'avança vers moi, l'air mortellement sérieux. Oups ! J'avais manifestement franchi une ligne rouge. Je reculai, mais je butai contre la commode. Il s'approcha encore. Je baissai la tête contre ma poitrine en cherchant un moyen de lui échapper.

Je jetai un coup d'œil à Iona. Certes, elle était de mèche avec lui, mais je me dis qu'elle ferait peut-être preuve d'un peu de solidarité féminine.

Trop tard ! Il était quasiment sur moi. Il tendit la main comme pour me saisir, mais je l'esquivai en plongeant au sol où je me roulai en boule.

À ma grande surprise, il ne se jeta pas sur moi, mais il me regarda bizarrement avant d'ouvrir le tiroir.

Il farfouilla dedans, probablement à la recherche d'une arme à feu !

Je fermai les yeux et me masquai le visage des mains, comme si ça pouvait arrêter une balle.

— Ne tirez pas !

— Tirer ? Josie, ma chère, mais qu'allez-vous chercher là ? demanda Iona.

Je rouvris les yeux. Ron se tenait devant moi, une enveloppe jaune à la main. Il en sortit quelque chose qui ressemblait à un portefeuille. À l'intérieur, il y avait un insigne doré et une pièce d'identité.

— Comme vous ne nous croyiez pas, je voulais vous montrer pourquoi nous sommes ici et vous prouver qu'il est impossible que nous soyons coupables de ce qui arrive aux mouettes.

L'insigne avait l'air officiel, mais je n'avais jamais entendu parler de cette agence.

— Agence Américaine d'Investigation Animalière ?

Ils acquiescèrent.

— Oui. Nous sommes des agents de ce département gouvernemental. Peu de gens connaissent son existence. On nous confond souvent avec la Société Nationale Animalière, mais nous n'avons aucun lien avec eux. Vous aviez raison sur un point, néanmoins : nous ne sommes pas ici en vacances. On nous a envoyés enquêter sur ce qui arrive aux mouettes.

— Et on ne s'appelle pas Ron et Iona Weatherby, précisa-t-elle en tendant une palourde à son mari. On s'appelle Bill et Cindy Wesson, et je suis désolée de vous dire que nous avons de forts soupçons à votre égard.

— Surtout depuis qu'on vous a vue rôder dans la forêt avec un air coupable, ajouta Ron.

— Et après la façon dont vous vous êtes sauvée quand on vous a rejointe… eh bien, vous pouvez comprendre pourquoi on vous suspecte !

Je m'effondrai sur le lit. Ron et Iona (oui, je pensais toujours à eux sous leurs noms d'emprunt) étaient des agents du gouvernement ? Et, pire encore, ils me soupçonnaient ! Je suppose que j'avais eu un comportement étrange dans la forêt, mais c'était parce que je croyais que c'étaient eux, les assassins.

— Je suis coupable. Mais pas d'avoir fait quelque chose aux mouettes. Je vous suivais parce que je pensais que c'était vous qui tentiez de les tuer !

Les chats se mirent à ronronner en s'enroulant autour de mes chevilles, tandis que je confiais à Ron et à Iona mes soupçons sur la raison qui avait motivé le meurtre de Charles : une tentative de chantage et non une critique négative.

— Et vous croyiez qu'il nous faisait chanter ? demanda Iona d'un ton pensif. Eh bien, je suppose que je comprends pourquoi. On allait observer les mouettes tous les jours, mais c'était à des fins de recherche, même si vous ne pouviez pas le deviner.

— Et nous avons enquêté sur les nids, poursuivit Ron. Le plus bizarre, c'est que nous n'avons rien trouvé. On soupçonne quelqu'un d'empoisonner les mouettes. On a essayé de découvrir où vous cachiez le poison afin de le remettre à la police en tant que preuve.

— Seulement je n'y suis pour rien ! Pourquoi m'en prendrais-je aux mouettes ? Elles ne me dérangent pas, et pourquoi aurais-je tué Charles, alors que ça risquait de nuire à ma maison d'hôtes ?

— Vous avez raison.

Iona s'assit sur le lit à côté de moi, me passa le sac de palourdes et posa une main sur mon genou.

— En outre, vous n'avez pas le profil d'un assassin. Qu'il s'agisse de mouettes ou d'êtres humains. Et on a fréquenté beaucoup de meurtriers, n'est-ce pas, mon chéri ? dit-elle en levant les yeux vers Ron, qui acquiesça.

— De toute façon, j'avais bien peur d'être sur la mauvaise piste avec vous, ajouta Ron. Avant qu'on vous croise sur le sentier, rien ne prouvait votre éventuelle présence près des nids. Et, comme vous l'avez dit, vous n'aviez pas de mobile.

Iona hocha la tête.

— Mais en vous retrouvant là-haut nous avons commencé à douter de notre analyse. C'est drôle, mais en fin de compte vous cherchiez la même personne que nous.

Je plongeai la main dans le sac et en tirai une grosse palourde. Je marquai une pause avant de l'avaler.

— Dans ce cas, si ce n'est ni vous ni moi, qui est-ce ?

# 19

Nero se mit à saliver en voyant Josie manger une succulente palourde bien juteuse.

— J'aimerais bien qu'ils nous en offrent quelques-unes.

— Ouais ! C'est à n'y rien comprendre. La femme nous en a donné jusqu'au moment où ils ont dissipé leur malentendu.

Josie passa le sac à Ron.

— C'est comme s'ils nous avaient oubliés, poursuivit Marlowe. Je devrais peut-être me hérisser…

— Non. Ils n'aiment pas quand on fait ça pour réclamer de la nourriture, soupira Nero avant de sauter du lit. Mais je suis content qu'ils aient réglé leurs différends.

— Oui. J'étais certaine que ça n'allait pas bien se passer quand Josie les a suivis dans la forêt.

— Moi aussi, surtout qu'elle n'a pas du tout saisi qu'on essayait de lui faire faire demi-tour.

— En revanche, tout à l'heure, dans cette chambre, j'avais l'impression qu'elle se tournait vers nous pour qu'on l'aide, dit Marlowe en lissant la fourrure de son ventre.

— Oui, mais elle n'a pas compris qu'on n'était pas inquiets, et qu'elle n'avait aucune raison de l'être.

Les humains, à présent assis côte à côte sur le lit, ne faisaient plus du tout attention à eux. Avaient-ils mangé toutes les palourdes ? songea Nero en lorgnant le sac tout plissé.

— Je pense qu'il faudrait déterminer qui a intérêt à se débarrasser des mouettes, dit Ron.

— Mais sommes-nous vraiment sûrs que cette histoire est en lien avec la mort de Charles ? demanda Iona en jetant un coup d'œil à Nero.

Celui-ci désira très fort qu'elle lui donne une autre palourde, et elle le fit ! Mais, pour que les humains ne croient pas qu'ils étaient trop avides, il la laissa tomber à terre et la flaira avec dédain pendant quelques secondes avant de s'accroupir pour la manger sans hâte.

— Je prendrai la suivante, miaula Marlowe.

— Très bien. Mais on ne peut pas perdre trop de temps à ripailler. Il faut qu'on leur indique le véritable suspect, répondit Nero en avalant le dernier petit bout de palourde et en se léchant les babines.

— Ça n'a peut-être rien à voir avec les mouettes, dit Josie. J'avais peut-être tort à propos de la lettre. Après tout, le fragment ne contenait que quelques bouts de mots.

— Lesquels ? demanda Ron.

Tandis que Josie leur montrait la photo de la note sur son téléphone, Nero se mit au travail pour essayer de leur fournir un indice. Qui était le tueur, et que manigançait-il avec les mouettes ? Maintenant qu'on savait que ce n'étaient pas les Weatherby, Nero ne voyait plus qu'un seul coupable potentiel.

Il bondit sur le vieux radiateur en fonte qui se trouvait sous la fenêtre. Heureusement, comme c'était l'été, il était éteint, sinon Nero se serait certainement brûlé les pattes. Même froid, marcher sur les pointes des colonnes de cet étrange accordéon métallique n'était pas très agréable. Encore un sacrifice que les chats acceptaient de faire en faveur de leurs humains.

— Ils se posent la question que nous nous sommes déjà posée. Mais Josie va peut-être nous écouter, cette fois-ci, et parvenir à la même conclusion que nous.

*Miaoouu !*

— Oh ! chut ! Vous avez eu bien assez de palourdes comme ça ! lança Iona sans même lui jeter un regard.

— Je crois que je vais avoir besoin d'aide, souffla Nero à Marlowe.

Elle le rejoignit sur le radiateur, s'assit et lui glissa la queue dans le dos, les yeux fixés sur la crique, les moustaches frémissantes. À la lumière de la lune, on voyait que les mouettes avaient disparu, parties là où elles vont la nuit. Mais Josie comprendrait peut-être ce qu'ils lui suggéraient.

*Miaoouuu !*

*Miaou !*

*Miaoooouuuu !*

— Que se passe-t-il ? Y a-t-il quelque chose dehors ? s'écria Josie en les rejoignant.

Elle caressa la tête de Nero, lequel devait bien admettre que c'était agréable. Il baissa la garde et se mit à ronronner.

*Miaoou !*

Marlowe signala qu'elle désirait également son attention, mais son regard demeura fixé sur la crique.

— Il y a manifestement quelque chose d'intéressant dehors, dit Josie en caressant Marlowe pour qu'elle ne soit pas jalouse. Qu'est-ce que tu vois ? murmura-t-elle en scrutant la crique à son tour. Oh ! Je crois que j'ai compris !

— Quoi donc ? demanda Ron.

Josie se retourna.

— Stella Dumont dirige le Smugglers Bay, là-bas. Les mouettes traînaient toujours autour de son établissement et elles n'arrêtaient pas de faire des crottes sur sa terrasse.

— Vraiment ? lancèrent en chœur Ron et Iona en rejoignant Josie.

— Et ce n'est pas tout : Stella a aussi été repérée en train de rôder autour d'ici.

— Et c'est ici que Charles a été assassiné, ajouta Ron.

— Vous croyez que Charles a découvert que Stella faisait du mal aux mouettes ? demanda Iona.

— Je dirais qu'elle en est bien capable, répondit Josie. Comme de tuer Charles, d'ailleurs.

Nero et Marlowe sautèrent du radiateur en dressant fièrement la queue. Josie avait fini par comprendre ce qu'ils lui suggéraient et, à présent, c'était aux humains de capturer l'assassin.

— Je savais que c'était Stella ! m'exclamai-je. J'aurais dû faire confiance à mon instinct, mais j'ai cru que le meurtre avait un rapport avec le livre de cuisine de Charles. Et quand j'ai découvert que c'était Tina qui l'avait volé, j'ai cessé de soupçonner Stella.

— Mais qu'est-ce qu'on a comme preuves ? demanda Iona en regardant par la fenêtre comme si la réponse se trouvait de l'autre côté.

— Eh bien, elle a un problème avec les mouettes, dit Ron. Tu te rappelles quand on est allés déjeuner là-bas et qu'une mouette a lâché une fiente dans ta soupe aux palourdes.

— Ouais ! Beurk ! grimaça Iona.

— Et ma femme de chambre l'a vue rôder dans le coin. Je ne me souviens pas si c'était la nuit où Charles a été tué. Il faudra que je lui pose la question.

— C'est un bon début, mais ça ne suffit pas pour en aviser le shérif, répondit Ron en douchant mes espoirs.

— Mais on ne peut pas rester sans rien faire !

— C'est vrai, dit Ron. Ce qu'il faut faire, c'est lui tendre un piège pour qu'elle tombe dedans et démontre sa culpabilité.

— Quel genre de piège ? demanda Iona.

— Quelque chose d'irrésistible pour un assassin. Quelque chose qui la pousse à s'exposer.

— J'ai trouvé ! m'écriai-je en claquant des doigts. Si on disait qu'on a découvert un nouvel indice dans la pièce où Charles a été tué et que, lorsque la police l'analysera, il leur révélera sans doute possible l'identité de l'assassin ?

— Comme quoi ? De l'ADN ? Une empreinte digitale ?

— Peut-être…

— On n'est pas obligé de donner de détails ! affirma Iona. Une simple suggestion, c'est souvent mieux.

— Mais comment va-t-on transmettre cette information à l'assassin ?

— On est dans une petite ville ! À moins que je sois complètement déconnectée de la réalité, s'il y a un ragot bien juteux, il suffit de le faire savoir dans certains cercles et, en un rien de temps, toute la population sera au courant, répondit Iona en me regardant.

J'acquiesçai.

— Bien, approuva Ron. Voilà ce qu'on va faire. On va répandre la rumeur qu'on a trouvé un indice de l'identité de l'assassin dans la pièce où Charles a été tué.

— Et le tueur viendra l'escamoter avant l'arrivée de la police ! dit Iona.

— Ça ne marchera pas, répliquai-je en fronçant les sourcils. L'assassin ne va pas débarquer comme une fleur dans une maison d'hôtes pleine de clients.

— Ce ne sera pas le cas, répondit Ron avec une étincelle dans les yeux. Tout le monde sait que vous ne servez pas le dîner. Vous pourriez arranger quelque chose en ville pour demain soir, par exemple un bon de réduction dans un restaurant, non ? On veillera à ce que tout le monde en profite. Comme la petite mise en scène que vous avez organisée autour du Salty's, aujourd'hui, ajouta-t-il en désignant le sac de palourdes.

Je sentis le rouge me monter aux joues. Étais-je à ce point transparente ? Était-ce pour ça que Ron et Iona avaient pris un plat à emporter ? Bon, cela dit, tout avait fini par s'arranger.

— Je pense pouvoir me débrouiller, répondis-je. Tony, du Marinara Mariner, a une dette envers moi.

Je devais être en mesure de négocier une réduction de vingt pour cent pour mes hôtes en échange de mon silence à propos de sa liaison avec Tina. Du chantage ? Oui, mais c'était pour la bonne cause.

— Et pour rendre le piège encore plus irrésistible, faites savoir que vous ne serez pas en ville cette nuit-là, mais que la maison d'hôtes restera ouverte pour que les clients puissent rentrer sans problème après le dîner.

— OK !

— Bien ! Si vous lancez cette rumeur demain matin, le tueur pourrait se retrouver sous les verrous dès demain soir.

— Ça me paraît bien, répondis-je. Je sais exactement par où commencer.

# 20

Le lendemain matin, je me levai en même temps que les mouettes. En les observant depuis ma cuisine, je me demandai si elles cesseraient de mourir en masse une fois que Stella serait en prison. À cette heure, il n'y en avait que deux au-dessus de sa terrasse, alors qu'un mois auparavant, le matin, on en voyait facilement six ou sept.

Bon ! Et le petit déjeuner ? J'aurais préféré ne pas avoir passé autant de temps à essayer de trouver le meilleur moyen de répandre la rumeur et à convaincre Tony de m'accorder des bons de réduction. Maman et Millie les avaient récupérés et étaient censées me les apporter d'une minute à l'autre.

J'étais en train de farfouiller dans le fichier des recettes – toujours pas de gâteau au café et à la crème – quand j'entendis toquer à la fenêtre.

À travers la vitre, je vis maman et Millie qui jetaient des coups d'œil furtifs et murmuraient entre elles avec des airs de conspiratrices. Je leur fis signe d'entrer, et la porte grinça quand Millie l'ouvrit. Je pris mentalement note d'huiler les gonds, ou de faire ce qu'on fait lorsque les portes grincent, mais plus tard. Pour l'instant, j'avais bien assez de pain sur la planche.

Millie me tendit les bons de réduction du Marinara Mariner.

— Tony les a imprimés rien que pour toi, comme tu le lui avais demandé, dit-elle.

— Il a été très gentil avec nous. Il ne voulait pas qu'on révèle son petit secret, ajouta maman dans un murmure.

Les chats entrèrent et se mirent à ronronner aux pieds de Millie tandis qu'elle leur donnait à manger des gâteries qui sentaient le poisson. Je ne les avais pas, celles-là, moi ! Je me demandais si elle ne gardait pas pour elle ce genre de petits secrets afin de demeurer leur humaine préférée.

Elle fit la moue en posant les yeux sur la cuisinière, jeta un coup d'œil dans le four et se tourna vers moi.

— Tu n'as pas encore lancé le petit déjeuner ?

— Justement, je ne savais pas quoi préparer.

Elle consulta sa montre.

— Il est presque 7 h 30, ça ne nous laisse pas beaucoup de temps, marmonna-t-elle en serrant les lèvres.

Elle balaya le cellier du regard.

— Hum… je vois. Tu as du jambon ?

En farfouillant dans le frigo, j'en dénichai deux morceaux encore dans leur emballage plastique.

— Ouais, répondis-je.

— Bien, alors on va faire des muffins jambon fromage. Ça ne prendra que vingt minutes et les clients adorent ça ! s'exclama-t-elle en allant chercher du Bisquick dans le cellier. Apporte-moi le jambon, des œufs, du lait, du fromage et de l'huile d'olive.

J'obtempérai et, vingt minutes après, une odeur de gâteau fait maison emplissait la cuisine. Millie tira du four les muffins tout dorés avec des pépites roses de jambon et des perles de fromage fondant. J'ajoutai un saladier de fruits, du lait et des céréales avant d'apporter le tout dans la salle à manger où mes hôtes m'attendaient déjà.

Ron et Iona m'adressèrent un regard entendu. Tina un coup d'œil inquiet. Ava était la seule avec qui je ne partageais aucun secret. Elle observait la scène, l'œil pétillant, comme si elle savait qu'il se passait des choses un peu louches dans la maison d'hôtes.

— J'ai une bonne surprise pour tout le monde ! annonçai-je après avoir disposé la nourriture sur le buffet.

Et, tandis qu'ils choisissaient ce qu'ils allaient prendre, je brandis les bons de réduction.

— Le Marinara Mariner offre aux hôtes de l'Oyster Cove vingt pour cent de réduction s'ils vont y dîner entre 19 et 21 heures.

— On mange très bien, là-bas, commenta Ron.

— C'est l'occasion rêvée ! renchérit Iona.

— La sauce tomate marinara me donne des aigreurs d'estomac, marmonna Ava en examinant le bon de réduction, les yeux plissés.

— Je ne connais pas ce restau. Il est bien ? demanda Tina en jouant l'innocente.

Mais le regard en coin qu'elle me glissa me fit comprendre que Tony l'avait déjà mise au courant de mon chantage.

— Oui ! Et comme Josie est obligée de s'absenter pour la nuit, c'est le moment ou jamais de faire un tour en ville. La porte restera ouverte pour que vous puissiez entrer à votre retour, précisa Millie.

Ava plissa les yeux.

— Alors, le dernier qui sort verrouille en partant, c'est ça ?

Sa remarque me déstabilisa.

— Euh... Ce n'est pas nécessaire. Ce n'est pas comme si quelqu'un allait venir voler quelque chose. Il n'y a que très peu de criminalité, par ici.

Excepté le meurtre qui avait eu lieu récemment.

— Vos chambres personnelles sont fermées à clé, personne ne peut y pénétrer.

Ava me dévisagea quelques instants, puis acquiesça.

— Très bien, alors. Bonne idée. J'ai un faible pour le pain à l'ail.

Une fois le petit déjeuner servi et mon stratagème en place, je retournai dans la cuisine avec Millie et maman. Je n'avais pas de temps à perdre. Il fallait que je passe au bureau de poste à l'heure idéale pour la propagation des ragots, afin que le tueur apprenne que la maison d'hôtes serait déserte et que la porte resterait ouverte.

Comme c'était vers 11 heures que le bureau de poste connaissait sa plus grande affluence, je m'étais débrouillée pour y arriver à ce moment-là. Je voulais qu'un maximum de gens m'entendent, afin que la rumeur se répande le plus rapidement possible. Et je savais que Stella aimait bien se tenir au courant de tout ce qui se passait en ville, alors j'étais certaine que la nouvelle parviendrait jusqu'à elle.

— Hé, Josie ! s'exclama Jen en me voyant.

Elle était en train d'essayer de fixer de la bande adhésive estampillée « prioritaire » sur le gigantesque colis que Lottie Cox, une petite dame aux cheveux grisonnants, avait hissé sur le comptoir.

— Salut Jen ! Je passais juste te dire au revoir avant mon départ.

— Tu pars en voyage ?

— Juste pour la nuit. Je rentre demain matin.

— Hum… OK !

Elle finit de coller la bande adhésive puis glissa quelque chose dans la machine à timbrer avant de se tourner vers Lottie.

— Vingt-trois dollars et vingt et un cents.

— Vingt-trois dollars et vingt et un cents ! s'écria Lottie en serrant son portefeuille contre sa poitrine. C'est du vol !

— Désolée, Lottie, mais ce n'est pas moi qui fixe les prix. Je peux l'envoyer en colis ordinaire, si vous voulez.

Lottie pinça les lèvres.

— Ça prendrait combien de temps ?

Jen consulta l'écran devant elle.

— Sept jours.

— Laissez tomber !

Lottie entrouvrit son portefeuille et compta la somme.

— Ce satané gouvernement devient de plus en plus rapace.

Quand Jen eut terminé la transaction, je repris la parole.

— Oui, alors ce soir, mes hôtes vont tous dîner au Mariner. Tony leur a accordé un bon de réduction exclusif. C'est génial, non ?

Jen haussa un sourcil en entendant le nom de Tony.

— À tous tes hôtes ?

Je ne lui avais pas encore révélé que j'avais découvert la véritable identité des Weatherby, ni fait part de notre plan pour confondre Stella.

— Oui ! Et c'est dommage que je sois obligée de m'absenter, parce que j'ai trouvé un indice très important quant à l'identité de l'assassin de Charles Prescott.

Le brouhaha des conversations entre les clients du bureau de poste s'évanouit.

— Un indice ? Quel indice ? demanda Jen.

— Je ne peux pas vraiment en parler, mais la police va passer demain pour le récupérer. Je les aurais volontiers accueillis ce soir, mais mon départ était déjà programmé.

— Programmé. Je vois. Alors, la maison d'hôtes sera déserte ? lança Jen d'une voix sonore.

Au lycée, déjà, elle comprenait vite, et apparemment ça n'avait pas changé. Elle avait dû deviner mes intentions.

— Oui, exactement ! répondis-je en la remerciant d'un clin d'œil.

— Au fait, tu voulais poster quelque chose ? demanda-t-elle parce que j'étais en train de bloquer la file d'attente.

— Pardon ? Oh ! non... Hum... Je suis simplement venue voir si j'avais du courrier dans ma boîte postale. Parce que je m'en vais ce soir, tu comprends ?

Je me dirigeai ostensiblement vers la zone des boîtes postales, essayant de me retenir de sourire quand j'entendais autour de moi les gens marmonner à propos du nouvel indice, de mon départ et de l'injustice dont Tony Murano s'était rendu coupable en réservant ses bons de réduction à mes clients.

Ma boîte était remplie de dépliants publicitaires que je partis jeter dans la corbeille prévue à cet effet, mais Mike Sullivan me barra le chemin, les bras croisés et les yeux plissés. Il avait l'air soupçonneux. Probablement sa formation d'enquêteur dans la marine qui refaisait surface.

— C'est quoi cette histoire de départ ? Tante Millie ne m'en a pas parlé.

— En général, je ne tiens pas Millie au courant de mes déplacements. Et si je le faisais, elle ne t'en informerait pas parce que ce ne sont pas tes oignons.

Je balançai mes prospectus dans la corbeille avant de me diriger vers la sortie.

Il me suivit et me tint la porte.

— Je pense que c'est du bluff. Dis-moi ce que tu mijotes.

Arrivée sur le trottoir, je fis volte-face en arborant mon expression la plus innocente.

— Franchement, Mike, je ne vois pas de quoi tu parles.

*Miaoou ! Miaouu !*

Nero et Marlowe se matérialisèrent à mes pieds. Comment faisaient-ils pour descendre en ville aussi vite ? Ils foncèrent vers Mike et s'enroulèrent autour de ses chevilles en ronronnant, tandis qu'il se penchait pour les caresser.

— Josie, je ne souhaite pas me mêler de ce qui ne me regarde pas, mais ça pourrait être dangereux.

Il se redressa, me dominant de toute sa hauteur, ce qui n'est pas une tâche si facile, parce que je mesure quand même un bon mètre soixante-dix.

— Je ne veux pas qu'il t'arrive quelque chose.

*Miaooouuu !*

Apparemment, Nero était d'accord avec lui.

— Ne t'inquiète donc pas pour moi. Je me débrouille très bien toute seule.

Je partis en direction de ma voiture, mais il me saisit gentiment par le coude et me fit pivoter face à lui. À ce contact, un picotement remonta le long de mon bras et mon cœur se mit à battre plus vite. Malgré tout, son insistance m'irritait.

— Josie, je crois que je sais qui est l'assassin. Dans la marine, je travaillais aux affaires internes, et j'ai déjà eu l'expérience de ce genre de situation. Laisse-moi faire.

Sur son visage, je ne lisais que de la préoccupation, pas d'ego ni d'envie de me contraindre, mais je ne comptais pas m'en remettre à lui. Et d'une, je doutais fort qu'il veuille épingler sa chérie du lycée, et de deux, il fallait que je me prouve que je pouvais y arriver toute seule. Et j'avais tout préparé avec les Weatherby, comment est-ce que ça pourrait mal tourner ?

Je me dégageai doucement.

— Moi aussi, je crois savoir qui c'est, et la machine est déjà lancée. En plus, je ne suis pas stupide et je ne suis plus une gamine. Je pense que je peux résoudre ça sans ton aide.

# 21

Malgré la confiance que j'avais affichée quand je parlais du tueur avec Mike devant le bureau de poste, j'étais stressée comme un chihuahua en hiver. Je craignais que Mike ne s'attarde à la maison d'hôtes, parce qu'il avait manifestement compris que je manigançais quelque chose. Mais il avait peut-être gobé l'histoire de mon départ. À 16 heures, il termina sa journée et me dit au revoir en me demandant à quelle heure était mon vol. Je lui répondis que je prenais le train, juste au cas où il lui viendrait l'envie de vérifier que je me trouvais bien sur la liste des passagers à l'aéroport. En le regardant se glisser derrière le volant, je ressentis une pointe de culpabilité. Il s'était montré un peu distant tout l'après-midi et j'espérais que je n'avais pas été trop sèche avec lui devant le bureau de poste.

À 18 h 30, Ron et Iona lancèrent les hostilités en pressant tout le monde d'aller au Marinara Mariner. Leur plan consistait à se mettre à table avec les hôtes, puis, sous prétexte de passer aux toilettes, Ron s'éclipserait pour me rejoindre. Il voulait être là pour procéder à l'arrestation.

On s'était dit que l'assassin arriverait par la porte principale et se dirigerait droit sur l'aile ouest en empruntant le couloir. Il ne tenterait pas d'entrer par l'une des fenêtres, de crainte qu'elles ne soient fermées, et pourquoi prendre cette peine alors qu'il savait que la porte serait ouverte et qu'il n'y aurait personne ?

Dès que Ron fut de retour du restaurant, j'éteignis les lumières, puis je m'accroupis avec lui dans l'ombre du renfoncement devant la porte du cellier. Et on attendit.

Vers 19 h 15, on entendit un bruit. Le seul problème, c'est que ça ne venait pas de la porte principale.

— On dirait que c'est dans la cuisine, murmurai-je.

— Pourquoi passer par la cuisine ? murmura-t-il en retour.

— Aucune idée.

Maman et Millie, au courant de l'opération, ne seraient pas entrées par là. Flora était déjà repartie chez elle, et elle ne revenait jamais après le travail. Mike, peut-être ? Je savais qu'il m'avait percée à jour au bureau de poste, mais il n'allait quand même pas saboter notre opération !

Ron se redressa, faisant craquer une latte du parquet.

— Chut…

On se figea, mais le bruit n'avait pas dû alerter l'intrus, parce que tout de suite après on entendit la porte de la cuisine s'ouvrir en grinçant. Heureusement que je n'avais pas graissé les gonds.

Ron me tapota le bras, l'air de dire qu'on devrait s'y glisser sans faire de bruit – mais ça, j'y avais déjà pensé toute seule ! Comme une porte à l'autre extrémité du cellier permettait d'y accéder, on s'y faufila sur la pointe des pieds. La cuisine était plongée dans l'ombre, mais je distinguai une silhouette penchée sur le comptoir. Étant donné sa taille, sa forme et le parfum écœurant qui montait jusqu'à moi, c'était manifestement Stella.

Depuis le début, c'était elle ! Mais que fichait-elle là ? Elle avait l'air de feuilleter les recettes. Avait-elle caché quelque chose dans le classeur ? Peut-être l'autre morceau de la lettre de Charles ? Ou alors elle voulait chiper une recette avant de passer dans l'aile ouest pour récupérer l'indice que je prétendais avoir trouvé. Dans un cas comme dans l'autre, elle n'allait pas mener son projet à terme.

Je pressai l'interrupteur et bondis au milieu de la pièce.

— Aha ! tonnai-je.

— On vous a prise la main dans le sac ! s'écria Ron en se montrant à son tour.

Stella se retourna en clignant les yeux. Elle tendit les mains, paumes en avant, en laissant tomber le papier qu'elle tenait.

— Qu'est-ce que c'est ? demandai-je en le désignant. L'autre morceau de la lettre de Charles ?

— Des aveux, peut-être ? lança Ron.

Était-il vraiment obligé d'ajouter quelque chose chaque fois que je parlais ?

— Pas du tout, répondit Stella.

Elle baissa les mains et nous dévisagea d'un air mauvais.

— Comme vous voulez, dit Ron en sortant son insigne, qui scintilla quand il le brandit devant elle. Je vais prévenir la police, qui saura vous arracher des aveux.

— Sur quoi ? rétorqua-t-elle en croisant les bras. Je ne pense pas que ça les intéresse vraiment d'apprendre que je vous ai emprunté une recette.

Effectivement, le bout de papier ressemblait bien à une recette.

— Pas pour ça, répondit Ron. Pour avoir empoisonné les mouettes et assassiné Charles Prescott.

— Quoi ? Mais je n'ai jamais tué personne ! Ni empoisonné quiconque, d'ailleurs ! Excepté la fois où M. Dudley est tombé malade après avoir mangé mes choux à la crème, mais ça, je ne l'avais pas fait exprès.

— Bien sûr que tu as tué Charles. Il avait découvert que tu empoisonnais les mouettes et il voulait te faire chanter, alors tu l'as assassiné ! affirmai-je.

*Miaoou.*

On aurait dit Nero, dans le salon. Je ne savais pas trop pourquoi il miaulait, mais apparemment il n'avait pas compris que tout se passait dans la cuisine.

— Ce n'est pas moi qui empoisonne les mouettes, répondit Stella en se renfrognant. Qui t'a raconté ça ?

— Personne. Elles nuisent à tes affaires, c'est clair comme de l'eau de roche !

*Miaoouu.*

Et ça, c'était Marlowe ? Ça semblait venir de l'escalier.

— Mais c'est faux ! se récria-t-elle. Je dois admettre que passer son temps à nettoyer la terrasse c'est pénible, mais les touristes adorent leur donner à manger. D'ailleurs, j'ai même des boîtes spéciales de « nourriture pour les mouettes » que je leur vends pour qu'ils puissent les nourrir, ajouta-t-elle avant de hausser les épaules devant nos regards incrédules. Ce n'est que du pain rassis, mais quand la vie t'apporte des citrons, tu fais de la citronnade.

Je jetai un coup d'œil à Ron, qui se grattait le menton en dévisageant Stella.

— Dans ce cas, pourquoi être entrée par effraction ce soir si ce n'est pour récupérer la preuve incriminante avant qu'on la remette à la police ?

Stella soupira en désignant le bout de papier par terre.

— OK ! J'avoue. Je n'empruntais pas une recette. J'en rapportais une.

— Tu la rapportais ? m'écriai-je en me penchant pour ramasser le papier.

— Oui. C'est la recette du gâteau au café et à la crème aigre de Millie. Il est vraiment délicieux, alors je l'ai volée pour le concours de cuisine. Je voulais la rapporter plus tôt, mais après que tu es passée me voir pour me poser plein de questions sur les raisons de ma présence à l'Oyster Cove, je n'ai plus osé. Lorsque j'ai entendu que tu ne serais pas là ce soir et que la porte serait ouverte, je me suis dit que c'était l'occasion idéale.

Je regardai fixement le papier. C'était une fiche bristol rédigée à la main, avec une vieille tache de graisse, où l'on reconnaissait l'écriture caractéristique de Millie. Et c'était bien la recette du gâteau au café et à la crème aigre. Stella était-elle ici pour la rendre, ou bien s'agissait-il d'une ruse, d'une excuse pour justifier sa présence et qu'on ne la soupçonne pas de vouloir détruire des preuves ?

— Mais c'est forcément toi ! m'exclamai-je.

*Miaoooouuu !*

Cette fois, le miaulement venait du couloir. Les chats avaient probablement compris qu'on avait coincé l'assassin dans la cuisine. Mais subitement, en regardant la recette, je me demandai si nous n'avions pas fait fausse route.

— Pourquoi ce serait forcément moi ? Je ne suis pas la seule à être en mesure d'empoisonner les mouettes. Pourquoi n'interroges-tu pas Barbara Littlefield ? C'est elle qui conspirait avec Charles en haut de la falaise.

Maintenant, j'étais sûre qu'elle mentait !

— Barbara m'a affirmé qu'elle n'avait jamais rencontré Charles et qu'elle…

Une voix rauque m'interrompit.

— C'est vrai. Je vous ai dit ça pour que vous arrêtiez de fourrer votre nez partout.

Comme un seul homme, on se tourna tous les trois en direction de la voix. Barbara Littlefield se tenait sur le seuil de la pièce, un pistolet braqué sur nous.

# 22

Je m'étais tellement focalisée sur la façon de forcer Stella à avouer que je n'avais même pas entendu Barbara entrer.

*Miaoou !*

Nero et Marlowe apparurent derrière elle, en me toisant comme si j'étais l'humaine la plus bête du monde. J'imagine que c'était pour ça qu'ils n'arrêtaient pas de miauler. Ils essayaient de me prévenir.

— Vous êtes l'inspectrice en bâtiment ? demanda Ron.

— Oui, et alors ? répondit Barbara en le fusillant du regard.

— Qu'est-ce que vous avez à voir avec tout ça ?

Ron avait vraiment l'air perplexe, et non sans raison. Pourquoi Barbara aurait-elle tué Charles ? Était-ce elle qui empoisonnait les mouettes ? Stella elle-même semblait troublée devant le petit pistolet argenté que Barbara nous brandissait sous le nez.

— Vous connaissiez déjà Charles ? demandai-je.

Elle avait peut-être eu maille à partir avec lui. Peut-être était-elle l'une des nombreuses femmes avec qui il avait eu une liaison, et qu'elle voulait se venger ?

— Non. Mais ce crétin a cru qu'il était plus malin que moi. Ha !

Elle fit un geste avec son arme en direction de la porte menant à la cave.

— Maintenant, vous allez gentiment prendre le chemin de la réserve.

Je frémis en regardant la porte. Je n'étais descendue qu'une seule fois au sous-sol, et ça m'avait suffi. La maison était ancienne, la cave sombre, humide et pleine d'araignées aussi grosses que des chatons.

*Miaoou.*

Nero se frotta contre les chevilles de Barbara.

Elle secoua le pied pour le repousser.

— Dégage, minou ! s'écria-t-elle avec un rictus encore plus marqué. Je croyais vous avoir dit que les chats sont interdits en cuisine. C'est une infraction. Je vous aurais bien collé une amende, mais quand j'aurai mis le feu au bâtiment, vous n'aurez même plus de cuisine.

— Mais pourquoi Charles vous aurait-il fait chanter ? demanda Ron.

Barbara nous agita une fois de plus son pistolet sous le nez, et on s'approcha tous un peu plus près de la porte.

— Il n'aurait pas dû traîner en haut de la falaise. Quel imbécile va donc fourrer des groseilles du Cap dans ses recettes ? Ça n'a pas bon goût, vous savez ?

— Les mouettes semblent aimer ça, rétorqua Stella.

— Ouais. Dommage ! C'est comme ça qu'il s'en est aperçu.

Barbara nous pressa de nouveau vers la porte.

*Miaoouuu !*

Marlowe griffa Barbara à la cheville. La contrôleuse lui donna un coup de pied, mais, heureusement, elle la manqua. En revanche, elle continua de nous braquer fermement avec son pistolet sans nous quitter des yeux. Les chats semblaient faire tout leur possible pour détourner son attention.

— Qu'il s'est aperçu de quoi ? demandai-je.

Peut-être que, si nous la faisions parler, l'un des hôtes aurait suffisamment de temps pour rentrer et nous secourir.

Barbara afficha une expression sournoise.

— De ce que je faisais avec les groseilles du Cap. Quelqu'un devait venir à bout de ces nuisibles. Cependant, je n'ai pas encore réussi à mettre au point le poison, je suis toujours en phase d'expérimentation.

Je me rappelai les plantes mortes dans son bureau. Était-ce là-dessus qu'elle pratiquait ses expériences ?

— Alors, vous avez empoisonné les baies pour vous débarrasser des mouettes ? demanda Ron.

— Non. Pas des mouettes, bien qu'elles soient une nuisance aussi. La ville devrait me remercier. J'étais en train d'essayer de sauver les pédiculaires, qui couraient le risque d'être étouffées. Si elles meurent, la falaise cessera d'être une zone protégée et, avant que vous ayez le temps de dire ouf, un hôtel géant se dressera dessus et ruinera l'ambiance pittoresque de la ville.

— C'est absurde ! s'exclama Ron. Ces pédiculaires sont probablement là depuis des générations.

*Miaooou !*

Marlowe s'enroula autour des pieds de Barbara, qui baissa un instant les yeux mais les releva aussitôt sur nous. Elle ne voulait pas se laisser distraire trop longtemps, de peur que l'un de nous ne se jette sur son arme, ce qui, bien sûr, était précisément le plan que j'avais imaginé.

— C'est là où vous vous trompez. Il n'y a jamais eu de pédiculaires, par ici. Je les ai importées et plantées pour empêcher la construction de l'hôtel. Ça m'a coûté un bon billet et beaucoup de travail pour qu'elles se développent. Et vous ! s'écria-t-elle en agitant son arme vers Stella et moi.

Vous n'appréciez même pas mes efforts ! Où en serait cette ville si je n'avais pas fait ça ?

Je me rappelai que Jen avait mentionné les colis pleins de terre que recevait Barbara. S'agissait-il des pédiculaires ? Et d'où les importait-elle ? Je savais qu'ici, en Nouvelle-Angleterre, l'espèce était protégée, mais j'avais entendu maman raconter que dans d'autres pays elle prolifère comme de la mauvaise herbe. Peut-être avait-elle envoyé quelqu'un lui en chercher ? En tout cas, ce n'était pas étonnant qu'elle ait passé autant de temps à les materner, si elles ne poussaient pas naturellement sur notre falaise.

Mais à présent plus rien de tout ça n'avait d'importance. L'unique chose qui comptait, c'était de ne pas nous laisser emmener de force dans cette cave.

Barbara sourit, mais sans chaleur et sans joie. C'était un sourire froid et calculateur, mêlé d'un peu d'orgueil.

— Dirigez-vous vers la porte de la cave, ordonna-t-elle en pointant son arme.

En avançant un peu, on atteignit la porte. Le temps commençait à manquer. Je consultai ma montre.

— Vous espérez que quelqu'un rentrera tôt du dîner ? me nargua Barbara en riant. Aucun risque. Il n'est que 20 heures, et vos clients vont rester au Marinara Mariner pendant encore une heure au moins. On dirait que votre petit plan pour attirer le tueur ici n'a pas si bien fonctionné, en fin de compte.

— Eh bien, il a attiré le tueur…

Même face à la mort, je ressentais l'envie de défendre mon plan.

— Certes, mais il m'a donné une meilleure idée. Maintenant que je dois me débarrasser de vous et des preuves, un bon feu de joie fera l'affaire !

Elle voulait nous enfermer dans la cave et incendier la maison. La boule au ventre, je réfléchissais à toute vitesse. Il fallait que je l'en empêche. Je balayai la pièce du regard en quête d'une arme, mais je ne vis que des bols, des serviettes et des boîtes.

Barbara fit un pas en avant et marcha sur la queue de Nero, qui feula et cracha.

— Ouvrez la porte et fourrez-moi ces chats là-dedans pour commencer.

Nero leva les yeux vers Barbara en plissant le nez, puis tourna la tête vers moi. Mon cœur se serra à l'idée de voir les chats brûler vifs. Peut-être pouvais-je au moins les sauver.

— Pas les chats. Laissez-les partir, ils sont innocents.

— Oui, renchérit Stella. Nous tuer, c'est une chose, mais ces chats innocents, c'en est une autre.

Stella avait un cœur, finalement.

Si les chats pouvaient comprendre ce que Barbara disait, ils étaient étonnamment calmes devant le sort qui les attendait. Marlowe s'étirait et Nero trottinait vers la porte. Il me regarda, puis tourna les yeux vers la poignée. Soudain, une idée me vint à l'esprit.

— OK. Je vois qu'on n'a pas le choix. Mais reculez-vous. Cette porte coince, et j'ai besoin de place pour l'ouvrir.

Stella et Ron firent un pas en arrière tandis que je saisissais la poignée.

Les chats s'assirent, les yeux posés sur Barbara, leurs queues balayant le sol.

Je me campai sur mes jambes en faisant semblant de tirer sur la poignée, et je retins mon souffle jusqu'à ce que mon visage devienne tout rouge.

— Elle refuse de s'ouvrir ! m'exclamai-je en me tournant vers Barbara.

— Tiens donc ! Cette vieille baraque ne vaut même pas le coup qu'on la rénove. C'est une bonne chose, toutes ces amendes que je vous ai collées. Je vais rendre un service à cette ville en y mettant le feu ! lança-t-elle en s'avançant vers la porte. Laissez-moi faire. Vous êtes trop faible !

Mais, juste au moment où elle arriva à ma hauteur, j'ouvris brusquement la porte. Le mouvement la surprit, et elle vacilla. Marlowe et Nero entrèrent en scène. Ils s'enroulèrent autour de ses chevilles et je la poussai dans le dos.

Elle trébucha sur les chats et lâcha son pistolet qui tomba par terre dans un bruit de métal.

Et, alors que Barbara tentait de retrouver l'équilibre en haut des marches, Stella la poussa à son tour, la précipitant dans le trou sombre de la cave.

— Vous allez me le payer ! cria-t-elle en dévalant l'escalier. Aïe ! Ouille !

Ron se jeta sur le pistolet et je refermai la porte au moment même où Mike et le shérif Chamberlain déboulaient dans la cuisine.

Ils s'arrêtèrent en nous voyant tous les trois devant la porte en compagnie des chats, lesquels faisaient tranquillement leur toilette tandis qu'un chapelet de jurons montait depuis la cave.

Le shérif Chamberlain écarquilla les yeux en braquant son arme sur nous.

— Alors, lequel d'entre eux est l'assassin ? demanda-t-il à Mike.

Seth Chamberlain tira Barbara de la cave et lui passa les menottes avant de la conduire jusqu'à la voiture de patrouille avec l'énergie et l'enthousiasme d'un policier fraîchement diplômé. Nous étions tous réunis dans l'allée, et les chats se pavanaient autour de nous comme si c'étaient eux qui avaient capturé l'assassin. Barbara, enfermée dans la voiture, frappa à la vitre.

— Laissez-moi sortir, Seth Chamberlain ! J'ai beaucoup œuvré pour cette ville, ne vous avisez pas de l'oublier !

On s'éloigna pour ne plus l'entendre.

— Désolé d'avoir fait semblant de vous soupçonner, Josie, s'excusa Seth en tirant des gâteries de sa poche pour les donner à Nero et Marlowe.

— Fait semblant ? Mais que voulez-vous dire ?

Seth sourit et, l'espace d'un instant, je vis ce que Millie lui trouvait. Il avait beau approcher les quatre-vingts ans, son sourire à fossette et son œil pétillant lui conféraient un charme juvénile.

— Bon sang, je savais depuis le début que ce n'était pas vous. Je jouais un rôle. Si j'avais vraiment cru à votre culpabilité, je vous aurais arrêtée, étant donné les preuves qui vous incriminaient. Mais je ne voulais pas que le véritable assassin comprenne que j'étais sur sa piste avant d'avoir des preuves solides.

Il jeta un coup d'œil gêné à Ron et Stella.

J'avais l'impression que Seth disait la vérité quand il affirmait qu'il ne me soupçonnait pas, mais je doutais fort qu'il ait su qui était l'assassin. Il croyait probablement que c'était Ron ou Stella, tout comme moi. Après tout, il venait de demander à Mike qui était le coupable. Mais il m'avait au moins rayée de sa liste assez rapidement au cours de l'enquête.

En parlant de Mike, il s'agitait autour de moi depuis qu'ils étaient arrivés et j'avais très envie qu'il arrête.

— Je savais que tu mijotais quelque chose quand je t'ai croisée au bureau de poste, affirma-t-il. J'ai compris que tu essayais d'attirer le tueur chez toi, et c'était un bon plan. J'aimerais simplement être venu plus tôt. Il m'a fallu un moment pour tout expliquer à Seth et le pousser à intervenir.

— Mon instinct ne me trompait pas, mais je pensais que personne ne me croirait, alors j'ai dû imaginer un stratagème pour que l'assassin se démasque, répondis-je.

J'évitai de mentionner qu'en fait je soupçonnais Stella.

Il s'avança vers moi et glissa l'une de mes mèches derrière mon oreille. Stella nous fusilla du regard.

— Tu aurais pu être blessée. Je n'aurais pas du tout aimé ça, murmura-t-il.

Ouais. Moi non plus.

— Pourquoi donc ?

— Eh bien, et d'une, ton frère m'aurait tué, et de deux…

Il hésita un peu et fourra ses mains dans ses poches en reculant.

— Je commence à m'habituer à ta présence ici.

— Merci.

Pour une fois, je ne trouvais plus mes mots. J'avais l'impression qu'il s'était passé quelque chose entre nous. Je ne savais pas trop quoi, mais ce n'était pas tout à fait déplaisant. C'était simplement un peu trop tôt. Un instant, je regrettai d'avoir discuté avec Ed O'Hara pour qu'il termine les travaux de rénovation. Mike allait me manquer. Cela dit, c'était probablement pour le mieux : j'avais encore besoin de prouver que je pouvais me débrouiller toute seule avant de faire entrer une autre personne dans l'équation. En plus, Ed prenait beaucoup moins cher.

La voiture de Millie déboula dans l'allée et maman et Millie en jaillirent, téléphone en main.

— On a loupé le dénouement ? demanda Millie.

— L'application qui scanne les communications de la police n'a pas bronché ! s'exclama maman en jetant un regard noir à son smartphone.

Seth se dirigea vers elles et leur adressa un regard sévère.

— On n'a pas lancé d'appel, cette fois-ci. Et je tiens à ajouter que vous ne pouvez pas continuer à utiliser cette appli pour aller sur toutes les scènes de crime, c'est dangereux.

Millie se redressa de toute sa hauteur.

— Et pourquoi donc, Seth Chamberlain ? Tu sais très bien que sans nous la plupart des affaires de cette ville ne seraient pas résolues. En plus, les scènes de crime ne sont pas dangereuses, parce que le crime a déjà été commis.

— C'est vrai ! renchérit maman. Et les scènes de crime fourmillent de policiers, ce qui fait qu'on n'y risque rien.

Seth ferma les yeux. Je me dis qu'il devait être en train de compter jusqu'à dix dans sa tête. Je ne pouvais pas lui en vouloir, ça m'arrivait souvent avec maman et Millie.

Il sourit à celle-ci.

— Il est vrai que vous nous aidez énormément, mais je vous serais reconnaissant de ne pas vous en vanter partout en ville. J'ai une réputation à défendre.

Maman et Millie affichèrent une mine contrite.

— Bien sûr ! Désolées ! dit Millie en posant la main sur son bras. Ce week-end, pour ta peine, tu auras une douzaine de cookies au chocolat supplémentaires.

Le sourire de Seth s'élargit et il mit sa main sur celle de Millie. Cette dernière lui sourit en retour, papillonna des yeux et retira sa main avant de s'écarter de lui.

— Je suis contente que tu te montres compréhensif, mais maintenant il faut que Josie nous raconte son scoop !

Elles se précipitèrent vers moi. Mike était encore là, et maman lui adressa un sourire radieux.

— Je vois que tu prends soin de la sécurité de ma fille !

— Je ne voudrais pas qu'il lui arrive quoi que ce soit.

— Je suis majeure et vaccinée ! m'écriai-je d'un ton irrité. Et je n'ai pas besoin qu'on veille sur moi.

— On s'en fiche de ça ! s'exclama Millie. Raconte-nous tout ! Comment Barbara s'est-elle trahie ? Je croyais que c'était Stella, l'assassin !

Le temps que je leur rapporte ce qui s'était passé, les hôtes arrivaient dans l'allée. Iona se précipita vers Ron pour qu'il la mette au courant des derniers rebondissements, et ils invitèrent Tina à se joindre à eux, ce qu'elle fit avec réticence.

Mike, qui s'était éloigné, discutait avec Stella. Ça ne me dérangeait pas vraiment – après tout, il était libre de parler avec qui il voulait, mais pour une raison énervante je n'arrêtais pas de regarder dans leur direction, comme si je m'en souciais. De temps à autre, je croisais le regard de Mike. Il prenait un air suffisant chaque fois qu'il me voyait l'observer, mais j'en fis abstraction.

Ava se dirigea vers nous en hochant la tête comme si elle savait ce qui se passait depuis le début.

— Eh bien, on ne peut pas dire qu'on s'ennuie à l'Oyster Cove !

— Aucun temps mort ! renchérit Millie.

— Je me doutais bien que quelque chose se tramait, dit Ava. Je suis contente de constater que mon instinct de journaliste fonctionne encore. Dommage qu'aujourd'hui les gens se moquent du carnet mondain comme de leur première banane. Mais ce n'est pas grave, j'ai quelque chose de mieux en tête.

Ava s'éloigna, l'air satisfait, et je ne pus m'empêcher de m'inquiéter un peu.

— J'espère qu'elle ne va pas écrire un article sensationnaliste sur tout ceci, dis-je à Millie.

— Moi aussi ! répondit-elle en fronçant les sourcils. Cela dit, ça pourrait peut-être attirer de nouveaux clients. Tu sais à quel point les gens sont macabres.

— Hum… Tu n'as pas tort.

— On en parlera plus tard ! lança maman. Mike s'en va. Tu ne vas quand même pas le laisser partir, non ?

Je jetai un coup d'œil à sa voiture, m'attendant presque à y voir Stella, mais elle ne s'y trouvait pas.

— Eh bien, je crois que si.

— Tu es sûre ? C'est peut-être la dernière chance que tu as qu'il t'invite à dîner ! Millie m'a dit qu'aujourd'hui il avait terminé les travaux qu'elle lui avait donnés.

— Je ne suis pas encore prête pour un rendez-vous galant. En plus, c'est probablement mieux qu'il s'en aille. C'est énervant de l'entendre m'appeler « Rayon de soleil » tout le temps.

Je ressentis un petit pincement de regret en voyant son pick-up s'engager sur la route. Maintenant qu'il n'allait plus travailler ici, j'allais sûrement beaucoup moins le fréquenter, mais c'était certainement pour le mieux.

*Miaoou !*

*Miaoouuu !*

Quand Nero et Marlowe se joignirent au cercle, Millie et maman se penchèrent pour les gratter derrière l'oreille. Les deux chats plastronnaient, queue en l'air et tête haute.

— Mon Dieu, à les voir, on penserait que ce sont eux qui ont capturé l'assassin ! s'exclama maman.

— C'est sûr qu'ils ont l'air fiers de quelque chose, répondit Millie en se tournant vers moi, les sourcils haussés.

J'observai les deux félins de la maison, qui me dévisageaient de leurs yeux brillant d'intelligence.

— C'est drôle que tu dises ça. Je pense qu'ils nous ont vraiment aidés. C'est grâce à eux que nous avons réussi à pousser Barbara dans l'escalier, quand ils se sont enroulés autour de ses chevilles.

Millie leur jeta un regard d'adoration, un sourire satisfait aux lèvres.

— Ils prennent vraiment bien soin de la maison d'hôtes et de leur nouvelle humaine. Qu'en dis-tu, Josie ?

— Je suis d'accord. En fait, je commence à m'habituer à leur compagnie. Je n'imagine pas l'Oyster Cove sans eux.

*Miaoouuu !*

*Miaoouuuu !*

# 23

— Je suis tellement fière que tu aies capturé un assassin sans l'aide de personne, tout en gérant ta nouvelle entreprise, maman !

La voix d'Emma, qui jaillissait du téléphone, m'emplissait le cœur de fierté.

— Mais ça aurait pu être dangereux ! ajouta-t-elle.

— Pas du tout. Le shérif Chamberlain était juste devant la porte.

Je fis comme si j'avais tout arrangé pour que le shérif intervienne afin qu'Emma ne pense pas que j'avais couru le moindre risque.

— Même comme ça ! Je ne sais pas ce que je ferais s'il t'arrivait quelque chose !

— Tu n'as aucune raison de t'inquiéter. Et je suis sûre qu'il n'y a aucune chance qu'un tel événement se reproduise.

Emma s'esclaffa.

— Tu n'as pas tort ! Bon, il faut que j'y aille. Prends bien soin de toi. Je t'aime, maman !

— Moi aussi !

J'avais à peine eu le temps de répondre qu'elle avait déjà raccroché. Les enfants, de nos jours, ils sont toujours pressés. À vrai dire, j'aurais voulu lui faire le même genre de recommandation à propos de son travail au FBI. Ça me rassurait de savoir qu'elle était analyste et qu'elle n'allait pas sur le terrain, mais quand même… Une mère ne cesse jamais de s'inquiéter. Sauf la mienne, bien sûr. Elle semblait adorer le danger et ne pas se soucier le moins du monde que l'une d'entre nous prenne des risques.

Cela faisait une semaine que Barbara avait été arrêtée, et maman, Millie et moi étions dans la cuisine de l'Oyster Cove. Devant nous, sur la table, des mugs de café fumants voisinaient avec des parts encore chaudes de gâteau au café et à la crème aigre. Bien sûr, Nero et Marlowe étaient également présents. Depuis une semaine, ils étaient traités comme des rois et, en ce moment, ils finissaient de laper la crème que je leur avais servie dans une soucoupe.

— Heureusement que Stella Dumont a enfin fait le bon choix et décidé de ne pas utiliser ma recette pour le concours de cuisine, dit Millie en plantant sa fourchette dans la pâte sablée.

— Ç'aurait été de la triche ! s'écria ma mère. Et laquelle a-t-elle prise à la place ?

— Celle du cake aux fruits de sa tante Sally, je crois.

— Je doute qu'elle gagne un prix avec ça ! s'esclaffa maman.

Je me détendis dans mon fauteuil. Honnêtement, la victoire de Stella ne m'inquiétait pas trop, et je ne pensais pas qu'elle lui donnerait un quelconque avantage sur moi. Pas vraiment. J'étais certaine que mes talents culinaires se développeraient avec le temps. En plus, si l'on songeait au nombre de fois où Millie venait m'aider à préparer les petits déjeuners, j'étais sûre que l'Oyster Cove conserverait sa réputation de bonne table.

— C'est bien de ne plus avoir besoin de s'occuper des hôtes.

Deux jours auparavant, Ava était partie en croisière dans les Caraïbes. Les Weatherby avaient été appelés pour une mission top secret en Antarctique le lendemain de l'arrestation de Barbara, et mardi Tina avait rompu avec Tony et était rentrée chez elle. J'étais contente qu'ils aient mis fin à leur liaison ; j'aimais bien le poulet au parmesan du Marinara Mariner et je ne souhaitais pas que le restaurant ferme à la suite du divorce de Tony et de sa femme.

— Je trouve que tout s'est très bien passé pour ta première fournée de clients, déclara Millie en pressant ses doigts sur les miettes de gâteau restées sur le plat avant de se les lécher.

Puis elle se leva, se dirigea vers le placard et commença à rassembler des bols, un fouet et divers ustensiles. Apparemment, elle comptait préparer quelque chose. Je savais que dans leur maison de retraite les cuisines étaient peu spacieuses, mais franchement, si elle voulait venir cuisiner ici, autant qu'elle fasse les petits déjeuners tous les jours.

— Bon, il y a eu le petit incident du meurtre, concéda ma mère en remarquant mon regard sceptique. Mais tu as très bien géré ça ! ajouta-t-elle en me tapotant le bras.

— Et tu as attrapé l'assassin ! renchérit Millie.

*Miaoou !*

*Miaouuu !*

— Oui, on sait que vous nous avez aidés ! dit Millie en voyant que Nero et Marlowe semblaient offensés par notre manque de reconnaissance.

Dans un frémissement de moustaches, ils s'éloignèrent paresseusement en direction du couloir, apparemment apaisés par les compliments de Millie.

— Qui aurait pensé que c'était Barbara ? s'étonna maman. Certes, elle s'était pliée en quatre pour préserver les pédiculaires, mais je n'aurais jamais cru qu'elle les avait plantées elle-même. J'aurais soupçonné Ava avant même de songer à Barbara, mais au fond j'espérais que c'était Stella.

— Moi aussi, dis-je.

— Ava ? s'écria Millie. Mais pourquoi donc ?

— Elle connaissait déjà Charles, c'est elle qui nous a mises sur la piste de Tina, elle résidait à la maison d'hôtes… Bref, elle apparaissait partout, répondis-je. J'espère qu'elle ne va pas tirer un grand article de tout ça. Elle semblait vouloir fournir à ses lecteurs du contenu un peu excitant.

— Ne t'inquiète pas, elle ne va pas en faire un article, affirma Millie en jetant un coup d'œil prudent pour vérifier que personne ne nous écoutait.

Je ne savais pas pourquoi, d'ailleurs, étant donné que tous mes clients étaient partis.

— Elle va écrire un livre ! révéla-t-elle.

— Oh !

Était-ce mieux qu'un article ? Probablement. Ils en feraient peut-être un film, et les gens viendraient ici pour voir où ça s'était passé.

— Tout est bien qui finit bien, et j'en suis ravie ! conclut maman. Barbara aurait tout fait pour couvrir ses traces, et c'est une bonne chose que vous vous soyez montrés plus malins qu'elle.

— Et dire qu'elle voulait mettre le feu à la maison d'hôtes ! s'exclama Millie en cassant des œufs dans un bol.

— Oui, ç'aurait été problématique, d'autant que, dans deux semaines, tous les descendants de Jedediah Biddeford vont venir fêter le deux cent cinquantième anniversaire de la fondation de la ville.

La maison d'hôtes, qui s'était développée au fil du temps, avait débuté dans une version plus modeste longtemps avant que la famille de Millie en devienne propriétaire. La partie principale, qui était à présent l'aile ouest, avait été construite par Jedediah Biddeford, et, sachant qu'il y résidait deux siècles et demi plus tôt, ses descendants trouvaient approprié de tenir leur réunion familiale là où tout avait commencé.

Une fête de famille, c'était bien, mais j'étais vraiment excitée parce que les cinq chambres que j'avais déjà rénovées avaient été réservées par les Biddeford. Si j'avais gardé Mikc, j'aurais pu en avoir quelques autres de disponibles, mais j'aimais autant qu'il ne traîne plus dans le coin. Je m'habituais un peu trop à sa présence. Et Ed O'Hara, certes un poil lent, faisait du bon boulot et j'étais contente de contribuer à arrondir les revenus de sa pension de retraite.

— Ils viennent simplement à cause de la malédiction, c'est sûr ! prédit Millie en versant quelque chose dans un bol en inox.

— La malédiction ? lança dans mon dos une voix de baryton familière.

J'espérais avoir rêvé. Les yeux fermés, je me retournai, puis j'en ouvris lentement un seul. Mike Sullivan était appuyé au chambranle. Qui donc l'avait invité ? Et comme si ça n'était pas assez énervant comme ça, il me fit un clin d'œil.

— Hé ! Comment va notre petite détective ?

— Je croyais que tu en avais fini avec les travaux ? répondis-je.

— Mais oui ! s'écria Mike en se dirigeant vers Millie pour lui faire la bise. Tante Millie m'a invité à déguster ses cookies.

— Je suis sur le point de les mettre au four.

À l'aide d'une cuillère, elle disposait de grosses boules de pâte sur un plateau de cuisson.

— Laisse tomber les cookies ! s'exclama maman. C'est quoi, cette histoire de malédiction ?

Millie balaya sa remarque d'un geste de la main et poursuivit ce qu'elle était en train de faire, le dos tourné.

— Oh ! c'est simplement une vieille malédiction de Jedediah, qui a dit qu'il reviendrait lors du deux cent cinquantième anniversaire de la ville pour s'occuper de quiconque oserait piller son trésor, répondit-elle.

— Un trésor ? s'écria maman en s'illuminant comme une machine à sous qui vient de claquer le gros lot. Je n'avais jamais entendu parler de ce trésor !

Millie enfourna les cookies.

— Ma grand-mère m'en a parlé quand j'étais gamine. Apparemment, son grand-père lui avait raconté cette histoire à l'époque où il avait acheté la maison. Mais ce trésor n'existe pas. Jedediah était parti dans les Antilles et avait imaginé qu'il en reviendrait avec un trésor, mais en fait il n'est jamais revenu.

— Pourquoi ? demanda Mike.

— Comment le saurais-je ? répondit Millie en haussant les épaules. Il est mort là-bas. La peste, ou quelque chose dans le genre.

— Alors, pourquoi une malédiction ? dis-je.

— J'ai l'impression que c'était dans son caractère d'en faire des tonnes. Il préparait peut-être les esprits, afin qu'à son retour, lorsqu'il rapporterait le trésor, tout le monde ait peur et n'ose pas s'approcher. Vous savez à quel point les gens étaient superstitieux à l'époque, expliqua Millie en mettant les assiettes sales dans l'évier.

*Miaoouu !*

Le miaulement des chats résonna dans le fond de la maison. Un miaulement un peu étrange, qui me rappelait ceux qu'ils poussaient le jour où nous avions découvert le cadavre de Charles Prescott. Cette pièce-là devait avoir une résonance particulière…

— Mais il pourrait quand même exister, ce trésor ! insista maman d'une voix pleine d'espoir.

Je voyais qu'elle rêvait de cartes avec un gros X désignant où creuser et qu'elle envisageait sûrement d'aller s'acheter une pelle à la quincaillerie.

Millie se retourna, les mains sur les hanches.

— Allons, Rose ! S'il y avait un trésor, tu ne crois pas que quelqu'un l'aurait déjà trouvé ?

— Je suppose, oui, répondit maman d'un ton déçu.

*Miaoouuu !*

Cette fois-ci, tout le monde se retourna.

— Est-ce que c'est Marlowe ? demanda Millie en inclinant la tête sur le côté. J'espère qu'elle ne s'est pas blessée.

— Je vais aller voir, dit Mike.

— Je t'accompagne ! m'exclamai-je.

S'il se passait quelque chose dans la maison, je ne voulais certainement pas que Mike prenne un coup d'avance sur moi, comme il avait essayé de le faire avec l'affaire Prescott.

Je le suivis dans le vestibule, où les miaulements des chats résonnaient encore plus fort.

— On dirait que ça vient de l'aile ouest, à peu près de la pièce où nous avons trouvé Charles Prescott, dit Mike.

— Heureusement, il n'y a plus personne ici, alors on ne risque pas de découvrir un nouveau cadavre.

Mais je n'étais pas aussi confiante que j'essayais de le paraître.

Mike fit la grimace en tentant d'ouvrir la porte qui permettait d'accéder à l'aile ouest.

— Elle est fermée à clé. C'est bien. C'est ce que tu es censée faire, surtout si tu accueilles de nouveaux clients.

OK ! Maintenant, je me rappelais pourquoi j'avais embauché Ed O'Hara à sa place. Mike était du genre à vouloir tout régenter. Je n'avais pas besoin de ça.

— Oui, je sais. J'ai l'impression d'entendre Barbara.

J'allai chercher dans le cellier le jeu de clés supplémentaire, celui qui permettait d'ouvrir toutes les portes sauf celles des chambres des hôtes, car je rangeais ces clés-là dans un endroit plus sûr.

*Miaooouuu !*

Mike fronça les sourcils en voyant le jeu de clés qui se balançait au bout de mon bras.

— Les gens y ont facilement accès ? demanda-t-il.

Je marquai une pause avant d'ouvrir la porte. L'irritation que me causait Mike était à présent un peu occultée par un sentiment d'inquiétude à propos des chats.

— Qu'est-ce que ça peut te faire ? répondis-je.

Il sourit, et une étincelle que je n'appréciais pas trop s'alluma dans son regard.

— Oh ! c'est très important pour moi.

Qu'est-ce qu'il voulait dire par là ?

*Miaoou !*

— C'est inquiétant ! fit Mike en se rembrunissant. On ferait mieux d'entrer.

J'ouvris la porte et jetai un coup d'œil à l'intérieur, la boule au ventre… Pas de cadavre ! Je me sentis un peu bête. Bien sûr qu'il n'y en avait pas.

*Miaooouuu !*

Ça venait de la pièce d'à côté.

— Je crois qu'ils sont là, marmonna Mike en se dirigeant vers l'origine des miaulements.

Je jetai un dernier regard à l'endroit où l'on avait trouvé Charles. Ed avait commencé à travailler dans cette partie de la maison, et il avait déjà dégagé la rampe brisée et les gravats. Rien ne permettait de savoir qu'un homme était mort ici un peu plus d'une semaine auparavant. Bien ! J'étais contente de tourner la page.

*Miaoouuuu !*

Les miaulements des chats, leur ton et leur insistance avaient beau ressembler étrangement à ceux du jour où ils avaient découvert le cadavre de Charles, ce qui m'inquiétait le plus, c'était ce que Mike venait de dire. Pourquoi ce qui se passait à l'Oyster Cove était-il très important pour lui ? S'il pensait qu'il allait prendre l'habitude de débarquer ici tous les quatre matins, il allait falloir que je remette les pendules à l'heure.

Je le suivis dans l'autre pièce. Millie m'avait dit qu'autrefois c'était une petite salle de bal. On distinguait encore les vestiges d'un carrelage de marbre en damier noir et blanc. Le papier peint à motif floral, taché d'humidité, se détachait des murs par endroits, et des médaillons de stuc au plafond marquaient les endroits où les lustres avaient été accrochés. Je ne comptais pas en refaire une salle de bal, car aujourd'hui cela n'intéressait plus grand monde. Mon projet, c'était d'en faire une salle de jeu. À en juger par le nuage de poussière, les toiles d'araignée dans les coins et l'odeur de bois sec vieux de plusieurs décennies, il faudrait beaucoup de travail pour arriver à ce résultat.

*Miaoouu !*

Nero et Marlowe se trouvaient à l'autre extrémité de la pièce. Dieu merci, ils semblaient bien se porter, et je me demandai s'ils ne poussaient pas simplement ces miaulements incessants parce qu'ils s'admiraient dans les quelques fragments du grand miroir restés fixés au mur de la salle de bal. Désormais, les éclats de verre ne reflétaient plus guère que la vétusté de la pièce, mais je m'imaginais sans peine les femmes en robe de bal et gants du soir en train de danser la valse tandis que le gigantesque miroir renvoyait aux hôtes leur propre image, les faisant paraître deux fois plus nombreux et la salle deux fois plus grande.

— C'est dans un triste état ! lâcha Mike en balayant la pièce du regard.

À mon avis, mentalement, ce n'étaient pas les danseurs qu'il voyait tournoyer mais plutôt les boulets de démolition.

*Miaoouu !*

Nero insistait, comme si nous ne faisions pas suffisamment attention à lui.

— On dirait qu'ils vont bien, dis-je.

Cela étant, je n'aimais pas la façon dont Marlowe grattait le mur et se retournait vers moi. C'était presque comme le jour où nous avions découvert Charles. Mais ça n'avait aucun sens, parce qu'à l'évidence il n'y avait pas de cadavre ici.

— Il faudra que tu veilles à consolider ces solives avant de faire quoi que ce soit. Cette pièce est très grande, et le mur du fond est porteur. Tu devras soumettre tes plans et procéder aux vérifications nécessaires avant de te lancer dans un chantier.

Là, il commençait vraiment à m'énerver.

— Je pense que je peux gérer ça, et Ed sait ce qu'il fait. En plus, les travaux de rénovation que je fais ici, ce ne sont pas tes oignons, et de toute façon je doute que tu reviennes très souvent, non ?

Il y avait peut-être un peu trop d'espoir dans ma voix, parce que, l'espace d'un instant, le regard de Mike se voila de déception avant qu'il n'y renaisse une étincelle malicieuse.

— Désolé, Rayon de soleil, mais c'est là que tu te trompes.

Bizarrement, ces quelques mots me perturbèrent davantage que l'idée de découvrir un deuxième cadavre dans la maison d'hôtes.

— Qu'est-ce que tu veux dire ? demandai-je prudemment.

Son sourire s'élargit.

— Tu n'es pas au courant ? À partir de maintenant, tout ce qui se passe ici va beaucoup me concerner. Je suis le nouvel inspecteur en bâtiment, du moins jusqu'à ce qu'ils trouvent un remplaçant à Barbara. Et je vais venir très souvent – surtout si l'on considère tous les travaux que tu as lancés et l'état de décrépitude de cette demeure. En fait, je crois que tu me verras davantage que lorsque je travaillais ici.

Une plainte désespérée de Nero fit écho à mes pensées. J'étais bouche bée, et je me rappelais comment Barbara débarquait quand bon lui semblait. Mike comptait-il faire de même ?

Mais il ne faisait plus attention à moi. Il s'était approché des chats pour les caresser. Ils frottaient leur tête soyeuse contre sa main en ronronnant. À l'évidence, ils ne voyaient aucun inconvénient à ce qu'il passe tout le temps, eux ! Sales traîtres.

— Qu'est-ce que c'est que ça ? demanda Mike en examinant de plus près le mur que les chats avaient gratté.

Il posa son doigt dessus, le porta à son nez et leva les yeux vers moi.

— Il me semble que tu as un problème de moisissure, c'est peut-être même pourri.

De mieux en mieux !

— Je suis sûre qu'Ed s'en occupera en temps et en heure. Ne t'inquiète pas, je veillerai à respecter les procédures.

*Miaoou !*

Nero gratta le mur.

*Miaooouu !*

Marlowe cogna sa tête dessus.

— Oui, Marlowe, j'ai entendu ce que disait Mike. Le mur a besoin d'entretien. Ne t'en fais pas, tout sera réparé dans les normes.

Je n'aimais pas l'idée que Mike traîne ici pour inspecter les rénovations, mais j'étais contente que les chats n'aient rien et qu'ils ne miaulent qu'à cause de quelques planches vermoulues. Après tout, j'avais su gérer la présence d'un cadavre, je devrais pouvoir m'en sortir face à un peu de moisissure, non ?

Nero leva les yeux au ciel et se remit à griffer le mur. Josie ne captait vraiment pas ! Et lui qui se disait qu'elle commençait à comprendre leurs tentatives de communication !

— Je pense qu'elle n'est pas sur la même longueur d'onde que nous, ronronna Marlowe tandis que Mike lui grattait la tête.

— Sans rire ! Ce n'est pas Millie, c'est sûr.

Les moustaches de Nero frémirent, et il se retint d'éternuer. L'odeur de moisissure qui émanait du mur était dix fois plus puissante pour lui que pour un humain, en raison de ses sens très développés. Et il était extrêmement allergique à la moisissure. Mais ce n'était pas l'unique odeur qui provenait du mur, même si Josie ne le remarquait pas. Elle était bien trop occupée à jouer les nonchalantes en présence de Mike.

— Ah ! Millie. J'aurais préféré qu'elle ne nous lègue pas la maison d'hôtes. C'est une si grande responsabilité ! s'exclama Marlowe en se léchant la patte avant de la passer derrière son oreille. Mais au moins, après avoir été incapables d'empêcher le meurtre de Charles Prescott, on s'est rachetés, ajouta-t-elle en jetant un coup d'œil plein d'espoir à Nero.

— Oui ! Je pense que c'est le cas ! Nous avons indiqué à Josie la plupart des indices et, sans notre intervention, Barbara n'aurait pas été enfermée dans la cave en toute sécurité et mise hors d'état de nuire.

— Bien qu'on ne nous ait pas accordé beaucoup de crédit pour ça.

Marlowe passa ses griffes sur le mur, ce qui produisit un son grinçant et très désagréable.

— Oui, mais cela vaut mieux. Leurs ego fragiles ne pourraient pas supporter de savoir que nous et nos amis félins avons assuré la plus grande partie de l'enquête, répondit Nero en levant les yeux vers Josie.

Celle-ci ne prêtait pas la moindre attention au mur ou aux restes de papier peint que Marlowe était en train de griffer, trop occupée qu'elle était à faire les gros yeux à Mike. À en juger par les bribes de conversation qu'ils entendaient, Josie et Mike se disputaient à propos de la fréquence des visites inopinées qu'il aurait à faire en tant qu'inspecteur en bâtiment. Nero ne voyait pas quel était le problème. Mike massait très bien le ventre et traitait toujours les chats avec gentillesse. Josie devrait peut-être le laisser lui masser le ventre, comme ça, elle serait plus réceptive à ses visites ?

— Je suppose que tu as raison. C'est une espèce étrange, mais nous devons faire en sorte qu'ils soient heureux. Sinon, qui ira acheter nos gâteries et notre pâtée en sauce dans les magasins ? demanda Marlowe.

— Exactement. Il vaut mieux leur laisser croire que ce sont eux, les cerveaux.

Nero sourit à la jeune chatte. Elle progressait de façon splendide, et il était enchanté de voir comment elle avait perçu nombre d'indices au cours de l'enquête. Certes, il lui faudrait encore longtemps pour devenir aussi bonne que lui, mais elle montrait un gros potentiel. Elle, au moins, on pouvait la former. Josie, en revanche… en réalité, Nero était un peu inquiet. Finirait-elle par se mettre à niveau ou pas ?

Les deux humains sortirent en se disputant, et Nero attendit quelques instants avant de les suivre afin qu'ils ne s'imaginent pas qu'il leur obéissait ou quelque chose de ce genre – ce type de comportement était bon pour les chiens.

— Eh bien, nous avons fait de notre mieux pour prévenir Josie, dit Nero quand il entendit la clé jouer dans la serrure.

Ça ne le préoccupait pas de rester enfermé dans l'aile ouest. Il connaissait des dizaines d'entrées et de sorties secrètes dans la plupart des pièces de la maison.

— Allons voir si Millie est encore dans la cuisine pour essayer de lui soutirer des bouchées au bacon, tout en réfléchissant à la meilleure manière de communiquer avec notre résidente humaine.

— Bonne idée, répondit Marlowe en lui emboîtant le pas. Mais j'espère qu'à l'avenir Josie sera un peu moins longue à la détente, parce que, dans le cas contraire, elle aura une grosse surprise le jour où Ed s'attaquera à la rénovation de cette pièce.

# *Une lettre de Leighann*

Bonjour ! J'espère que vous avez apprécié *Un cadavre dans les pattes*. Si c'est le cas, et que vous souhaitez être tenu informé de mes dernières publications, inscrivez-vous à l'adresse suivante. Votre adresse électronique ne sera jamais partagée et vous pouvez vous désinscrire à tout moment.

www.bookouture.com/leighann-dobbs

Comme j'aime les animaux, j'adore en mettre dans mes livres, surtout des chats. Et en tant que propriétaire de chats… euh, devrais-je dire servante de chats… je les trouve fascinants et j'aime imprégner les personnages de mes livres des traits de caractère des nombreux chats qui m'ont adoptée.

Ayant toujours vécu en Nouvelle-Angleterre, je pense qu'il n'y a pas de meilleur décor pour un livre, en particulier la côte du Maine où se déroule cette série. J'aime aussi écrire sur les petites villes, les personnages excentriques et les histoires mystérieuses.

J'ai combiné tout cela pour vous offrir la série *Nero & Marlowe : Les chats mènent l'enquête*. J'espère que vous prendrez autant de plaisir à lire ces livres que j'en ai pris à les écrire.

Amitiés,

Lee

# Recettes

## *Muffins au citron et aux graines de pavot*
## *12 parts*

Lorsque Josie les a préparés, ils étaient un peu secs. Si les vôtres le sont, ajoutez plus de beurre ou utilisez du babeurre à la place du lait.

*Ingrédients :*

- 300 g de farine
- 15 g de levure chimique
- 1 pincée de bicarbonate de soude
- 1 pincée de sel
- 150 g de sucre cristallisé
- 115 g de beurre doux, fondu et légèrement refroidi
- 125 g de lait entier
- 125 g de crème aigre
- 2 gros œufs, à température ambiante
- 30 mL de jus de citron frais
- 1 cuillère à café de zeste de citron
- 12 g de graines de pavot

*Préparation :*

1. Faites chauffer le four à 180 °C.
2. Mélangez la farine, la levure, le bicarbonate de soude et le sel dans un bol de taille moyenne.
3. Mélangez le sucre, le beurre, le lait, les œufs, la crème aigre, le jus de citron, le zeste de citron et les graines de pavot dans un grand bol. Quoi qu'il arrive, ne donnez pas de zeste de citron à vos chats, même s'ils en réclament. S'ils en avalent le moindre morceau, ils se mettent à griffer tout ce qui bouge.

4. Incorporez le contenu du premier bol dans le second. Ne mélangez pas trop.

5. Répartissez uniformément la pâte dans 12 moules à muffins. Millie a le plus vieux moule à muffins du monde et utilise des moules en papier. Mon ex utilisait un moule à muffins en silicone, qui est beaucoup plus facile à nettoyer.

6. Faites cuire au four pendant environ 20 minutes. Plantez un cure-dent dans un des muffins. S'il ressort propre, c'est prêt. Laissez refroidir.

7. Vous pouvez aussi préparer un glaçage, ce sera délicieux. Josie s'estime déjà heureuse quand elle parvient à faire cuire les muffins. Peut-ête s'attaquera-t-elle au glaçage à une date ultérieure !

## *Quiche aux brocolis*

*4 parts*

Millie a préparé ce plat pour que Josie le serve à ses hôtes. En parlant de ça, quand Millie va-t-elle lâcher la cuisine ? Elle a vendu la maison d'hôtes, alors on aurait pu croire qu'elle laisserait Josie préparer les petits déjeuners. Certes, les talents culinaires de Josie sont perfectibles. Mais comment va-t-elle progresser si Millie continue à tout faire à sa place ?

Dans le roman, Millie en prépare deux portions, mais cette recette, tirée de la collection de la mère de l'auteure, est pour 4 personnes. Attention, ce sont de grosses portions !

*Ingrédients :*

- 3 œufs
- 100 g de cheddar râpé
- 300 g de brocolis congelés, cuits et égouttés
- 1 pincée de poivre
- 300 g de riz chaud et cuit
- 1 pincée de sel
- 100 mL de lait écrémé

*Préparation :*

1. Battez un œuf. Ajoutez le riz, la moitié du fromage râpé et le sel. Mélangez bien et pressez fermement en une couche uniforme au fond d'un plat de 25 cm de diamètre.
2. Mélangez les brocolis, le lait, le poivre et le reste du fromage. Étalez ce mélange sur la pâte.
3. Faites cuire au four à 190 °C pendant 30 minutes.

## *Cassolette aux œufs brouillés*
### *8 parts*

Josie se souvient que, quand elle était petite, Millie avait passé cette recette à sa mère. Rose disait toujours qu'elle était parfaite pour le petit déjeuner, car elle pouvait la préparer le soir, la glisser dans le four le lendemain matin, et la laisser cuire pendant qu'elle accueillait ses hôtes. Josie l'aime bien parce que, le matin, elle a un peu la flemme et qu'elle n'a pas toujours le temps de préparer quelque chose avant que les hôtes ne descendent pour le petit déjeuner.

*Ingrédients :*

- 7-10 tranches de pain blanc, coupées en carrés
- 225 g de cheddar râpé
- 8 œufs
- 750 mL de lait écrémé
- 1 pincée de sel
- 1 pincée de poivre
- 1 cuillère à café de moutarde sèche
- 120 g de jambon coupé en cubes

*Préparation :*

1. Beurrez un plat de 25 × 35 cm. Disposez la moitié du pain coupé en carrés au fond du plat. Saupoudrez la moitié du fromage sur le pain, puis la moitié du jambon par-dessus. Remettez une seconde couche.

2. Battez les œufs, mélangez-les au lait, ajoutez le sel, le poivre et la moutarde et versez le tout dans le plat. Couvrez et laissez refroidir toute la nuit.

3. Le lendemain matin, mettez au four à 180 °C en recouvrant le plat, pendant 50-55 minutes.

## *Muffins Bisquick au jambon et au fromage*
### *12 parts*

*Ingrédients :*

- 350 g de Bisquick[1]
- 250 mL de lait
- 2 œufs
- 4 cuillères à soupe d'huile d'olive
- 1 pincée de sel
- 100 g de jambon découpé en cubes
- 50 g de fromage râpé (n'importe lequel)

*Préparation :*

1. Préchauffer le four à 200 °C.

2. Mélanger le Bisquick, les œufs, le lait, l'huile d'olive et le sel dans un grand bol. Incorporer le jambon et le fromage râpé.

3. Verser la pâte uniformément dans 12 moules à muffins en silicone ou dans des moules en papier.

4. Cuire au four pendant 20 minutes. Insérez un cure-dent dans un muffin. S'il est propre quand vous le retirez, c'est prêt.

1. Le Bisquick est une préparation à base de farine, de levure et de gras qui permet de faire rapidement des pancakes.

## *Célèbre recette de Millie du gâteau au café et à la crème aigre*
## *10 parts*

Stella a volé cette recette à Josie pour la présenter au concours, si bien que Josie n'a jamais eu l'occasion de la faire. Mais, comme c'était l'une de ses préférées quand elle était petite, elle est incluse ici pour que vous puissiez l'essayer.

*Ingrédients :*

- 110 g de beurre salé
- 100 g de sucre cristallisé
- 1 gros œuf
- 120 g de crème aigre
- 1/2 cuillère à café d'extrait de vanille
- 120 g de farine
- 1 pincée de levure chimique
- 1 pincée de bicarbonate de soude
- 1 pincée de sel

*Garniture :*

- 50 g de sucre
- 60 g sucre brun tassé
- 1 cuillère à café de cannelle en poudre
- 50 g de noix de pécan hachées

*Préparation :*

1. Préchauffez le four à 190 °C.
2. Beurrez un plat de 25 × 25 cm.
3. Mélangez les ingrédients de la garniture dans un bol et réservez.

4. Dans un grand bol, battez en crème le beurre et le sucre jusqu'à ce que le mélange soit mousseux. Ajoutez l'œuf et mélangez. Ajoutez la crème aigre et la vanille. Mélangez bien.

5. Dans un autre bol, mélangez la farine, le bicarbonate de soude, la levure chimique et le sel.

6. Mélangez les contenus des deux bols jusqu'à ce qu'ils soient bien homogènes.

7. Versez la moitié de la pâte dans le moule et saupoudrez la moitié de la garniture sur la pâte. Déposez le reste de la pâte au-dessus. Saupoudrez le reste de la garniture au-dessus.

8. Mettez au four environ 40 minutes. Insérez un cure-dent dans le gâteau. S'il est propre quand vous le retirez, c'est prêt.

Composé et édité par HarperCollins France.

Achevé d'imprimer en octobre 2021.

FIRMIN-DIDOT

à Mesnil-sur-l'Estrée (Eure)

Dépôt légal : novembre 2021.

Pour limiter l'empreinte environnementale de ses livres, HarperCollins France s'engage à n'utiliser que du papier fabriqué à partir de bois provenant de forêts gérées durablement et de manière responsable.

*Imprimé en France*